15秒の旅

第4巻

吉田博昭

GENTOSHA
幻冬舎MC

画　早川和良

これまでのあらすじ

一九六七年、高度成長期まっただ中の日本。東京の新興住宅地で暗中模索の青春を過ごす高校三年生・吉野洋行の人生は、テレビCMの制作現場でのアルバイトをきっかけに一変する。

時代の最先端を行くクリエイターたちの仕事ぶりに魅了されたのだ。進学した大学を中退し、広告業界入りを目指す洋行の元に、パリで撮影するCM制作チームをコーディネートする仕事が舞い込む。当初三ヵ月の予定だった旅は、様々なトラブルに巻き込まれ、一年間に及ぶヨーロッパ大陸を股にかけた大冒険になっていた。

一九七〇年、日本中が大阪万博に沸き立つ最中に帰国した洋行は、親友の伯父・森山の紹介で三流零細プロダクションに入社する。CMディレクターとしてのスタートラインについたものの、はじめて監督したCMは、スポンサー社長が横領、脱税で逮捕され、お蔵入り。その後、CM制作会社に転職するも、任される仕事は地方商店街のCMづくりだった。それでもめげることなくユニークなCMを生み続け、二年後、中堅のCM制作会社・東洋ムービーにステップアップし、さらに二年後、業界最大手のニッセンのディレクターの座まで上り詰める。

だが、好事魔多し。ニッセンでは外様への偏見から疎外され、私生活では、アルバイト時代から憧れていたチョッコの死、数々の波乱を乗り越えて結婚したナツキとの離婚。この苦境にも、持ち前のポジティブさで立ち向かった洋行は、化粧品最大手の美生堂はじめ、多くのCMでヒットを飛ばして広告賞の常連となり、ニッセンの中核を担うディレクターになっていく。

そして、ある女性に新たな運命を感じはじめる……。

目次

第一章

僕のベルサイユへようこそ

1

　ここはどこだろう？……ぼんやりと明るくなってきた。かすかに海の匂い。潮風が吹いているのか？……つい先刻まで、オレはパリへ向かって飛ぶB７４７のラウンジで北原あかねと話していたのを思い出す。いつの間にか眠ってしまったのだろうか？

「お父さん……お父さん！」ほら、あかねの声がする。いや、オレは混乱してるぞ。あかねじゃない。これは娘のあすかの声だ。「お父さん！」もう一度呼ばれてオレはハッキリと目覚めた。開け放たれた窓辺でレースのカーテンが揺れ、朝の光がまぶしい。そうだ、ここは葉山のホーム。オレの部屋でまた今日が始まっているんだ。

「ああ、良かった……今朝はちゃんと息出来てるね」じーっとオレを見つめるあすかの顔も声も、本当に母親のあかねにそっくりだ。「ミヤコさん、お父さん目覚ましたよ」

「おっす！」部屋の反対側でナースのミヤコの声。オレのベッドに歩み寄ると、看護日誌を取り上げて記入する。「えーと、八時四十分覚醒。BTSS解除後二時間五分だね。さて酸素濃度はどうかな？」とミヤコはオレの手を取ってオキシメーターを中指の先に挟み、

「おお、九三パーセントまで戻った。どうにか人並みに息してるよ」

「もう大丈夫そう？」とあすか。

ミヤコはあすかの肩をポンと叩いて、「人工呼吸器に繋げられてないからさぁ、夜中過ぎはちょーっとヤバいかと思ったけど、ＢＴＳＳだけで持ちこたえた。さすがだね」

「気管挿管はイヤだよ」とオレ。おお、ちゃんと声も出るぞ。「先週風早と長尾くんにな、一九七九年九月のところまで話した。まだ先があるから、喋れなくなるのは困る…」

ミヤコが親指を立てて、「大丈夫！　あたしも話の最後まで聞きたいからね。ところで、いつもの日常認知機能チェックです。吉野さん、今日は何年、何月、何日ですか？」

「二〇二七年、えーともう六月だな。一日か二日？」

「いま目の前にいるのはどんな人物ですか？」

「エロいナース」

「はい。認識人格共に変化なし。じゃ、仕事済んだら来ます」ミヤコは部屋を出て行った。

「お父さん、コーヒー欲しいよね？」とあすか。

「ありがたい。あすか、朝早くから悪かったな」

「ううん、今日は珍しいベトナムの豆だよ」

すぐにミルを挽く音がして、コーヒーの香りが部屋に漂う。あすかはネル・ドリップをセットしながら、「先週ラリーとダナンへ行ってきたんだ」

「また海に潜ったんか？」

「うん、水産大に頼まれてプランクトンの食料資源化調査。ごく浅い所だけどね。わしが手伝ったから今回は三日で終わったよ」

「夫婦仲いいな、相変わらず。二人ともとうてい学者には見えないけど」

「ラリーもわしも魚類だね。大学でエサ貰ってる」あすかは陽焼けした顔をほころばせて、

「今日はヒマだから、じっくり付き合うよ」あすかはベッドの横に椅子を寄せ、淹れたてのコーヒー・マグを二つサイドテーブルに置いた。「長尾さんにちょっと聞いたんだけど、先週いよいよ物語にお母さんが登場したんだって？」

「ああ」オレはちょっと照れ笑いして、「二十七歳、駆け出しのグラフィック・デザイナー北原あかねさんだよ。ルックスも話し方や笑い方もあすかにそっくりだ」

「よく人にそう言われるよ。でもその時代に女性が働くのって難しかったんでしょ？」

「江戸時代みたいに言うなよ。あすかは一九八八年生まれ、だよな。そこ昭和と平成の境目で、ときどきあすかの年齢を間違えるよ。そのあたり、時代の境目でもある。働く女性にとってはまだまだ辛い世の中が続いてた。今じゃ信じられないだろうけれどな、あすか、当時の職場では男でさえあれば何の根拠もなく威張ってた。給料にも差があった。『女の

子』の仕事といえば『お茶出し・コピー・電話番』で、名刺まで男性用よりふた回りも小型の角の丸いやつ。二十五、六歳にもなれば『あれぇ、まだいたの？』なんて言われる。オレたちの広告業界もセクハラの雨、パワハラの嵐だったたな」

「ひえぇ……」

「そんな中で、女性の社会進出の旗を振っていた西舘礼子アート・ディレクターの下で、北原あかねさんは『男に頼らず独立独歩』の道を歩んでいたんだ」

「でも結局お父さんと結婚したんだから」あすかはくすっと笑って、「少し生き方を調整したっていうのかな」

「そう……多少調整してくれたんだ、ははは。結婚出来てオレはラッキーだったよ。あかねもたぶん、そう思ってくれてるかな……」

あすかはコーヒーを一口、「上野絵里子の〈バラの近衛兵〉わしも読んだよ。うちの屋根裏で全巻発見したからね。その映画化の仕事で二人が出会ったなんて、すっごくいいね」

オレもベトナム・コーヒーを味わいながら、二度目のパリの記憶を語り出す…。

＊

一九七九年九月十六日の午後遅く、フランス・エアのB747は十二時間半の北極回り飛行を終えて、パリのシャルル・ド・ゴール空港にランディングした。

一行八人、キャッツの川浪社長と秘書、電広の二人（佐久間は来ていない）、トークリの西舘とあかね、そして清水とオレは寝不足の目をこすりながら飛行機を降りる。

十年前、TEE（トランス・ヨーロッパ・エキスプレス）でパリ北駅の歴史的なホームに降り立った時とは、まるで違った時代の違った国へ来たような感じがした。

到着ロビーへと続く通路はガラスとアルミ製のフレームに囲まれた透明なチューブで、これが高さ数十メートルの巨大なドーム空間の中、何本も上下左右に交錯して客たちを運ぶ。チューブの中を流れて行く数百人の男女は、以前のようなキチッとしたスーツ姿よりも、ジーンズやTシャツが目立つな。

入国審査を終えてスーツケースを転がしながらロビーへ出た所で、オレたちの前に長身の日本人女性が現れた。四十代だろう。アニマル・プリントのワンピースにピン・ヒール。「ビアン・ブニュ！」と微笑むこの女性をオレはよく憶えている。

コーディネーター〈ユーロ・フィルムキャラバン〉の佐野英子社長。

十年前の四月、NALの撮影中に行方をくらませたムトウさんに替わって、電広の仕切りで登場した気鋭のコーディネーターだった。あれから十歳年を取ったけれども、相変わらず有能でセクシーな雰囲気を漂わせている。

オレたち八人はその場で佐野と名刺交換した。

彼女はオレの顔などまったく憶えていないようで、「吉野監督、美生堂の作品にはいつも感動してます。お若いのに驚きました」と頭を下げた。無理もない。あの時の大騒ぎの中で解任されたムトウ・ビュロウのバイト小僧の姿など、誰がちゃんと見ていただろう。

オレも初対面ということにして、にこやかに挨拶した。

佐野もスマートな笑顔を返して、「このたびは初の映画・CM合同撮影という試みで、私も興奮しております。映画〈バラの近衛兵〉をプロデュースされる大越さんは、ちょうど今日午後ならベルサイユにいらっしゃるので、これから皆さまをそこへお連れします」

パリ市街の南西二十キロほどにあるベルサイユ宮殿は、十七世紀末のブルボン王朝最盛期に、国王ルイ十四世の命によりフランス国庫のほとんど全てを費やして建てられた。

建築家ル・ヴォー、造園家ル・ノートルの設計によるこの世界最大の宮殿は、敷地面積にして八平方キロメートル、東京都渋谷区の半分以上を占める。

佐野英子に連れられて、オレたちはそのほぼ中央部、〈アポロンの泉〉の前にいた。

そこから〈ラトナの泉〉と〈水の前庭〉を置いて、ファサード幅四百メートルの巨大な宮殿が聳える。目の前に迫り来るようだが、歩けば五、六分ほどはかかるという。

万事につつましい日本人の箱庭感覚を超越したスケールと豪華さだ。

反対側、真西を見る。有名な大運河の向こうに快晴の夕陽が沈もうとしていた。

この大庭園の至る所にある泉や噴水のために、十キロ先のセーヌ川から大掛かりな揚水装置と古代ローマのような水道橋で水を引いて来ている、と佐野が解説する。

その時、キッチリと幾何学的に延びる運河に沿った道を、こちらに向かって走って来る人影が見えた。グレーのトレーナー上下に運動靴、ずんぐりした体型の男性だ。短い黒髪と下膨れの顔は日本人のように見える。そのすぐ後から警備員らしき制服の大男が二人、間隔を保って追走して来る。

「キンタロ！」と佐野英子が男に向かって手を振った。

「おーっ！」嬉しそうに答えた男は、警備員たちを残してオレたちの方へ駆け寄って来る。低い夕陽を背負った長い影がすーっとオレの目の前まで伸び、男は足を止めた。荒い息をつきながら、首に巻いたタオルで思い切り顔を拭う。

「ご紹介します」と佐野が男の肩に手を置き、「映画〈バラの近衛兵〉のエグゼクティブ・プロデューサーでらっしゃいます、大越金太郎さん」

「おお、僕のベルサイユへようこそ！」金太郎は大きな口をかーっと開いて笑いかける。一緒にオレに目を止めると、「吉野カントクでしょう！　川浪ちゃんから話聞いてますよ。一緒に仕事出来て嬉しい。金太郎と呼んでね！」そしてオレの右手をつかみ取り、ものすごい力で握りしめた。向き合うとオレと同じくらいの年恰好に見える。金太郎はつきまとう二人の警備員を追い払うように手を振り、「ユー・ディスミスト！（下がれ）」と英語で叫ぶ。

「いやあ、僕は毎夕この庭の中をジョギングしてるだけなんだけど、どうしてもあいつら付いて来ちまうのよ。あ、ごめんね、これからよろしくぅ」

「こ、こちらこそ……」オレが言葉を返す前に、金太郎は横にいた川浪に飛びついてひしと抱きしめていた。「ありがとな、川浪ちゃん！　お金全部集まったんだね！」

「あ、ああ、どーにかねぇ」川浪は苦笑いしつつ、「キャッシュも一本だけ持って来たわ」

「一本でもありがたい！　これでこの金太郎、ベルサイユ宮殿〈鏡の間〉でハラキリしなくて済みそうです。良かったなあ、吉野ちゃんも！　あーっはっはっは！」

『一本』だって！　CMなら一千万だけど、ここでは一億の話だ！

オレは金太郎の異様な勢いと妙な愛嬌に戸惑いながらも、ともかく清水、西舘、そしてあかねの〈広告組〉を一人ひとり丁寧に紹介した。

電広の二人はすでに面識があるようで、お互いに軽く会釈を交わしただけ。

「ちょうど良かった」金太郎は宮殿の方をアゴで指して、「今日はジャックと今日子も来てまっせ。中でコーヒーでも飲もうよ」

「吉野くん」川浪がオレに小声で、「ジャック・デグレ監督と女優の峰今日子さん夫妻のことだよ。この映画にデグレ監督の起用が決まったんだ」

その部屋は宮殿の二階の隅にあり、『身分の高いゲストのための待合室』と説明された。待合室とはいえ、高い壁と天井は黄金の浮彫りで飾られ、白鳥をかたどった大きなシャンデリアが高い窓から差し込む夕陽に輝いている。

金太郎に連れられて、オレたちは多少ためらいつつ大理石の床に足を踏み入れた。

豪華な猫足の椅子から立ち上がったのは、五十歳前後に見える日本人女性と長身で白髪のフランス人男性。女優・峰今日子とジャック・デグレ監督だ。

峰今日子はひと時代前、日本映画全盛期のスターだった。しかし『ケチ臭い日本の業界に見切りをつけて』単身でフランスへ。そこで銀幕デビューの夢は叶わなかったが、〈トゥルービルの出会い〉などの名作で名高いジャック・デグレ監督を夫として射止めたのだ。今でも日本のファッション雑誌にエッセイを寄稿したり、テレビにも顔を出す有名人だ。デグレ監督はもう七十歳にはなるだろう。ここ十年ほどは監督作品が見当たらないが、優雅な動作や表情に老巨匠の風格は感じられる。

金太郎は佐野英子の通訳で、初対面のオレたち八人全員を夫妻に紹介した。

一人ひとりが日本式に名刺を差し出すので、デグレがちょっと困惑して横の今日子にフランス語で囁いた。「こいつら何なの？　映画の宣伝をやる人たち？」

「後で説明するから」と今日子もフランス語だ。「ジャック、ここは適当に合わせておいて」

彼女はオレたちの誰ひとりフランス語を理解出来ないと、勝手に思い込んでいるな。英語圏以外での海外生活が長い人にありがちな勘違いだ。だがオレは何も言わなかった。

オレたちは大きなテーブルを囲んで座り、金太郎が立って挨拶とプロジェクトの進捗を日本語で話し始めた。「まず皆さんにお礼を申し上げます。ご主人のデグレ大監督をこの僕に紹介してくれた今日子さん、ほんとうにありがとう！　そして川浪ちゃんは主幹事として二十五億円もの出資金を集めてくれました！　〈バラの近衛兵〉はついに前進します！　世界に通用する映画という、この金太郎の夢が実現するのです。美生堂の広告とのタイアップも今までにない試みです。吉野監督、清水さん、西舘さん、北原さん、電広の皆さん、どうか〈バラの近衛兵〉と金太郎をよろしくお願いします！」バン、と胸を叩いた。

「選挙演説みたいだね」耳元で清水が囁いた。「世界に通用する田舎代議士か…」

オレはくすっと笑ったが、しかし実は清水ほど皮肉っぽく見る余裕はなかった。

金太郎というこの誇大な男、何をしでかすのかとちょっと警戒心もわいた。

金太郎は続ける。「さて、シナリオは今ジャックが第二稿を執筆中ですが、現在ある初稿を使って、来週早々からキャスティングに入る。まず何をおいても主人公のオスカルです。ジャック・デグレ監督作品ですから、フランスでも第一級の女優を起用します。例えばぁ」と手元の人名リストを取り上げた時、ノックと共にドアが開き警備員が一人現れた。

うやうやしく金太郎の横に立つと、「サー、お客様がお見えですが」と英語で告げる。

「ああ、文化・通信省の方だね？」と金太郎も英語。

「イエス、サー。ベルサイユ宮殿を担当されるピエール・ボディモン部長であられます」

「僕の友人です。お通ししなさい」と金太郎。自分の家にいるような態度にオレは驚いた。

ふと、斜め前の席の北原あかねと目が合うと、彼女も呆れた表情だ。

だが金太郎は朗々と声を張って、「皆さん、世界史上初めて日本人にベルサイユ宮殿内の映画撮影を許可してくれた素晴らしい方がいらっしゃいます！」

間もなくドアが開かれると、青いスーツに赤のネクタイの小柄な男が足早に入って来た。

2

文化・通信省官僚の登場に、日本組はかなり緊張を強いられたが、ミーティングはまだ〈初顔合わせ〉ということでごく形式的に進み、三十分後には何事もなくお開きとなる。ジャック・デグレ監督と峰今日子の夫婦はパリへ戻り、オレたち八人はボディモン部長と金太郎の先導で宮殿内を少し見せてもらった。

もう七時近い。一般公開は終了しており、オレたちの借り切りという贅沢なツアーだ。部長は思いのほか愛想が良く、『〈バラの近衛兵〉の映画を見て、大勢の日本のお客様がベルサイユへ来てくれましょうね』とモミ手でもするような態度（当時すでにヨーロッパの観光地では、日本人は金持ちで気前が良い、というイメージが定着していた）。

〈王の寝室〉、〈女王の寝室〉、〈マリー・アントワネットの居間〉と見てまわる。高い壁や天井の隅々までも金銀の浮彫彫刻で飾られ、天使が舞い、花が咲き、蔦がはう。

「すごい……」西舘がつぶやいた。海外には詳しい彼女もベルサイユは初めてという。

北原あかねも感動している。「やっぱり本物は…コミックスとは違う！」そして西舘に、

「こういう部屋で撮影してもいいんですか？」

「〈バラの近衛兵〉の映画ならオーケーみたいね。でも広告はどうかなぁ？」と西舘。

「ムリでしょ…まさかＣＭではね」清水が首を捻る。

「出来るよ」背後から川浪の太い声が響く。「広告の撮影も今回に限っては、映画と同条件で許されてます。大越金太郎が奇跡を起こしたんだ。東京の皇居の中でフランス人が映画〈忠臣蔵〉を撮るようなもんだからね。ははは、こりゃキンタロ・ミラクルだわ！」

その奇跡の金太郎は、ボディモン部長と並んで先頭を歩きながら何事かヒソヒソ話をしている。時おり部長の肩をさすったり、腹をつついて大笑いしながら。

「吉野くん」川浪が囁いた。「映画と文化には共通点がある。えらく金がかかることだよ」


パリへ戻り、ホテルにチェック・インしたのは十時過ぎだった。

〈ソフィテル・トロカデロ〉という名前の、パリでも新しいタイプのホテル。

そこは十五区でシャイヨー宮やトロカデロ広場よりさらに西。オレにとってなつかしいオデオンやカルチェ・ラタンとは、パリ市街地のほとんど反対側になる。

ガラスとスチールの高層建築が多く、立体駐車場が整備されて路上駐車するクルマの姿は消えてしまった。石畳の路はアスファルトに変わり、パン焼きや古道具の匂いもしない。

皆疲れて眠たかったが、西舘女史が『どうしても今晩中に全員で確認したいことがある』とロビーの一角でミーティングを始めてしまった。

「これからどういうルールで仕事をやるのか、ハッキリさせたいの」西舘が厳しい表情で一座を見回す。「我々は美生堂の広告を作るために来てる。ベルサイユ観光のためじゃない。川浪さん、まず仕事のディレクション系統を明確にしたい。グラフィックもCMも含めて、クリエイティブのボスは誰なんですか？　あなたなの？」

「そりゃ違うでしょう」と川浪は西舘を睨み返して、「おれは映画も広告も含めてこのプロジェクト全体のボスだよ。で、映画は制作委員会から任されて金太郎が作る。広告はそりゃ西舘さんや吉野くんがプロでしょう。それを仕切るのは電広さん、どうよ？」

電広の一人が答えて、「媒体営業三部の鈴木です。ええ、クリエイティブのボスといえばですねぇ、こりゃ組織的にウチの三クリの佐久間局長になるのかと」

「佐久間さん？」西舘のトーンが上がった。「でもね、あのオッサン来てないじゃないの。築地の局長室に座ったままで、ベルサイユの仕事のディレクション出来るわけ？」

「そ、それは、あくまでカタチの上の話ですからぁ」鈴木はドギマギしながら、「実際のところは、一流クリエイターの皆さんが仲良く協力し合ってですね、あれしていただければ」

西舘はまず鈴木を、次に川浪を睨みつけた。そして「…この西舘が仕切ります！　広告はみんなで仲良く作るもんじゃないの。あたしが責任持ってディレクションします！」

そしてオレたちを見回し、「皆さんそれで異存なければ、今ここで大雑把なスケジュールだけ確認させてもらいたいの」

「ちょっと待って」と川浪。「映画制作のスケジュールは大体見えてる。メッチャメチャ特急ですよ。明日の打ち合わせで金太郎の方から詳しく説明します。だけど、西舘さんにも皆さんにもわかっておいてもらいたいのはぁ、美生堂さんは製作委員会に五億も出資して〈バラの近衛兵〉の映画そのものを広告表現に利用する権利を買ったということなんだ。だからあくまでも映画をベースにした表現であり、スケジュールだと考えてもらいたい。『まず映画ありき』なんだ。わかるよね？　西舘さん」

「わかってるよ、そんなこと！」憤然とする西舘。「そもそもあたしは〈バラの近衛兵〉が持ってるメッセージをとても買ってるの。表面的なことじゃない。もっと本質的な『働く女性の自由と独立』というメッセージを美生堂の広告で訴えたいの。川浪さんよ、あんたこそそのことわかってよ！」西舘の隣で、あかねが何度もうなずくのが見えた。

その後三十分ほどで川浪が説明した『大雑把なスケジュール』は、来年三月末スタートの美生堂春のキャンペーンには余裕たっぷりで、清水もオレもひとまずは納得した。

だが、結局はキャスティングもロケ設定も映画主導になる。そもそも〈バラの近衛兵〉のような大作フランス映画が、来年の春までという短期間で完成するものなのだろうか？

第一日目の会議で、オレはまともな発言ひとつ出来なかった。オレたちCM制作者が、何かの間違いで大作フランス映画の制作現場に迷い込んでしまったのか？

すでに四つの会社を転職して二百本近くのCMを作り、結婚も離婚もしたオレだけど、その程度の経験なんて川浪や金太郎に笑い飛ばされてしまいそうな気がした。

ともかく今夜はここまで。何の働きもしてないのにヘトヘトだ。

オレは清水と一緒のツイン・ルームで、シャワーも浴びずにベッドに潜り込んだ。


目が覚めたら七時前だった。窓の外は今日も快晴だ。

隣のベッドを見ると、清水は毛布にくるまって熟睡している。ロビー集合は九時だから、まだ寝かせておけばいいだろう。オレは身支度して、ひとりで一階のレストランへ降りた。

店内は一面のガラス壁から入る外光で眩しいほど明るい。ビュッフェ式のカウンターではもうサービスが始まっていた。オレは取り皿を持って五、六人ほどの列に並ぶ。

「お早うございます」と声をかけられ振り向くと、北原あかねがオレの後ろに並んでいた。

黄色いポロシャツの肩にカーディガンを巻いている。当時これは『プロデューサー巻き』と呼ばれて流行り始めていた。あかねはテレビマンじゃないけど、よく似合ってるな。

たっぷりのサラダやベーコン・エッグを取って、オレたちは窓際のテーブルで向きあう。

「北原さん、眠れた？」

「あんまり…この仕事のことといろいろ考え込んでしまって」

「うん、美生堂のキャンペーンはいくつもやって来たけど、今回はかなり異常だな」

「ああ、やっぱりそーなの。いつもこんなじゃないんですね」

「何ていうか、普通は一回目の打ち合わせから、スポンサーである美生堂の顔がバーンと見えるんだ。でもこの一週間はさ、川浪さんの顔と金太郎さんのデカい顔だけがオレたちを睨んでるような感じがする」

「そうか…スポンサーの顔が見えないんだ。だから落ち着かないんですね」

「オレは今まで十年間、いつもスポンサーの方を見て動いていた。美生堂なら河野宣伝部長。強いお父さんのような人だったな。河野さんに誉められたい、といつも思ってたよ」

「……西舘さんもそんな人かな」あかねは小さくうなずいた。

朝食後に、佐野英子がプジョーの大型リムジン二台で迎えに来た。

ホテルからベルサイユまでは二十分ほどだ。

十一時から始まった今日の打ち合わせには、宮殿の外の建物にある会議室が使われる。ボディモン部長もデグレ監督夫妻もなしで、日本側メンバーだけが顔を揃えた。

「お早うございます」金太郎のガラガラ声が響く。「今日は文化財の中ではありませんので、煙草など吸い放題です。では僕から」と、ハイライトを咥えて百円ライターを鳴らした。

オレたちも一斉に煙草に点火。紫煙が窓からの光を受けて雲のようにたなびく。

川浪が司会役だ。「ではまず映画のスケジュールについて、より細かいところを大越プロデューサーからご説明です。じゃ、キンタロさんよろしく」

「ええ、これについては美生堂さんと一番モメたんです、実はね」金太郎はスケジュール表のコピーを配ると、「大作映画としてはほとんど非常識な超特急制作です。この金太郎、いつスタッフに殺されてもおかしくない。あーっはっはっは！　ところがぁ、それですら美生堂さんの春の広告スタートにはとうてい間に合わないんですよ。ムリ！　そこでね、まだ世界公開前の映像を広告に使っても良い、ということで話がついた。〈バラの近衛兵〉公開はゴールデン・ウィークになります。ここからならば、美生堂さんとしてはまだ春に出た新製品を盛んに売っている時期ですから、この時間差はかえって販売促進になる。それに映画の宣伝としても、三月末にオスカルが広告に露出することは実にありがたい」

オレは手元のスケジュール表を見た。『撮影・十二月初旬――二月末　編集仕上げ・一月末――四月初旬　公開五月初旬』とある。オレには映画の経験はないが、この作品のスケールから考えて、これはかなりのやっつけ仕事になりそうな気がする。

金太郎は煙草をもみ消して、「川浪ちゃん、これなら広告の撮影にも問題ないよね？」

川浪は答えず、西舘に視線を振る。

「物理的には、ね」と西舘。「大越さん、そのスケジュールの中でオスカル役の女優さんをグラフィックやCMの撮影のために押さえていいのね」

隣のあかねもオレたちも金太郎に注目する。

「どーぞ、どーぞ！」かっと笑う金太郎。「オスカルの出ないシーンは沢山ありますから」

「まあ、いいとしますか？」西舘が清水を、次にオレを見る。二人とも小さくうなずいた。

「十一月には撮影準備に入りたい」金太郎は一座を見回し、「ともかくメインのキャスティングを来月一杯に終える必要があります。特にオスカルは大至急決めたい。ジャックからすでに主演女優候補の豪華なリストが出てますんで、すぐにかかります」

これはいったん任せるほかにない。西舘も無言だ。

川浪が金太郎と目を合わせて、「では、あと二つほど皆さんに了解いただきたい」

「ええ、一つはですね」金太郎の表情がちょっと厳しくなる。「広告に映画のカット、もちろんオスカルのね、これを大きくメインで使って頂きたい。ばーんとアップで！」

「ちょーっと待って！」西舘が気色ばんで、「なんであんた勝手にそんなこと決めるのよ！B倍のポスターや新聞全十五段に高い媒体費使って、見せるのは美生堂化粧品の広告です。あんたの映画の宣伝じゃないのよ！　同じ女優は使うけど、広告映像は全然別に作って、それにオーケーを出すのはもちろん美生堂さんでしょ！」

「西舘さん」金太郎は穏やかな口調で、「映画の映像を、しかも公開の二か月も前に使うのは、美生堂さんが五億円も出資して獲得した特別の権利のひとつなんですよ」

「権利……権利ならば、それを使わないこともできる筈ね！」

「確かに。義務ではないからね…でもさ、前向きに検討してよ」金太郎はオレに突然視線を振ると、「吉野ちゃん、どうかなCMでは?」ずいぶんと馴れなれしい言い方だ。

オレはちょっと考えて、「まだ商品もわからない。全部これからの企画ですから、何とも言えないな。でも直感的には、ワンカットだけ映画のオスカルを使いたいような気がする」これは本当に今思いついたことだ。オスカル役の女優が私服でカメラの前に立ち、素直に自分の生き方や仕事に対する考え方を語る姿をメインにして、それにぶつけて映画の中で剣を抜いて闘うオスカルのカットを挟むんだ。もちろんそこまで金太郎に言う必要はない。ここは『直感』だけにしておこう。

金太郎はニッと笑って、「いい直感ですねぇ！　さすがだ。ねっ川浪ちゃん」

川浪は苦笑して、「キンタロさん、あまり飛ばすなよ。まだ始まったばかりだぜ」

「では、もう一つの条件」金太郎が続ける。「へへ、これは西舘さんに殴られそうだな」

「言ってみれば」と西舘が睨む。

「宣伝文句。『コピー』って言うんですかね。その『コピー』に『バラ』または『近衛兵』のどちらかの言葉を必ず入れてもらいたい」

西舘の顔色が変わった……その後のやりとりは、描写するまでもないだろう。

西舘は激怒し、金太郎はトボけ、川浪は笑顔を崩さず、電広の二人は一つ覚えのように『映画と広告の相乗効果』を繰り返すのみ。オレと清水はいぜん外野席から観戦だ。

会議中、西舘が叫ぶ隣で平然とノートを取るあかねの姿が、オレには印象的だった。

軽い昼食を挟んで、オレたちは有名な〈鏡の間〉を見学した。

ベルサイユ宮殿の中でも最も贅を尽くした大広間で、奥行き七十メートル以上、片側の壁は当時極めて高価だった大鏡で覆われ、反対側の高窓の外の大庭園を映している。名匠ル・ブランが描いた天井画はルイ十四世の偉大な生涯を語っているのだそうだ。

金太郎の先導で、オレたちは足音を響かせてその回廊をゆっくりと往復する。

「ここで大舞踏会のシーンを撮るんだ」金太郎がオレの耳もとで囁く。「吉野ちゃん、想像出来る？　着飾ったマリー・アントワネットやルイ十六世が、何十人もの王侯貴族を従えて舞い踊る。それを自由自在に撮れるんだ！　信じられる？」

金太郎の壮大な夢の世界に、オレは自分が次第に引き込まれて行くのを感じた。

3

午後三時前、オレたちは二組に分かれて宮殿を後にした。

西舘、あかね、そして清水とオレはユーロ・フィルムキャラバンのクルマに相乗りしてブローニュの森へ向かう。ベルサイユからはそのまま北へ上って行けば、パリ市街地の西端を抜けて森へ入れる。

これは西舘のリクエストで、グラフィックの撮影下見のようなものだ。

ルイ十六世の時代、ブローニュは王家専用の狩猟場だった。

オレたちは、〈バラの近衛兵〉にも登場するルイ十六世の弟・アルトワ伯爵の屋敷バガテルや、オスカルやフェルゼンが馬を走らせた、木漏れ日の美しい林道などを見てまわった。

日没も近く、ホテルへ戻り始めたクルマの中で、オレはふと思い立って西舘と清水に声をかけた。「一か所、ちょっとだけ寄ってもいいですか？」

「いいけど」西舘が清水を見る。

「カントク、何か閃いたのかな？」と清水。

「いや、この近くに昔お世話になった方が住んでるんで、ちょっと顔出すだけでも」

「そりゃ行った方がいい」うなずく清水。西舘も微笑む。

オレはドライバーに、「ブローニュ・ジャン・バティスト・クレモン四五番地ってこの近くですか？」とフランス語で訊いた。

「ああ、あのお屋敷が並んでる所ね。十分ほどで行けます」

「ちょっと寄ってください」

「ウィ、ムッシュ」とハンドルを切るドライバー。

西舘とあかねが驚いて顔を見合わせている。

「吉野はね」清水が得意そうに、「フランス語もイケるんですよ」


陽は沈んだが空にはまだ残照が映える。

十年前と同じように、マリー・ラポールの屋敷はそこにあった。

生け垣とあちこち錆びた鉄の門扉。車寄せのある正面玄関を中心に、白い石造りの二階建てのウイングが左右に伸びている。

皆にはクルマの中で『十五分だけ』待ってもらい、オレはひとり門の前に立った。

一九六九年のあの時は深夜だった。タクシーを降りたオレの目の前で玄関ドアが開き、オレが世話になったカフェの店主ジャンの母親マリー・ラポールが現れた。

ムトウさんの借金のカタにオレを人質にしようとするサイ・フミオに追われて、かろうじて逃げて来たオレはここで救われたんだ。

二晩泊めてもらいマリーの身の上話も聞いた。戦争中のドイツ軍占領下、マリーは若いドイツ将校ユリウスと愛し合う。だが一九四四年八月ドイツ軍はパリから撤退。二人は別れるが、以来四半世紀もマリーはこの屋敷で、ユリウスと約束した再会の時をひとり待ち続けていたのだ。その話を聞いたのがすでに十年も前。だが今年八十四歳になるマリーはまだここに住んでいる、とジャンは言っていた。会いたい。

鉄の門扉はカギが壊れているようで、押すと簡単に開いた。

オレは敷石の上を小走りに玄関へ。大きな真鍮のドア・ノッカーを数回叩く。

しばらく待つが反応がない。

再度ゴンゴンと強く叩く。そしてオレは叫んでしまった。「マダム！　イロユキ・ヨシノです。開けてください！　イロです、マダム！」

「どなたですか？」背後からの声にオレは驚いて振り向く。

痩せて小柄な蓬髪の老婆が立っていた。オレに不審げな目を向けて、「こちらさんは先月からお留守ですよ。私は向かいの住人だけど、あなた誰？」

「あ、失礼しました」オレは頭を下げて、「ヨシノと申します。こちらにお住いのマダム・マリー・ラポールに以前たいへんお世話になった者で、たまたま近くまで来まして」

「ああそう。残念ね。いつお戻りになるのか知りません。バカンスにしては長いわね」

マリーはそんなに長く家を空ける人ではない、と思ったが仕方がない。「わかりました。あの、マダム・ラポールはお元気でしたか？」

老婆は鼻先で笑うように、「ウィ、とても元気でしたよ。あのひとは戦時中から元気過ぎたからねぇ……」

オレは老婆にマリーへの伝言を頼んで門を出る。生垣のバラが萎れかけているのが気になった。日本へ帰ってからジャンに訊いてみよう。


ホテルへ戻ると、ロビーで大越金太郎に出くわした。

「吉野ちゃんお帰り。きみを待ってたんだ。僕んちでメシ食わない？　アッサリしたご飯に旨い酒なんてどうかね？」

オレは招待を受けることにした。この男のことをもっと知りたい。

ホテルの前に停めてあったメルセデスのコンバーチブルに乗り込んで、オレたちは出発。金太郎の運転は荒い。タイヤを鳴らして、この高級車を暴走族の改造車のごとく振り回す。「どう吉野ちゃん、ベンツも悪くないでしょ？」

「結構速いですね」とオレはトボけた。


そこは二十五区、モンパルナス駅より南側だ。〈コンドテル・モンパルナス〉という長期滞在型のリース・マンション。701号という彼の部屋にオレは通された。

日本式にいえば二LDKになるが、リビングは三十畳ほどもあるゆったりとした部屋だ。ただしそのリビングには家具が全くない。部屋いっぱいに、ミニ・レーシングカーを走らせるプラスティック製のサーキットがぐるりと敷き詰めてある。その真ん中に大きめの段ボール箱が二つ。その周辺に電話機と本や書類が散らばり、一升瓶と茶碗や灰皿もあった。

金太郎は入り口で靴を脱いで、「ほんとに何もない所なんだけど、上がってよ」

「お、おじゃまします」オレは何処へ上がればいいのかわからない。

「この部屋、二か月前に借りたんだけどさ、家具とか面倒臭いじゃない。それであそこにベタッと座って仕事するのさ。時々フェラーリなんか走らせながらね。ま、どうぞ」

オレはサーキットを跨いで、段ボールの前の床に座り込む。

「ちょっと失礼」金太郎はベッド・ルームへ行くと、すぐに短パンとTシャツに着替えて戻って来た。「さて」とオレの向かいに腰を下ろす。そしてレーシング・カーのリモコンを取り上げるとオレに渡し、「まず一戦やろうよ、吉野ちゃん」と窓際のスタート・ゲートをアゴで示した。そこにはミニ・レーシングカーが二台並んでいる。

金太郎も別のリモコンを取り、「クルマはレールに乗ってる。スピードだけの調整だけど、脱線しないで走るのはけっこう難しいよ。並んでゆっくりと一周してから本番スタートだ。三周でゴールね。僕は内枠のフェラーリ、きみのクルマは外枠のマクラーレンだよ」

「わかりました」とオレはリモコンのダイヤルを確かめる。『なんでここでレースやらなきゃいかんのだ?』などと思わないのは、オレのいいところかも知れない。

金太郎のフェラーリに続いて、オレのマクラーレンも発進した。まずゆっくりと直線から第一コーナーを回る。次第に速度を上げる金太郎にオレもついて行く。そのまま並んでスタート・ゲートへ。「行くよ!」金太郎が叫んでフェラーリが急加速。オレも速度を上げる。お、意外に安定いいぞ! オレは加速して金太郎との差を一メートル以内に詰めた。

一周目を回り、二周目の直線ではアクセル全開で差は三十センチほどになった。三周目の第三コーナーを抜けると、向こう正面でオレはスパートをかける。じりじりと並びかけ、ついに最終コーナーでフェラーリをかわした！と喜んだ次の瞬間、オレのマクラーレンはコースから飛び出して転覆！　壁際の白い布切れのような物の中に突っ込んで止まった。よく見ると、それは脱ぎ捨てたパンツだった。

「引っ掛かったな、はっはっは！」手を叩いて無邪気に喜ぶ金太郎。

「わざと追い抜かせたの？」とオレ。

「そーですよ。敵が自滅してくれるのが最高の勝ち方。諸葛孔明だっけ？」


しばらく後、オレたちは茶碗酒で乾杯する。

「吉野ちゃんよ、十年ぶりのパリはどうだい？」金太郎が唐突に言った。

「えっ？」オレは解せない。

「一九六九年以来だろ？　街も変わったよね？」

「キンタロさん…なぜそんなこと知ってるの？」

「天知る、地知る、我知るってね。この耳にはいろいろと入って来るのさ」

「誰かに聞いたんですか？」

「そう。誰だと思う？」

「……」

「ホンコンでね、ある日本人プロデューサーから」

「えっ、じゃあ……森山さん？」

「そー、きみの大先輩マーさんですよ」

驚いた。ここでその名前が出て来るとは思わなかった。東京で別れてもう六年になる。

「ビックリです」とオレ。「その森山さんがオレをCM業界に突っ込んでくれたんですよ。恩人だと思ってます。知り合いだったなんて」

「プロデューサー仲間よ。僕もホンコン映画には多少の関わりがあってね。マーさんは今、カンフー映画の準備してる。リッキー・ワン主演でね」

「え、リッキー・ワンなの！　森山さん頑張ってるんだぁ。元気なんですね？」

「元気だ。でもまだプリ・プロダクションの段階だから、これからがいろいろ大変だね。で、ここへ来る前にホンコンで彼とメシ食った時、いろいろと予備知識をいただいたのよ、きみについて」金太郎はハイライトを咥えてジッポで火をつけた。

オレもマルボロを一本。

金太郎はニヤリと笑って、「吉野洋行のヨーロッパ大冒険とCM業界ゲリラ戦闘勝利の物語！　なかなかエキサイティングな生き方して来たんだねぇ」

「いやいや、お恥ずかしい話で……」

「ああ、ついでにもう一つ」と金太郎はオレの目を覗き込んで、「きみを痛い目に遭わせたチャイニーズのヤクザ、もうパリにはいない。安心しなよ」

「それ……」

「金貸しサイ・フミオとあの怪物オヤジ。業界ではそこそこ有名人だわ」

「…今どこへ？」

「日本へ帰ってちょい商売替えしただろ。たぶん神戸だな」

「キンタロさん」オレは煙草を灰皿に置いて、「何でも知ってるんですね……なぜ？」

「へへへ」金太郎は鼻から煙を吐いて、「昔、時間と金をかけて作った情報網があるからね」

「じょうほうもう……」

「吉野ちゃん、他の奴に言うなよ…僕、実はぁ、通産省（今の経産省）にいたんだ。国立K大出て、立派なキャリア官僚でしたよ。そう見えないだろうけど」

「え？　それ辞めちゃったんですか？」

「二年ちょっと前にね。二十九だった。僕、きみと年が同じなんだ。本省では〈我が国の現代文化の世界発信とビジネス化〉というミッションやってました、へへへ。僕は映画に注目した。国は民間の映画に金を出すべきだ、と提案したんだ。吉野ちゃん知ってるかな？　環太平洋の主要国ではどこでもこれをやってる。カナダ、オーストラリア、ニュージーランド、台湾、中国、韓国、タイ、シンガポール、皆が国の出資で大きな作品を作ってる。アメリカは例外。ハリウッドがあるから国の金の必要もない。だが我が日本の映画界はひどいもんだ。いつも孤立無援で制作費に困ってる。多くの映画人、才能も意欲もある人々が、制作費を調達するために自分の家を借金の担保に入れなきゃならん。僕は彼等の悩みを一人ひとり聞いたよ」金太郎は茶碗の酒をぐっと一口やって続ける。「そこで僕は通産省がリードする百億円の〈日本映画ファンド〉の設立を構想した。そのために一年間、協力してくれそうな民間企業五十数社に頭を下げて回ったんだ。そこまで準備と根回しをして、僕はやっと上司の局長へのプレゼンにこぎ着けた。ところがさ、そのエラそうなオッサン、はなも引っ掛けてくれない。アタマっから『日本映画なんて下世話な物、見たいとも思わん』ってバカにして即却下だ。揚げ句の果てに『もっと権威と品格ある適切な提案をしろ』ときた。アッタマ来たねぇ！　何が現代文化だよ。初めっから映画見もしないで世界発信もヘッタクレもあるか？　なぁ吉野ちゃん。僕は局長に『自分を何サマだと思ってるんだ？　芸術を理解する教養もない、たかが木っ端役人のクセにふざけるな！』って言ってやった。その場で辞職しましたぜ」

オレは何と言っていいかわからず、ただ小さくうなずいた。

金太郎の物語はさらに続く。フリーになって『ブラブラしてた』という。

毎日映画館へ通い、夜は漫画雑誌に読みふける。

そして〈週刊サルビア〉の大ヒット連載〈バラの近衛兵〉に出合った。それは『少女マンガ』を遥かに超えた作品。毎回、読むたびに泣いたという（それはオレにもよくわかる）。

しかもその作者・上野絵里子は国立K大時代のクラス・メイトだったことに気付いた。

「ひらひら、キラキラした服ばかり着て、いつも妄想にふけっている〈夢見る乙女〉だわ。あの女にこんな凄えもんが描けるとは、ドヒャーッと驚いたね」金太郎はオレにぐーっと顔を寄せると、「僕はすぐに動いて〈バラの近衛兵〉の全世界映画化権を買い取った。世界に通用する大作映画を作ろうと決心してね。それが去年の暮れのことだわ」

「ちょ、ちょっと待ってキンタロさん。買い取ったって、そんなお金持ちだったの？」

「とんでもない！　僕の実家は高知の山奥で、小さい頃オヤジが死んで食うや食わずだ。やっと中学出て、夜学の高校から無理やり国立K大入りましたよ！　貧乏人です」

「じゃあ、どうやって？」

金太郎はニヤリとして、「そこが仕事の面白さですよ……」そして煙草をもう一本つけて「実はね」と話し始めた時、入り口の鍵が外から回されてドアがすっと開いた。

「ただいま」と入って来た女性はTシャツに短いジョギング・パンツ。スーパーの紙袋を抱えている。「あっ吉野監督、いらしてたのね」声を聞いて気が付いた。コーディネーターの佐野英子だった。

「ふ、服装が違ったんでわからなくて…」オレはちょっと戸惑う。

英子はスニーカーを脱ぎ飛ばすと、「キンタロ、お客さん見えるなら言ってくれないと」

「はっはっは、吉野ちゃん失礼した」金太郎は英子を手招きしながら、「僕ここで一人じゃん。で、佐野さんがいろいろと面倒見てくれてる。最高のコーディネーターだわ」

「あ、そ、そうか…」

「英子ちゃん、腹減ったよぉ」と金太郎。

「いつものお茶漬けで」英子は紙袋を抱えたまま金太郎に体を寄せる。

「大盛りね」と言いながら、金太郎は片手で英子の太モモをつーっと撫でた。

お茶漬け食べたらサッサと引き上げることにしよう、とオレは思った。

4

ホテルに戻ったのは十時過ぎだ。

清水は部屋にいた。オレたちは一階のバーで『本日の情報交換』をやる。

アルミの縁取りと青いガラスのカウンターに並び、二人ともブランデーにした。

「金太郎さんはどうだったかね？」清水がジタンを咥えてライターを鳴らす。

オレもゴロワーズの最後の一本に火をつけて、金太郎の人となりや〈バラの近衛兵〉のプロデュースに至る顛末を語る。コーディネーター佐野英子がそこに来たことも話したが、『太モモをつーっ』までは言わなかった。

「ふうん…」清水はちょっと考え込む風で、「あの男さ、フランス政府まで動かして、二十五億の超大作。プロデューサーとしちゃあ大したもんだ。でも、僕にはなーんとなくいかがわしい印象が拭えないなぁ。あ、もちろん、これ単なる印象ってことだよ。実際に彼は美生堂、ヤマト・テレビや帝都映画まで動かしてる本物の映画制作者、なんだけどさ」

「清水さん、何を言いたいのかわかるよ」

「カントクは僕ほど違和感ないんだろ？」

「初めは同じようなこと感じた。だけどね、彼と話しているとあの何か物凄いエネルギーにあてられて、すっかりハイな気持ちになっちまってる。ワクワクしてきた」

「うーん…あなたにしてそうなのか？」

「今まで自分はムチャクチャな人間だと思ってきたけど、あのキンタロさんと較べたら、オレは極めて常識的な勤め人みたいに感じるな。ははは」

「西舘女史にはちょっと別な視点があるようだね。さっき晩飯の時にその話題が出たんだ。彼女が言うにはぁ」清水はジタンを灰皿に置いた。

オレは黙って清水の言葉を待つ。

「この作品のテーマは『働く女性の自由と独立』にあるのだと」清水の両手が動きだす。

「その視点からすると、金太郎さんは原作の本筋から外れているように見えると言うんだ。彼はあくまで〈男の目〉で、オスカルを『女であることを捨てようとして、しかし捨てられなかった悲劇的人物』のように捉えてないか？と西舘さんは疑ってる」

ああ、そこまで深く考えてはいなかったな。でも、そうなのかも知れない……。

金太郎は、そしてオレやこの清水にしても昭和二十年代から三十年代に物心ついて育ってきた。その時代、女性は男性に従属する存在。男性に愛され、男性によって幸せにしてもらうのが〈女の生きざま〉と信じられていた。ここフランスですら同様だったろう。

そして今、世の中は大きく変わり始めた。オレも清水もその変化をよく理解している。〈バラの近衛兵〉は時代のシンボルだ。

だが頭ではわかっていても、オレはほんとうに心の底から〈新しい女性像〉を受け入れているんだろうか……リシアを、チョッコを、ナツキをオレは女として愛したと思う。けれども彼女たちの〈自由と独立〉について、一度でも真剣に考えたことがあったろうか？

「カントク、どーしたの？」清水の声に我に返る。オレは空になったゴロワーズの箱を丸め、買い置きのマルボロを出して一本つけた。「ごめん。ちょっと考えちまって…」

「僕も悩ましいよ」清水がブランデーをちょっと舐めて、「ここでさ、金太郎やオスカルの話ばかりしてるけど、まだ春の新しい口紅の色も見てない。商品名も知らない。メイクの講習受けてない。そもそも美生堂の新しい宣伝部長や担当の顔すら見たことない。僕たちの愛した美生堂はどこへ行っちまったんだろう？　カントクどうよ？」

「美生堂はちゃんと銀座にあるよ」オレは清水の肩をポンと叩いてニッコリして見せた。

「清水プロデューサーもパリでブランデー飲みながら、悠々と時を待ってるじゃないか。次の波が見えてから乗ればいいんだよ。清水さんはアタマいいから何でも出来るさ！」

「……ありがと」清水も少し笑みを浮かべた。

九月十九日水曜は帰国の日だ。

フランス・エアの羽田直行便は午後の予定。十一時半にロビー集合と決まっている。オレは朝早く起きて荷造りを済ませ、チェックアウトしてスーツ・ケースをフロントに預けた。そのまま外へ出て、ホテルの前でタクシーを拾う。

ムトウ・ビュロウがあったオデオンやカルチェ・ラタンの街を一人で歩きたい。よく朝食を食べたカフェ〈トントン・レオン〉もまだあるだろうか？

ここからだと、パリ市街を西から東へ半分横断するコースになる。

ブローニュを回って行こうと思い、オレは『ジャン・バティスト・クレモン四十五番地の家へ寄って行きたい』と運転手に伝えた。

マリーの家にはホテルから二十分ほどで着いたが、しかし数日前と変わらず留守だった。仕方がない。日本へ帰ってからジャンの話を聞くことにしよう。

そこから三十分でオデオンに着いた。メトロの階段の前でオレはタクシーを降りる。

おお、街の様子は十年前とあまり変わってないぞ。

オレは石畳を踏みしめながら、ゆるい坂道をぶらぶらと上って行く。

あの時は春で今は秋だが、柔らかな薄陽は同じように街路樹と街並みを照らしている。

パン焼きや新聞紙、朝の匂いも変わってない。

Y字路を右へ。オレはムトウ・ビュロウのあったトゥルノン通りへ入った。

さて、一階が八百屋だったあの建物を探したが、どこにも見当たらない。

やっと番地で確かめた場所には新しい、大きなスーパー・マーケットが看板を輝かせていた。三棟の建物が合体して、風景がすっかり変わってしまった……。

せめてもの慰めはカフェ〈トントン・レオン〉がまだあって、そこでサンドイッチ・ジャンボンとカフェ・オレの朝食を楽しめたことだ。美味かった。


その夕刻、帰国便は二時間ほど遅れてシャルル・ド・ゴール空港を離陸した。

水平飛行に移ってシートベルトのサインが消えると、隣の清水は「やたらに眠たいんで、夕食は失礼するわ」と、リクライニングを倒して毛布をかぶった。たちまち寝息を立て始める。何事にも真面目な彼のことだ、この三日間は疲れただろうな。

オレは席を立って螺旋階段で二階のラウンジへ。

小窓から雲上の夕陽が差し込むカウンターで、シェリー酒を頼んで煙草をつけた。

疲れているのはオレも同じだが、眠気は感じない。

美生堂キャンペーンの大仕事、オレにとってもう五年目になる。準備段階を立ち上げてロケ予定地から帰る機内は、いつだってリラックス出来る場所だ。仕事はすでに自分の手の内にあり、あとはそれをカタチにすれば良い、というサッパリした気分だからね。

だが今回はそうカンタンではなさそうだ。

例えば、今までオレが『相撲を取っていた』のだとすると、『土俵がどこにも見えない』というこの状況にどう対応したらいいんだろう？

あの金太郎の、脂ぎった顔が頭に浮かぶ。

山奥の貧しい村に生まれて、夜学の高校から国立K大に入った。

通産省のキャリア官僚。日本現代文化の世界発信。一〇〇億円の映画ファンド。上司に却下され、罵倒して退職。〈バラの近衛兵〉に感動して映画化権を、どこから金を調達したのか、買い取る。そしていくつもの大企業を巻き込んで超大作フランス映画制作！

金太郎に『決められた相撲の土俵』などというものがあっただろうか？

いや、あいつは自分で好き勝手に土俵を作り、それを自分でぶっ壊して、また新しい全然別なカタチの土俵を作り直してやってきたんだ。近い内にまた壊すのだろうな……。

この吉野洋行にそんなことが出来るか？

少なくとも今までの十年間はやったことがない。口惜しいような気がする……。

ラウンジには客の姿はまばらで、カウンターにはオレ一人だ。

あかねも席で寝ているのだろう。ここ数日、西舘女史が怒鳴りまくる脇で平然とメモを取っている姿はカッコ良かったが、きっと疲れたと思う。ぐっすり眠ってほしい。

オレは箱に一本残った煙草に火をつけて、二杯目のシェリーを頼んだ。

これを飲んだら、自分のスイッチを切って寝ることにしよう。

5

九月二十八日金曜日。東京は秋雨が静かに降っている。

帰国してもう一週間が過ぎたが、金太郎や川浪からも電広からも全く連絡なし。

何が起きているんだろう?

樺山が清水の相談を受けて、美生堂宣伝部の旧知の人物に訊いてみたのだが、『春キャンに関しては、すべてキャッツ・エンタメさんと電広さんに仕切りをお願いしてるんで』とラチがあかない。憔悴する清水を、またオレが励ますことになった。

午後、オレは吉野チーム全員を集めてミーティングだ。清水と筒井も加わった。

例年より早く制作スタートするはずの春キャンのために、オレはスケジュールを空けておかなければならない。清水も然り。そしてこの準備段階からPMを一人付けたい。

「ゆうこ」オレはプロジェクト進行表を見ながら、「ショウタをもらっていいかな？　来年春先までこの仕事専任になるけど」

「えぇっ！　ちょっと辛いなぁ」ゆうこは風早と宅間を見較べながら、「バスロンは本数減ったから四月までないけど、クルマとお菓子が入るし、代理店モノもあるし」

「何とかならないかねぇ？」とオレ。

ゆうこは隣を見て、「ショウタどうよ、やりたい？」

ショウタは黙ってうなずく。

「そーだなぁ…フランス語のこともあるし、なんたってベルサイユで〈バラの近衛兵〉だもんね」ゆうこは風早に視線を振って「良さん、どうよ？」

「おれはいいよ」風早はいつものようにサラリと答え、「ヒロさん、すげえ仕事じゃん！　ウチとしてもさ、カントクとPMどちらもフランス語オーケーっていう態勢で行きたいね」

清水が深々とうなずいて、「それは言えます。特にこのケースは、言葉のアドバンテージがあると何かと小細工も利きそうな気がするねぇ」ニヤリと笑った。

「わかりました」ゆうこが微笑んだ。「ショウタ、フランス戦線へ行け！　ムトウ・アキラさんよりもいい仕事するんだよ！」

「します」嬉しそうなショウタ。

「カントク、こちらは何とかします。良さんの仕事は全部あんたよ」ゆうこが宅間を睨む。

「あたしもプロデューサーとPM兼業でやるけどね」

「大丈夫です。制作部から新人のPA一人、付けてもらうし」宅間も成長したな。

「楽しみだねぇ！」筒井がぐしゃっと笑った。「ベルサイユ宮殿で三十五ミリカメラ回せるなんて、日本初だよ。夢だね！」


週明けの十月一日、電広営業の鈴木から清水に電話があり、やっと『広告打ち合わせ』の日取りが決まった。

翌々水曜日の朝一番で、樺山、清水、ショウタ、オレは電広の銀座別館にある三クリのロビーへ入る。四人ともいちおうスーツにネクタイ姿だ。

「なーんかヘンな感じだなぁ」樺山が首を捻り、「美生堂宣伝部はこのビルの三軒隣だわ。なんでわざわざこんな所にガン首そろえなきゃならんのかな？　なあ清水よ」

「三軒隣でも」と清水。「遠い所になっちまったような…」

オレはショウタと顔を見合わせた。十数年もの間、美生堂宣伝部と家族のように付き合ってきた樺山や清水の困惑ぶりは、オレたちにも少しは共有できる。

十時ちょっと過ぎ、全メンバーが会議室のオーバル・テーブルを囲んだ。

キャッツ・エンタメから三人、電広六人、トークリ三人、ニッセン四人、そして広告主である美生堂からは一人だけだ。

電広の佐久間局長が、例によって金縁眼鏡をキラリと光らせて立ち上がった。「みなさんお早うございます。主要なスタッフ全員が集まりました。キック・オフいたします。では、まずは美生堂さんからひとことと」

四十代の小太りした男性が座ったまま一礼し、「ええ、本日は新任宣伝部長の坂田が海外出張で失礼致しまして、わたくし次長の秦と申します。宣伝関係のお仕事は、部長ともども素人でありまして、ここはぜひ皆さまのお教えを頂いて任を果たしたいと思います。

ええ、明年春のキャンペーンは、当社としても従来とは全く異なる〈メディア・ミックス〉のスタイルで、特に映画と広告の緊密な連動が不可欠です。キャッツの川浪社長と電広の佐久間局長を信頼申し上げ、お任せしたいと考えております。どうかよろしく」

「お任せください」と川浪が立ち上がった。「今日はまずキャスティングの件から入ります。

映画と広告をつなぐ主人公オスカル役について現状をご報告します」と、川浪はちょっと間を取って一同をぐるりと見回し、「まったく何も決まっておりません。はっはっはっは！」

「え！」「は？」という声が聞こえた。オレと清水は顔を見合わせる。

「今朝方、パリの大越プロデューサーから国際電話がありました」川浪はメモ帳を取り、「聞いた通りに読み上げます。『ここ二週間ほどあらゆる手立てを尽くしましたが、結果としては、デグレ監督が望むような一流どころの女優からは全員断られました。オスカル以外のメイン・キャストでも同じような事態が予想されます。現在、役者のランクを下げての再交渉を始めていますが、そもそも日本の漫画の原作でフランス宮廷の映画を作るということ自体、容易には理解されないようです』と、こんなところでした。ははは」

唖然とする一同……川浪は着席して煙草をつけた。

「で、電広さん、これは？」と秦次長が佐久間局長を見つめる。

その視線を佐久間は川浪へサッと振ると、「は、話が違うじゃないですか！　デグレ監督のお名前の力があれば、スター級の起用が可能だと川浪さんはおっしゃった！」

「監督のネーム・バリューは、まぁ、主観的なもんでもあります。デグレさん、ここ最近は作品撮ってませんしね」と川浪。「でもだーいじょうぶですよ。役者のランクを少しだけ落とせば、いくらでも候補はいます。帝都映画さん、ヤマト・テレビさんの厳しい基準もありますから、大越もしっかりとやるでしょう」

「…ということですが」佐久間がチラリと秦の顔色をうかがう。

「佐久間さんね」秦が手元のメモを見ながら、「弊社といたしましては、季節キャンペーンのモデルさんは、長らく『色のついていない新人に限る』という条件でした。しかしながら、昨今の大きな組織改革と宣伝戦略の変更もあり、『今回に限って、フランスの一流女優ならば映画と共通でも良し』という思い切った決定が役員会で下されたんです」

「……承知してます」佐久間はちょっと眼鏡を直すと、あらためて川浪に向かって、「そちらのお考えは『一流女優を外しての選択』ということでしょうか、川浪さん？」

「いやいや」川浪が苦笑しながら、「そんな『ベスト・オァ・ナッシング』の話にしないでくださいよ。映画のキャスティングには常に妥協がつきもの。大丈夫、心配ご無用！」

「まぁ、手前どもは素人なんで……」秦が曖昧な笑顔を佐久間に向けた。

会議はいちおうまとまって『また来週』ということで解散。

しかし各々それなりに広告のプロだ。雲行きが怪しいことぐらい皆わかっている。

スター女優の起用がないとなると、映画の方は『妥協がつきもの』で作れるとしても、美生堂にはそれで通るのか？　五億円も出資した意味を認めてくれるのか？

しかし何が起きるにせよ、もう誰も後へ引くわけには行かない。


帰ろうとしたオレたちは一階のロビーで営業の鈴木に呼び止められ、「佐久間局長からトークリさん、ニッセンさんともう少し意見交換をしたい、とのことです」

五階の三クリ会議室には西舘、南雲、そしてあかねもいた。

それから三十分ほどの思いつきの出し合いは、かなり大雑把なものに終わった。

佐久間「電広のロス支局を動かして、ハリウッドの大手エージェントにあたる」

西舘「ニューヨークのキャスティング・ディレクターに依頼して、ブロード・ウェイの役者を検討させる」隣であかねが目をむいた。

そして樺山は、日本でも出来るキャスティングの可能性を指摘。

オレはここでも最後まで何も言わなかった。


「樺山さん」オレは帰りのタクシーの中で、「キャスティング、何かアイデアあるんですね」

「ない」樺山は煙草を吹かす。「佐久間さんも西舘さんも、一応もっともらしいこと言ってたけど、まずムリだって初めっからわかってると思うよ」

「……」

「日本製フランス映画の主演女優の話だからな、川浪さんたちに頑張ってもらおうや」

清水が嘆息して、「こんなことで美生堂はいいんでしょうか？」

「そうねぇ」樺山はふっと煙を吐いて、「でも僕たち、頼まれないことは出来ないよ」

その午後遅くには数日続いた雨が止み、ニッセンの屋上から遥か西に連なる天城山系のあざやかな夕焼けが見えた。

オレはベンチに寄りかかって、残照を浴びながら煙草を吹かす。いい気持ちだ。なんとなく鼻先からハミングが出てきた。子供の頃からよく知ってるメロディーだ。そのうちに小声でぽつぽつと歌い始める。

♪名も知らぬ　遠き島より
流れ寄る　やしの実ひとつ
ふるさとの岸をはなれて
なれはそも……ハッとして、オレは歌うのを止めた。

なんでこんな歌が出て来たんだろう…その時オレの中に、〈椰子の実〉を歌う美しい女性の姿がスーッと浮かんだ。それはあの澄川レイだ。

三年半前、〈まなざし、なにを語る〉のオーディションで最高点を取りながら、飛び入りであらわれた女子高生・遠野みさとの凄まじい目力に逆転で敗れた澄川レイ。

だが華やかさ、優雅な美しさにおいてはレイはダントツだった。オレはあの時のやりとりをよく憶えている。『父は日本人です。母がアメリカ人で私は向こうで生まれてますから、今は両方の国籍を持ってます。二十歳になったらどちらか選べるので、私は日本人になりたいです』『オレゴン州立大学で専攻はフランス文学。〈レ・ミゼラブル〉が大好きなので』『マヌカンではなく、女優の仕事が目標です』背筋を伸ばして夢を語るレイ。

百八十センチ近い、水泳選手のような綺麗な体型。大きな目。鋭い鼻筋と柔らかな口元。趣味は乗馬、スキー、フェンシングまでやる。そして最後の『自由演技』で〈椰子の実〉を歌って、レイは審査員すべての心を掴んだ。

オレはレイの姿を、もう一度頭の中にくっきりと再生してみる。

『オスカル・フランソワ・ド・ジャルジェ様ご到着！』という、宮廷従者の声が聞こえたような気がした……。

我に返った時、オレは屋上から七階まで階段を駆け下り、企画資料室に飛び込んで棚の上から〈美生堂オーディション映像・七六年春、秋〉と書かれた大きな段ボール箱を引きずり下ろす。数十本のビデオの中から『まなざし、CM最終選考』というやつを見つけた。清水やショウタはもう帰ってしまったから、オレ一人でもいい。西舘さんやあかねに今から見てもらおう！　オレは電話でタクシーを呼んだ。

6

「オスカルだ！」ビデオ画面に澄川レイの姿が現れた次の瞬間、あかねが叫んだ。「こんな人が本当にいるんだ！　いったい誰なの？　ハリウッドの女優さんとか？」いっさいの説明なしに、オレはあかねにビデオを見せたのだ。

そこはトークリの小さな試写室。もう八時を過ぎて西舘や南雲もおらず、一人残業していたあかねが澄川レイとの初対面、ということになったのだ。

あかねは興奮して、「上野絵里子の描いたオスカルそのもの。この星が輝くみたいな大きな目も、すーっと長い手脚も〈バラの近衛兵〉なの！　どこで見つけたんですか？」

オレは嬉しさを押さえて、「ただの新人オーディションだよ。三年前、秋の美生堂キャンペーン〈まなざし、なにを語る〉の時だ。北原さんもCM見たよね。結局、採用されたのはあの遠野みさとだったけど。ちょっとクセのあるメイク商品だったからね」

「ええっ、これでボツなんてもったいない！　この人ハーフだよね。いくつですか？」

「あの時十九だったから、今二十二か三だろうな」そしてオレは澄川レイについて、あのオーディションで見聞きした限りのことをあかねに語った。

「……フランス語喋れて、乗馬やフェンシングまで出来るなんてビックリ」とあかね。「それにねカントク、頭に浮かぶフランス人の有名な女優さんの誰よりも、この澄川さんはオスカルに近いような感じがするんです。なぜだろう？」

「ああ、確かに……」オレも同感だ。

しばらく考え込んだ後あかねは目を上げて、「もしかして、こういうことじゃないかな？　オスカルっていう人物は、『日本人・上野絵里子が想像で描いたフランス人』。だからもともと、何ていうかな、『日本人の血』が入ってるんだ！」

「うん！」オレは思わずポンと手を打った。「オスカルは普通のフランス人とは違うんだ！　特別な女性なんだ。映画の中でも他のフランス人役者から『浮き立って見える』くらいでいいんだ。澄川レイで行こう。みんなを説得しよう！」

「まずは、明日の午前中西舘さんに見せます。このテープ、今二階でコピーしてきてもいいですか？」返事を聞く前に、あかねはテープを掴んで部屋を飛び出して行った。

翌朝から、オレの周囲のすべてが澄川レイに向かって動き出したような気がする。

出社するとすぐに清水が来て、「きのう家で一杯やってる時にさ、ひとつアイデアが浮かんだんだ。カントクと一緒にその資料ビデオ見たいと思って、さっき企画資料室を探したんだが、その一本だけが見当たらないんだわ。いま制作管理の倉庫を当たらせてる」

オレはピンと来て、鞄の中からVHSテープを一本取り出し、「これでしょ?」

「えっ、それ?」

「澄川レイだよ。オレも清水さんにこれから見せるつもりだった」

二人でお互いをホメ合って大笑いした後、すぐに〈試写会〉となった。樺山も入る。

樺山はレイの顔が映った瞬間に「おーっ、すっかり忘れてた! こいつがいたなぁ!」

と嬉しそうに大声を上げた。

三人の意見は即一致。遅れて入ったショウタも「漫画原作そのものです!」と感嘆した。

樺山がちらっと時計を見て、「清水、すぐに〈オム・エ・ファム〉に電話入れて小田原さんに澄川レイの近況を訊いてくれや。ついでにこの仕事のこともざっと伝えといて」

「了解」清水はショウタを振り返って、「きみは電広とキャッツ・エンタメに電話入れて、至急打ち合わせの時間どり頼みます。オスカルの有力候補がいるが、いま調査中だと」

午後一番で西館から電話。「澄川レイで行こう！　あたし一目惚れよ」と絶賛した。三時近くになってショウタから報告が入った。「電広とキャッツ・エンタメの両方から『打ち合わせの前に、まずビデオを見せてくれ。すぐに届けて欲しい』とのことですが」清水はオレにうなずいて、「オーケー。マスター・テープから直接落として、それぞれ澄川レイの経歴書もつけて、ショウタ自身が持って行ってくれや。厳重にマル秘よろしく」「テン・フォア」ショウタは足早に出て行った。

夕方六時に電広の佐久間局長から清水に、またその三十分後にはキャッツの川浪社長からオレに、おおむね似たような内容の電話があった。『彼女は有力候補として認められる。実際に出演可能なのか、至急あたって欲しい。ビデオはこちらからパリへ送る。この件に関しては御社内外、広告主の美生堂さんも含めていっさい他言無用』「ずいぶんとエラそうな物言いだな」不満げな樺山。「まぁ、あいつらも真剣になってる、と解釈してあげましょう。ははは」

出前のカツ丼で夕食を済ませた頃、オム・エ・ファムの小田原から清水に電話が入った。

いいニュースだ！　澄川レイはこの話に大変興味がある、という返事。彼女は三年前と同じオレゴン州・ポートランドに住んでいるが、長期間のフランス・ロケもオーケーだと。そして小田原は『吉野監督から直接、レイに電話してはどうか？』と提案した。

「今、あちらは早朝だ」清水はすっかりノッている。「カントク、レイを口説こうよ」


一服して頭を冷やしてから国際電話が申し込まれ、数分後には澄川レイが出た。

「もしもし、ニッセンの吉野です」オレは日本語でゆっくりと喋りだす。

「レイです。こんばんは、あの時のCMディレクターの方ですね」彼女の〈日系二世風〉の言葉づかいを思い出した。

「はい、あの時は一緒に仕事出来なくて残念でした…あれから元気でやってた？」

「うーん……いろいろありました。あの、それ言ってもいいですか？」

「もちろん。あ、これ会社の電話だから料金気にしなくていいよ、レイ」

「……あの後、すぐ二十歳になって日本の国籍選びました。わたし日本人です。でも次の年に父さんと母さんがディボース（離婚）してしまって、わたしは父さんと一緒に暮らすことになった。でもうちの事業がうまく行かなくなって、わたしもポートランドでモデルとか、テレビの小さなロール（役）でお金もらいました。あれ、もうやりたくない」

「レイ…大変だったね…でも、なぜやりたくないの？」

「あのね…わたしは『日本女性の役』と決められてしまうの。キモノを着せられたり、ドラマでも日系人のメイドの役とか。逆に日本では、わたし誰からもアメリカ人のように見られて、それが嫌だったのにね」

「そうか……」オレは言葉に詰まった。

「だからね、わたしこのオスカルの役、とてもやりたいです！　小田原さんから、電話で話を聞きました。女性なのに男性のように育てられて、近衛兵の隊長としてフランス革命で闘う。〈レ・ミゼラブル〉の少し前の時代ですね。漫画はまだ見てないけど、オスカルってわたしに合ってる気がするんです。ヨシノさん、わたし合格するでしょうか？」

「レイ、オレはテレビCMの側からは強く推薦するよ！　映画の方はフランス人の監督だから、たぶん、ポートランドの人たちとは女優に対する見方が違うと思う。レイの魅力をよくわかってくれるんじゃないかな。今回のキャンペーンはあくまで映画がメインなんだ。今パリにいるプロデューサーがレイを支持してくれるといいんだが……」

　隣の清水がオレの腹をつついて腕時計を指差した。『会社の電話』でも、やはり料金は気になるのが清水の忠実なニッセン社員たるところかな。

　レイの意思は確認されたので、『この先はいったん川浪社長に預ける』ことになった。

7

翌週、十月十一日の木曜日。

午前十時から打ち合わせ。オレたちは再び電広銀座別館の三クリ大会議室に集められた。前回同様にキャッツ、電広、トークリ、そしてニッセンだ。

だが、なぜか美生堂の顔が見えない。

「お早うございます」佐久間局長が立ち上がって挨拶した。珍しく派手な花柄のタイだ。

隣の席の川浪社長とチラリと目を合わせて、「美生堂さまが見えるまでにあと二十分ほどあります。と言いますのは、皆さんのご理解を頂いた上で、ちょっとした〈サプライズ〉を美生堂さまに仕掛ける企みがあるんです。ふっふふ」

隣の川浪もつられて薄笑いを浮かべている。

「まず結論を申し上げる」佐久間が一同を見回して、「澄川レイ、オスカル役第一候補！」

「おおっ」「よっし」「いいね」皆が声を上げた。樺山、清水、ショウタ、西舘、あかね、南雲、そしてオレ。良かった！　レイの魅力はフランスでも理解されたんだ！

「そこで〈サプライズ〉の話です」と佐久間。「この一回のプレゼンで美生堂さんのオーケーを取りたい。必勝で臨みたい。我が電広はこのような場合、一種の演出技法を使います。皆さんはあまり慣れてらっしゃらないと存じますが、ひとつだけご協力のお願いがあります。少々失礼かもしれませんが、このプロジェクト成功のために、どうか耐えてください。では申し上げる……美生堂さんがこの部屋にいらっしゃる間は、このわたくしと川浪社長以外、どなたもひとことも喋らないで頂きたい。すべてを任せてもらいたい」そこで佐久間は再び一同を見回し、「……いいですね？」

オレたちは黙ったまま視線だけを交わす。

ともかく佐久間の言う通りにやらせるしかない、という互いの了解をオレは感じた。

「いいですね？」念を押す佐久間。

「しつこいよ、オトーサン」西舘がひとことと。「やってみれば！　黙っててやるからよ」

数分後、オーバル・テーブルにコーヒーが配られるとドアが開き、『美生堂さんの入場』となった。先頭の五十代の人が新任の宣伝部長だろう。その後ろから先週会った秦次長と若い女性が一人。三人は席につき、一同も腰を下ろす。テーブルの端には大型のビデオ・モニターが置かれていた。

部長が立って、「いやあ、先週は失礼しました。宣伝部長になりたての坂田でございます。ずっと海外畑でやっておりました。まあ、よろしく」フレンドリーな感じだ。「秦から報告は受けてます。今日はさっそく主演女優さんの提案を頂ける、とか」と佐久間を見る。

佐久間はニヤリと笑って、「今からご覧に入れます。では川浪さん」

川浪が立ち上がって、「昨夜パリから届いたばかりの新鮮なビデオです」

えっ、『パリから届いた』ってなんだ？　こちらからパリへ送ったんじゃなかったのか？

川浪は続ける。「この新人女優を発掘したジャック・デグレ監督は大変自信を持っている、とパリの大越金太郎プロデューサーも太鼓判を押してます。ともかく見てください」リモコンを取り、テーブルの端に置かれた大型ビデオ・モニターのスイッチを入れた。全員の視線がそこに集まる。


リーダーに続いて映像が始まる。

まずはエッフェル塔のようなシンボル・マークと〈ムーリス・デュパン・ビュロウ〉と読める社名のロゴが出て来た。このタイトル、フランス映画で見覚えがあるな。

でも、これはニッセンの資料映像のはずだ。なんでフランスの社名が？

「パリでもナンバー・ワンの芸能事務所にキャスティングさせた新人です」と川浪。

えっ、それ、どういうことだ？　レイは日本でオレたちが見つけたのに。

画面に澄川レイの顔が映った。「お早うございます。私はレイと申します。美生堂のオーディションを受けられてとても嬉しいです」ああ、これは確かにオレたちが作った三年前のビデオだ。だがあちこち編集でカットされている。レイのしゃべりも名前を言った後は消され、ＢＧＭとフランス語の字幕が入る。

映像はレイのシャープな表情からズーム・バックして、しなやかな全身の動きへ。

坂田部長が「おおっ！」と驚きの声を上げた。「こりゃ素晴らしい！　当社が今まで起用したどのモデルより綺麗ですな！　これで女優さんなんだ！」

川浪が得たりと、「さすがデグレ監督。オスカルの魅力を先取りしておられます」

「うん、うん」坂田も笑顔で頷き、「いきなりこれほどの新人が出て来るとは、フランスの映画界も健在なんですなぁ！　それに彼女、日本語で挨拶してサービスいいねぇ」そして隣の秦次長に、「どうかね、きみの感想は？」

「えっ、いやぁ、なんとも、わたしはこういうモデルさんとか初めてで、わかりませんが」

坂田は苦笑して若い女子社員の方を向くと、「ノリちゃん、きみは？」

呼ばれた彼女はハキハキと、「いいと思います。まさにオスカルそのものです。あ、失礼いたしました、坂田の秘書・太田典子と申します。あの、わたし漫画原作を読んでます。ほんとうにイメージ通りです」

「ほら、ちゃんと若い女性にはわかるじゃないの。はっはっは！」坂田は川浪を見ると、「川浪さん、よく提案してくれました。このレイさんで決めましょう。映画も出来るだけ早期に完成させてもらいたいし、パリの方へは至急ゴーを出してください。オスカル以外の選定は、もちろんお任せいたします」

「有難うございます、部長」佐久間が改めて立ち上がり、「すぐに全力でかかります。ただ、ひとつだけ重要なお願いがあります。フランス側との契約上の守秘義務があり、オスカルを演じる女優に関しては、来年三月末のキャンペーン開始まで名前も顔も全て厳重なマル秘になります。これは御社宣伝部内も例外ではありません。キャンペーンの準備においても、彼女の顔と名前に限っては『非公開』を徹底させていただけるでしょうか？」

「よくわかりました」坂田は深くうなずいて、「私も海外ビジネス、長いですからね」

プレゼンは完了した。オレたちニッセンとトークリは、約束通り何ひとつ言えずに。

「皆さん、申し訳ない！」川浪はテーブルに平身低頭して、「さぞかし呆れ果てておられるでしょう。ごめんなさい！」そこは別のフロアにある小会議室。もう佐久間はいない。西舘、あかね、南雲、樺山、清水、ショウタ、そしてオレの七人は川浪の弁明を聞く。「皆さんが選んで提案してくれた澄川レイさんを、『フランス映画界の新人女優』のようにデッチ上げてしまいました。佐久間さんのアイデアだったんだけどね、でもこうするしかなかった。それに実のところ何もウソはない。金太郎さんもデグレ監督も、澄川レイにはビデオを見てたちまち惚れ込んで、その場で第一候補にした。すぐにオレゴンへ電話して、レイのフランス語能力を確かめたほどだよ。ただ、ひとつ問題は…」川浪はちょっと間を取って煙草を吹かし、「彼女がどこから出て来たか？ということだ。デグレ監督やフランス側の関係者たちも、加えて日本側のヤマト・テレビや帝都映画も『オスカル役はフランスの若手スターであるべし』と信じてる。美生堂さんもさっきご覧になった通りだわ。吉野くん、ごめんね。その主役候補が『ニッセンの資料室から出て来た、三年前の美生堂オーディションでボツになった人』では、こりゃ、どうにもカッコがつかないよ。ここでオスカル役が決定しないと、映画の制作も始まらない。エライことになる。そこで金太郎さんがすぐ動いてくれた。パリの〈ムーリス・デュパン・ビュロウ〉にあのビデオを見せて、とりあえず今回は澄川レイのエージェント役を引き受けてもらうことになった。さっきのビデオのタイトル見たよね。つまり改めてムーリス・デュパンからデグレ監督、金太郎プロデューサーを経て日本側へ提案する、という逆のカタチに見せることが出来た、というわけだ。レイ本人も小田原さんも『フランス映画に主演するために必要なことならば』と納得してくれたよ。川浪は二本目の煙草に火をつけてふーっと一服した。

吐き出された煙の雲が、沈黙したままのオレたちの上空に漂う……。

「サル芝居！」西舘の声が響いた。「佐久間のオヤジのやりそうなことだけど、川浪さん、あんたまでサルの仲間かよ！　日本人のアイデアにフランスのレッテル貼っ付けて、ああこれでカッコがついて良かったと。嬉しいかよ、え、川浪よ？」

「西舘さん」川浪は静かに言い返す。「あんたもサルだ。これでめでたく美生堂のオーケーもらったんだ。同じサルどうし仲良くやりましょうぜ！」

西舘が何か言いかけて、しかし口ごもった。

再び一座は沈黙に覆われる……。

「川浪さん」清水が腕を組んだまま、「ひとつ問題があります」

「ん、何？」

「美生堂宣伝部内には、三年前に澄川レイのオーディションをやった人間が何人かいる。それにキャスティング室にもレイの資料がある。このウソはすぐにバレますよ」

川浪がニヤリと笑い、「実はおれもね、その心配を佐久間さんに言ったんだ。ところが彼はその点もちゃんと調べてた。つまり、当時のCDとAD、有賀さんと大崎さんっていったかな、二人ともこの春に美生堂を辞めてフリーで電広の仕事やってるよ。キャスティング室は先月、宣伝部の組織改革で廃止された。モデル関係の資料は芝浦の倉庫にまとめて放り込んであるそうです。今の美生堂にはもう事情を知る人がいない」

唇をきっと結んで目を伏せる清水。

「しかし」樺山が突然口を開いた。「僕たちが知ってます」

川浪は樺山に苦笑を向けると、「この仕事はすべてキャッツ・エンタメと電広の仕切りで、ニッセンやトークリに発注されるルール。つまり皆さんが美生堂に直接ものを言う場面はありません。もちろん、長いお付き合いの宣伝部には何人もお友達がいるでしょうから、ウラで〈密告〉することはいくらでも出来るよね、樺山さん。でもあなたは決してそういうやり方をしない。ニッセンさんもトークリさんも、一流のプロとしてみっともないことは絶対にやらない、とおれはかたく信じてるよ」

樺山も清水も返答に窮した。西舘も顔を歪めたまま無言だ。

どうする……。よし、言うべきことを言おう。オレは川浪を睨みつけると、「信じてもらっていいです。川浪さんの思い通りの結果になるでしょう」

川浪が意外な表情をオレに向ける。

オレは続けて、「澄川レイはベスト・チョイス。オスカルそのものです。フランスの一流エージェントの提案であれ、ニッセンの倉庫から出て来た資料であれ、レイの魅力は何も変わりません。出所なんてどうでもいい。採用されて本当に良かった。オレは喜んで澄川レイを撮ります」そして、オレはあかねと目を合わせた。あかねが微笑んだように見えた。

8

翌十二日は久し振りにヒマだ。だが、出社すると何やらざわついた雰囲気。

七階のエレベーターを降りた所で風早に出くわす。

「オハ。何かあったんかい?」とオレ。

「NACのグランプリですよ。十月に入っても延々とモメてたのが、よーやっと決まったみたい」風早はオレを見つめて、「何だと思います?」

「オレのだな?」

「いつもそんなこと考えてんだよね！　ヒロさん、違います！」

「じゃあ」

「美生堂の〈エセンシオ〉六十秒。佐々木さん演出。あの茶室で撮ったやつです」

「ああ」オレはうなずく。あれは美しい作品だ。

〈エセンシオ〉は高級基礎化粧品。白い、艶やかな肌をいかに格調高く表現するか、というオレには苦手な世界だ。佐々木は日本人形のようなモデルを使い、二畳の茶室の中で静かに茶をたてる彼女のほの白いほお、うなじ、そして優雅に動く手指を繊細に描いて行く美生堂らしい、女性の肌の表現が際立った映像だ。

「うちのグランプリ四年ぶりだよな。良かったぁ」オレは風早に笑顔を向ける。

「へぇ！　ヒロさん、ボロクソに言うかと思った。こりゃまた失礼しました。ガチョーン！　じゃあおれはゆうこと大正製菓の打ち合わせ行くんで」風早は爽やかに走り去った。


その午後、オレは東銀座の〈カフェ・クレモン〉に足を運ぶ。

帰国後なかなか時間が取れなかったが、ジャンにパリの母親の件を話したい。

昼休み後の店内には二組の客がいるのみ。オレはいつものパスティスを飲みながらカウンターでジャンと向き合った。

「ママンは未だに戻ってなかったのか」ジャンはゴロワーズを一本咥えて、紙マッチで火をつけると、「八月の初めに手紙が来て、東ドイツへ旅行するとあった。ユリウスの消息について、何かわかったみたいです」

「共産圏へ…ですか？　今まであの家から絶対に離れなかったのに……よほどのことなんだろうな」とオレ。

「フランクフルト・アム・オーデルという町へ行くと。ポーランド国境沿いのところだ」

「オーデル川……」その対岸もかつてはドイツ領だった。一九四五年四月、そこから首都ベルリンへ向かってソ連軍の総攻撃が行われた、と何冊かの本で読んで知っている。

「ヒロがパリへ行くまでには戻ると思っていたよ。今のところ連絡はない。でもママンのことだ、長引いてるというのはきっといいことだ。それに」と言いかけて、ジャンは店の入り口に注意を引かれた。

「ジャン！」入って来たのはトオルさんだ。「おお、ヒロも！　バツイチ楽しんでるか？」

トオルは派手な女性を連れていた。腰まで垂らした真っ黒な髪。レザーのタイト・スカートに網タイツと赤いハイヒール。マネージャーの長崎小夜子だ。トオルはお決まりの〈芸能人サングラス〉もマスクもつけない素顔のままだった。

「トオルさん、連ドラも絶好調だね！」オレは立ち上がってトオルの手を握った。

「ヒロ、あらためて紹介する。へへへ、おれの奥さん・サヨコです」

サヨコは可愛げにぴょこんと頭を下げて、「新妻でっしゃ。よろしくねぇ」

「……じょ、じょーだんだろ！」肩を寄せ合った二人を、オレは唖然と見つめる。

「先月、籍だけ入れたんだ」ジャンが代わりに答えてくれた。「ごく近い身内だけこの店に集まってパーティーしました。ヒロはフランスへ行ってて残念。たぶん来週あたり週刊誌に出ると思うけど、別に問題ない。何も隠すことなんかありません。菊矢トオルは堂々と男の役者として、長く世話してくれたマネージャーの女性と結婚した。これで御目出とうございます」奇妙な日本語になった。

「そう、問題ないぜ」トオルはオレにウインクして微笑む。

「うん、そーだ。トオルさん、お、おめでと」と言いながらオレの頭の隅に、十一年前のクリスマスの夜、閉店後の光景がチラッと浮かんだ。

今二人が立っているまさにこのフロアで、ジャンとトオルは下半身裸で抱き合っていた。そうとは知らずに店に飛び込んだオレと目が合って、二人とも凍りつく。ジャンの右手もトオルの股間で止まったまま。そして焦げ臭い煙で火事に気付き、オレとトオルでやっと消し止めたんだ……ああ、ヘンになつかしいなぁ。

だけど新妻サヨコはトオルとジャンのことを、どこまで知ってるんだろう？

などと思いながらも四人で二十分ほどコーヒーで雑談し、やがてトオル夫妻は店の前に停めてあったポルシェ356スピード・スターに飛び乗って走り去った。

「ヒロ」カウンターに戻るとジャンはオレに煙草をすすめ、「ひとつだけ聞いてくれる？」

「何でも」オレはもらったゴロワーズに火をつける。

「私はトオルがよくわからない」ジャンはフランス語に変えて囁いた。ヤバイ話だろうな。

「世間へ見せかけの結婚だと思って賛成したのに」ジャンは眉をひそめた。

「あ、そ、それはよく理解できます」オレもフランス語。

「ところが、あいつら本気で愛し合って、なんと男と女のセックスしてるんだ！」

「それ…見たわけ？」日本語になってしまった。

「ノンノン、トオルが私に言ったんだ。すっごく気持ちいいって何度もね。そんな異常なことトオルがするなんて、イロ、あり得ないよな！」

「……」どこかで聞いたことがある話だ。そうだ、ロンドンのダニエル・コードウェル教授が酔っぱらってグチッたんだ。『愛し合ってきたパートナーのジャンが、日本人女子留学生のカオルコさんと結婚して日本へ行く、と言い出した。正気の沙汰じゃない！』

うーん、これはダニエルを裏切ったジャンへの〈過去からの呪い〉なんだろうか？

しかしゲイの殿方の〈筋目〉というもの、オレにとって完全な理解はなかなか難しい。

トオルの行為の成否は『将来の歴史的評価にゆだねよう』なーんちゃって……。

その夜は珍しく佐々木に誘われ、オレたちはゴールデン街のカルチェ・ラタンへ。マスターの北澤さんは去年引退して田舎へ帰り、以前は店の客だった歌舞伎町ホステス上がりの清美さんが、その巨体をカウンターに埋めている。

オレたちは並んで座り、角瓶のストレートを頼んだ。

「グランプリおめでとう」とオレ。「美しい、いいCMです」

「ほんとに？」口元をゆるめる佐々木。

「オレにはああいうの撮れない」

「それ……認めてるわけ？」佐々木が目を大きく開く。

オレはうなずいてマルボロを一本つけ、「事実だからね」ふっと煙を吹いた。

「…ありがとう」佐々木は出されたストレートをぐっとあおると、「吉野くんよ、突然悪いんだけど、実はひとつ相談があるんだが？」

「へぇ！　オレに、なんですか？」

佐々木は少し言い澱んで自分のセブンスターにも火をつけ、「これはまだここだけの話なんだが、せんだってサガチョウに呼ばれてね、来年のことを聞いた」

「来年？　何があるの？」

「サガチョウはあと何年かで引退を考えてる。でぇ、とりあえず僕に来年から〈副社長〉になってもらいたい。ゆくゆくは社長としてニッセンを継いでくれと言うんだわ」

「えっ、佐々木さんが？　樺山さんや亀山さんもいるのに？」

「気付いてないの？　サガチョウは彼等を信じてないぜ。ともかく僕に、ということだ」

「……佐々木さんは社長を信じてるんだっけ？」

「この話は別だ」佐々木はふーっと煙を吐いた。「僕は受けようと思ってる」そしてオレをじーっと見つめると、「その場合、吉野くん、きみに企画演出部長をやってもらいたいんだが、どうだろう？　サガチョウもきっと喜ぶ」

「は？」彼の口からこんな言葉が飛び出すとは驚きだ！「イロモノのオレが部長さんになるわけ？　ええーっ、そんな人事って、このニッセンであり得るの？」

「僕はね、ニッセンをもっと社員を大事にする会社に変えたい」

「オレは今でも大事にされてるけど」

「ぼ、僕もだよ、もちろん」佐々木はオレの目を覗き込むように、「でもこれは会社全体の問題なんだ。売れてるディレクターだけが社員じゃない。制作や技術系だっているし」

オレは二本目のマルボロをつけて、黙って吹かした。

「吉野くん、僕ときみが組めば必ずいい会社が作れる。やらないか？」

「佐々木さん」オレは苦笑を向けて、「今ここで『オーケー、やろうぜ』なんて言えるわけないよね……」

しばらく間が空いた。

佐々木は二杯目のストレートを頼む。そして目を伏せて何やら考え込み、やがて独り言のようにつぶやいた。「きみさ……辞める気？」

「やめる？」意外な言葉だった。

「キャッツだの電広だのと組んで何やる気？　辞めるんじゃゃないの？」

「なんでオレが辞めなきゃいけないわけ？　これからパリで他ならぬ美生堂さんの大仕事始める時にさ。佐々木さん、なんでそんなこと考えるんかなぁ？」

「いや……何となくそんな感じがした。第六感ってやつだわ」佐々木はオレから視線を外したまま、グラスを口にした。

このまま飲み続けたら、ロクなことにならないだろう。オレは席を立った。

帰って寝よう。

9

一九八〇年が明けてフランスへ。一月十日木曜日、ベルサイユ宮殿。

オレたちCMとグラフィックの〈広告チーム〉は撮影現場合流の初日を迎える。

今までの手慣れた〈キャンペーン撮影〉とはスケジュール取りが全く違う。つまりオレたち専用の撮影日というものがないのだ。場所の設定も役者の配置も、すべてデグレ監督の指示と金太郎の仕切りで決められており、オレたちは適時スタンバイをかけて待機。映画の流れを見ながら、『このシーンでレイを撮りたい』とリクエストする、という決まりだ。それに応じて金太郎が撮影のために現場をアレンジしてくれる約束になっている。

清水とショウタは不満気だ。ニッセン制作部が金太郎の指揮下に入れられたように感じるのは、オレにもよくわかる。だが、『そのやり方が、CMの時間を確保するために結局いちばん合理的だと思うよ。必ずなんとかするから辛抱してや』とは金太郎の弁だ。

CM撮影はもちろん筒井が愛用のカメラを持ち込む。ただしスタジオ撮影の場合、美術と照明は映画のものを変更せずに使わねばならない。筒井は納得してくれた。

映画〈バラの近衛兵〉はすでに昨年十二月からクランク・インしており、猛烈な超特急スケジュールをこなしている。

澄川レイは快調のようだ。「レイちゃんはいいねえ!」金太郎も手放しでほめる。「シナリオをよく読み込んでるし、アクションも最高だ。オスカルの表情や動作なんか、ゾクッとするほどセクシーだね。そうだろ、吉野ちゃん?」

「あの言い方が嫌だ」とはあかねの弁だ。オレも金太郎の感覚にはちょっと違和感がある。このややこしい時代に向き合って、オスカルはとても微妙な立ち方をしているんだ。『働く女性の自由と独立のシンボル』もちょっとバランスを崩すと『男装の麗人のエロス』に堕ちてしまうだろう。


ここでクリエイティブの話をしよう。

コピー・ライターの南雲とあかねが考えたキャンペーン・スローガンは『バラ革命』。今までの美生堂キャンペーンの詩的、情緒的な言葉使いから飛躍したジャーナリスティックで過激なコピーだな。西舘CDは一発オーケーをくれたそうだ。

『バラ革命』と読み上げる南雲の声は迫力ある低音。オレが初めてまともに聞く彼の声だった（極端に無口な男なんだが、いいコピーを書く）。

春の新商品は真っ赤な口紅。革命の色だ。『バラ』という言葉も、金太郎の要求通り。今回、CMとグラフィックはじっくり相談の上、キー・ビジュアルを統一した。メイク・ヘアも衣装も、〈近衛兵のオスカル〉とは全く違う〈現代のオスカル〉を作るんだ。広告の撮影は二つのシーンで待機し、レイの時間をもらえることになった。

一つ目は宮殿・鏡の間の設定。ただし舞踏会の撮影が終わった直後で、映画用のカメラ、ライト、撮影クレーンや移動車などがそのまま置いてある。キリッとした男物ビジネス・スーツにタイ姿のレイ。手に近衛兵のサーベルを持ち、猫脚のテーブルの隅に寄りかかって、カメラに向かってフランス語で語る。『バラの近衛兵を演じ続けるうちに、私は自分はオスカルなんだと感じるようになりました。そしてひとつ考えたこと。オスカルは本当は女性ではなく男性として生まれたかった、のでしょうか？　いや、けっしてそうではないと思います。ただ女性として近衛隊指揮官という仕事を立派に成し遂げようとした。女性として男性アンドレを愛した。働くことも愛することもオスカル自らが選び取った人生なのです。私もオスカルのように生きたい』画面には後から日本語の字幕を入れる予定。

二つ目はバスチーユ。なんとギロチン処刑台（映画用に持ち込まれたもの）の前で撮る。これはオレのアイデアだったが、西舘さんの絶賛をもらった（あかねはちょっと首をひねったが）。レイは男装ではないがマニッシュなシャツの前をはだけ、黒いパンツ・スタイル。

手には長いマスケット銃を持ってカメラに語る。『私はより美しくなりたいと思います。そしてひとりの男性から美しいと言われたい。でも、そのひとのお人形になるのは嫌です。たとえそのひとを失っても、やはり私は美しくありたい……』

以上二つの設定にCMのムービー撮影もグラフィックのスチール写真も統一する。

CMは編集時に映画のカットを短く挟み込む予定。つまりオレたちは鏡の間とバスチーユの二か所だけでスタンバイをかけて、映画の空き時間をリクエストすればよい。

オレは筒井や清水と話して、レイがオスカルを演じている短いカットは、すべて映画のものを使う方が良いと判断。筒井も『近衛兵のオスカルをおれが撮れないのは残念だけどね』と苦笑しつつ、『でもそういう画は映画のカメラマンが回した方が、私服の澄川レイとの変化が出て面白いと思う』と認めてくれた。こんな考え方が出来るのも筒井の美点だな。

以上はオレたち全員が納得した企画だが、実はそれ以外に誰もが感じている不満が二つあった。まず日本出発の前の週に起きたこと。

オレたちはこの企画を美生堂宣伝部へではなく、電広三クリの佐久間局長へプレゼンしなければならなかった。佐久間は無表情に聞き終えると、「数日預かります」とひとこと。

結局、美生堂はオーケーをくれ、オレたちは出発出来た。だが、『なんで佐久間なんぞにプレしなきゃならんのだ？』という思いはそれぞれに残った。

もうひとつはパリ到着の翌日に電広から入ったテレックスだ。『レイを撮る二つの設定はプレゼン通りでオーケー。ただしキープとして三つ目が必要。レイのメイクを柔らかい感じに変え、髪は長めのヘア・ウィッグで豊かに、服はシルクの優雅なワンピース。これはあくまで念のためだが、女性らしい、優しく美しいイメージが必要な場合に備えたい』

なんのこっちゃ？　今回そもそもどういう話だったっけ？　西舘もオレも電話で猛烈な抗議をしたが、『ワン・カットだけなんだから、非常用の保険と割り切って撮っておいてください』で終わってしまった。

ともかくこの『バラ革命』、従来の美生堂キャンペーンとはまるで異質な仕事だ。

でもこれはこれで面白いと思う。

過去五年間、河野部長というボスに対してオレが作って来たのは、いつも女性が男性を魅惑する美しい、あるいは不思議なドラマ。そして今回は、西舘ＣＤや川浪さんたちのために『働く女性の自由と独立』を主張するプロパガンダを作る。オレはそれも楽しんでいる。

五年前ニッセンに入る時、樺山さんはオレの作品集を見て『すごく面白かったよ。でもきみはどこにいるんだろう？　どこにもいないいんじゃないの？』と言った。

そう、オレはどこにもいない。広告屋はそれでいい、と信じていた。

いや違うな……その時、ほんの少しだが疑問が湧いていたのかも知れない。


一月十日のベルサイユ宮殿・鏡の間に戻ろう。

本日の映画撮影はマリー・アントワネット主催の宮廷舞踏会だ。百人近くの王族や貴族たちが煌びやかに着飾って集う。オスカルの父親は彼女の結婚相手を募るために、優雅なドレスの着用を命ずる。しかしオスカルは凛々しく美しい特別仕立ての軍服で現れ、次々に女性をダンスの相手に選び父親を激怒させる、というストーリー。

場面は、皆の注目を浴びて鏡の間の入り口にオスカルが現れるところから始まる。

まずリハーサルだ。マスター・ショット（全景）を撮るAカメラは大型クレーンの上にいる。十倍ズームをつけたBカメラとCカメラは、Aの左右のミニ・クレーン上から狙う。

さらに小型のD、Eの二台が舞踏の中に紛れて、主要な人物を追いかける。カメラマンも助手も貴族の従僕の衣装を着て、カツラまでつけているのには驚いた。

「アテンション！」キャンバス・チェアから立ち上がった金太郎がハンドマイクを握り、英語で叫んだ。「皆さん、これから一番お金がかかったシーンを撮ります。どうか金太郎のハラキリにならないようにお願いしまーすっ！」笑い声が起こる。「ではリハーサルに入りましょう。ジャーック！」と大型クレーンの上のジャック・デグレ監督に呼びかける。

「よし、行こうか！」右手を上げるデグレ。鏡の間全体に緊張がみなぎる。

金太郎から一歩下がって、川浪はソファーでリラックスしている。

オレたちCMとグラフィック部隊は、川浪のさらに後ろの広いスペースに、機材と共に一団となって椅子を寄せていた。

「レイ！」デグレが鏡の間の入口に向かって叫ぶ。「用意いいかなーっ？」

「お願いしまーすっ！」レイの大声が返って来る。

デグレが右手をさっと振り下ろした。

コン！　コン！と床を叩く音が響き、従者の甲高い呼び声。「マドモアゼル・オスカル・フランソワ・ド・ジャルジェ！」

入り口でカツーンとブーツの踵が鳴り、純白に金銀の縁取りも煌びやかな近衛兵の軍服に身を固めたオスカルが最敬礼した。

楽団がメヌエットの演奏を始め、着飾った王族、貴族の男女がゆるやかに舞い始める。

その中をカツカツと歩んで来るオスカル。若い貴婦人たちの視線が集まり、囁き声が交わされる。オスカルはマリー・アントワネットの前へ。差し出された右手にうやうやしく口づけする。「カーット！」デグレ監督の大声。「トレ・ビアン！　このまま本番行こう」

……延々と撮影見学状態のまま、鏡の間の高窓の外はもう暮れかかって来た。

午後四時までに今日の映画撮影は終了し、CMとグラフィックのために現場を空けてくれることになっていた。だが、撮影はいぜん押しまくって終わる気配もない。

舞踏会の片隅で、オスカルと父親のジャルジェ将軍が大喧嘩をするシーンが五テイク目に入っていた。デグレ監督は将軍の芝居がどうしても気に入らない。金太郎が割って入るも解決を見ず、デグレは再びクレーンの上へ。撮影続行だ。

オレたちは川浪の背後でスタンバイしたまま動けない。

「カントク」ショウタが来て、オレの耳もとで囁く。「今のうちに早メシを食べておきませんか？　用意してあります」

オレは清水と目を合わせて、「そうしよう」とショウタに答えた。

CM、グラフィックのスタッフ全員に夕食が配られる。

オレたちは磨き込まれた大理石の床の上にあぐらをかき、焼肉海苔弁当を広げた。

六時過ぎ。侯爵令嬢と踊るオスカルを円形移動車で追うカットがオーケーとなった。

次のカットへ移ろうとするデグレを金太郎が止めた。「ジャック、ここまでにしとこう」

「もうひとつ行く！　今乗ってるんだ」デグレはカメラマンの背中を叩く。

「ジャック、ここまでだ。もう二時間もオーバーしてる。広告の撮影に渡さないと」

「そんなもの！」

「ダメ！」金太郎がデグレからオレたちに視線を振って、「西舘さん、吉野ちゃん、お待たせです！　今から映画スタッフ全員アウトします。機材とか置いたままでいいのね？」

「そのままでお願いします」ショウタがＰＡ二人にフランス語で指示を出す。

金太郎はレイを隅のソファーで休ませ、川浪と一緒にオレたちと対面した。

「ごめん、ジャックが押しちゃって」と金太郎。

「大越さん」ショウタが一歩踏み出して、「押してるのは見ればわかります。でも、そこをプロデューサーがちゃんと仕切ってくれないと」

金太郎がちょっとムッとした。清水がショウタの袖を引き戻す。

「悪いね、皆さん」川浪がオレたちを見回して、「撮影がかなり遅れてるんだ。ここで取り戻さんとエラいことになる。でも、役者たちは乗ってるぞ。特にレイは素晴らしい。この調子でガンガン飛ばしたいんだ」

　オレはうなずいて、西舘と目を合わせた。川浪の言う通り、レイはオスカルになり切って生き生きと動いてる。オレの立場と矛盾するが、ここで近衛兵の衣装を脱がせたくない。西舘の目も同じことを語っているように見えた。あかねは？　周囲を見回すと隅のソファーの所だ。横たわって目を閉じているレイに毛布をかけてやっている。そーっとレイから離れるとあかねはオレたちの前へ戻り、「彼女、かなりキツそうです」と、オレと西舘を見較べた。毛布を被ったレイはうたた寝を始めたようだ。

　撮影部の様子をうかがうと、ムービーの筒井もスチールの田辺も助手を動かして機材の準備を急いでいる。

「ヒロくん」西舘が首を傾けて、「やめとこうか？」

「そうですね」オレは筒井に『準備止め』のサインを送り、「今夜はレイをオスカルのまま寝かせてやりましょう」

「いいよ」と西舘。あかねも何度もうなずいた。

10

翌日はCM、グラフィックとも撮影スタッフは休ませた。

どのみち鏡の間の映画撮影でレイは目一杯だ。こちらが入り込む余地はないだろう。

オレ、清水、ショウタ、西舘、あかねの五人は夕方まで大舞踏会の進行を見守った。

見ている内にオレは待たされていることを忘れ、映画撮影のダイナミックさ、面白さに惹きつけられていった。CMでは、このような歴史ドラマを壮大なスケールで描くなんて考えられないもんな……。

午後七時半に撮影は終了。

オレたちは再び川浪、金太郎と向き合って対策を協議する。

金太郎は皆を拝むように、「悪いんだけど、明日が鏡の間の最終日になる。ボディモン部長にも交渉したんだが、これ以上はムリ。勘弁！」

「どこかで二時間だけ！」と西舘。「なんとかしてよ。CMも含めてワン・シチュエーションに絞ってまとめるから。鏡の間でひとつは行きたいんだ。なんとか！」

「いやぁ、それがどうにも……」金太郎は禁煙の部屋なのに煙草に火をつけた。

オレは何となく窓外の暗闇に目をやった時、あることを思い出した。「キンタロさん」

「ん？」金太郎が鼻から煙を吐きながらオレに目を向ける。

「明日の映画撮影は何時から？」とオレ。

金太郎は手帳を見て、「ええと、午前十時にスタッフ、キャスト鏡の間に入る、とある」

「それ、十時半に出来ませんか？」

「えっ、三十分延ばし？　うーん、出来ないことないけどさ、三十分で何やるの？」

オレは鏡の間に並ぶ高い窓を見ながら、「今は冬で日の出が遅いけど、朝八時頃から明けてきて、九時前にはおおむね朝の光になる。その時間帯で窓からの自然光を生かして、少しライトで押さえればキレイに撮れると思います。八時から二時間だけください？　十時までには必ずアウトするから。そちらは準備三十分で十時半にはインできる。どうよ？」

「うーん、なるほど…」金太郎はちょっと考えて、「やれるね。さすが吉野ちゃん！」

オレは苦笑して、「いやぁこれは筒井カメラマンから、今朝のメシの時に聞いたアイデアそのままです。ははは」そして西舘とあかねに、「朝がけでやりませんか？　かなり巻きになると思うけど、お互いにいいスタッフ持ってます。出来ます」

「そうね」と西舘。「レイの見え方も自然光の方が良さそうだ。一挙両得かな」

「でも」あかねが心配そうに、「CM、一時間ちょっとで大丈夫なんですか？」

「撮れる！」オレはあかねにガッツ・ポーズを見せて、「バーチーの仕事で鍛えてるからね」

「ばーちーって何？」

「あ、それね、ち…地方の小さな仕事とか、オレそういうのやってたから…」


翌朝八時半。オレたちは鏡の間で準備を完了し、レイが入るのを待っていた。

筒井は高い窓寄りにアリフレックスBLを据えた。ズームではなく三十五ミリの単玉を使う。カメラの前に猫足のテーブルが置かれ、近衛兵のサーベルが置いてある。

そのテーブルに寄りかかってカメラに向かって語るレイには、高い窓からの空光が薄く斜めに当たる。レイのバックには鏡の間の大理石の床が広がり、そこには数台のカメラ、ライト、移動車やクレーンなどが置かれている。映画のセッティングそのままだ。

八時四十分。「レイさん入ります！」とショウタの大声。

ペンシル・ストライプの男物スーツに襟元はルーズに結んだシルバーのタイ。ショート・ヘアはオール・バックに撫で付け、鋭いアイ・メイクに真っ赤な口紅が艶やかに映える。

「カッコいい！」と複数の声が同時に上がった。あかねの声が際立っていたように思う。レイはオレに一礼して、「吉野監督、待たせてごめんなさい」日本語だ。

「いいんだよ」とオレ。「結果的にだけど、いい光で撮れる。レイ、すっごくキレイだ」

「ありがとう」レイはテーブルの上のサーベルを取り上げ、両手でもてあそんでいろいろとポーズを変えてみる。カタチが決まった。「いつでもお願いします」とカメラを睨む。

筒井がフレームを決め、オレが確認する。フランス人のガッファー（技手）がレイの顔のシャドウ部にうっすらと反射光を利かせる。チーフが露出の最終チェック。セカンドがカメラとレイとの距離を測り直し、フォーカスを合わせる。録音部が集音マイクをブームの先に付けてレイの頭上に突き出す。スタンバイだ。

オレはカメラの左側のチェアに座り、すぐ横にカチンコを構えたショウタ。「よーし、リハーサルなしで本番行きます…ロール・キャメラ！」BLの微かな回転音。「スピード！」「サウンド！」ピッという音と共にデンスケのテープが回る。「レイディ！」とオレの小声。ショウタが小型カチンコをカメラ前に突き出し、「Aタイプ六十秒、カット1、テイク1」カチン！と鳴らしてサッと引く。「アックション！」

レイは左手の指でサーベルの刃をつーっと撫でると、カメラに目を上げた。そして流暢なフランス語で語り始める。「バラの近衛兵を演じ続けるうちに、私は自分をオスカルなんだと感じるようになりました。そしてひとつ考えたこと。オスカルは本当は女性ではなく男性として生まれたかった、のでしょうか？　いや、けっしてそうではないと思います。ただ女性として近衛隊指揮官という仕事を立派に成し遂げようとした。女性として男性アンドレを愛した。働くことも愛することもオスカル自らが選び取った人生なのです。私もオスカルのように生きたい」そしてレイの口元に微かな笑みが浮かんだ。

「カーットー！」とオレ。

九時二十分までに、セリフの長さ三タイプ、ニー・ショット（膝上の全身）とバスト・ショット（胸から上）の二サイズすべてが撮れた。ほとんどがテイク1でオーケーだ。

直ちに交代したスチール撮影もトントンと進んだ。ハッセルの6×6を構えた田辺カメラマンは無口で、池谷さんみたいに『いいね！　あ、いいっ、いいっ！』などと言わないが、レイの方が自分からゆたかな表情を出してくれる。レイは時々あかねと目を合わせ、微笑みを交わしてさらにリラックス。西舘ＣＤも満足気だ。

十時五分前にオレたちは鏡の間での撮影を終えた。拍子抜けするくらいアッサリと。

二日待たされて二時間で仕事。「病院じゃあるまいし」と筒井。「でもいい画が撮れた。

だいたいさ、いい時ってのはテイク1でオーケーなんだよな」オレもそう思う。

やがて通路の方から、映画スタッフの足音がどやどやと響いてくる。

オレたちは素早く機材をまとめて撤退した。


三日後の夜。ホテルのオレのスイート。

バスチーユ（実際は付近の古い街並みを使う）でのCM撮影を明日の午後に控え、オレは清水、ショウタ、筒井や助手と一杯やりながら作業の段取りを検討する。

「高めの斜光狙いだね」と筒井。「二時から遅くとも三時には回したい」

「電広さんリクエストの『女っぽく衣装替え』の別タイプは？」と清水。

「まず本命が優先」とオレ。「レイは仕事速いから、電広サービスは残った時間で出来る」

ショウタが腹立たし気に、「映画は今日一杯でバスチーユ終わってる予定だったのに、明日の昼前まで撮り残しちまってます。端役とエキストラ大勢の戦闘シーンがいくつか」

「ショウタ」清水が煙草をつけて、「キンタロさんをあんまりアオるなよ。彼だって全力でやってんだ。鏡の間の時はあなたの言い草に、カレ切れる寸前だったぜ」

「わかってます…」ショウタは持っていた端役のキャスト表に目を伏せた。

オレは一服つけて、コンテを見ながら筒井とオスカルの背景の表現、とりわけギロチン処刑台をどの程度目立たせるか、あるいは抑えるのか相談を始めた。

しばらくするとショウタがキャスト表から目を上げて、「ヒロさん、ここに出て来る端役の中に、おれ聞いたことある名前がある……『ジル・シュバリィ』っていう男優。革命部隊から去って行く老大佐の役。セリフは一つ『私は貴族としてしか生きられません』」

「ジル？」オレは渡されたキャスト表を見た。確かに『ジル・シュバリィ』の名がある。

「この名前」ショウタはオレを見つめて、「お父さんの話に何度も出て来た。ヒロさんからも聞いてます。お父さんを見捨てたジル・シュバリィって、この人のことなんですか？」

「ち、ちがう」オレは首を横に振って、「違うだろ！　こ、こんな、セリフひとつしかない、名前もついてない端役で使われるわけない。彼は主役級の人だよ」

「それ十一年前のことでしょ？　ここに写真があります。おれは顔知らないんで」

オレはショウタの手から、五人の写真が並んだパンフレットをひったくる。右から二人目の白髪の老人にジルの名前があった。目が落ち窪み頬がげっそりとこけた八十代近くにも見えるその姿は、オレの記憶にある堂々たるスター、土下座するムトウさんを蔑んだように見下すダンディーな男とは別人にしか見えない。それに、ジル・シュバリィはムトウさんとほぼ同じ年代だったから、今せいぜい六十代のはずだ。

はっと気が付くと、ショウタがオレの顔を覗き込んでいた。「やっぱりこの人ですね？」

「わ、わからない…」オレはちょっと慌てて、「ショウタ、明日午前中にバスチーユへ準備に行くよな。映画の方では、そのジルさんが出るシーンは何時からになってる？」

ショウタはスケジュール表を見て、「九時半撮影となってます。八時過ぎにはリハーサル始まるかな？」

「じゃあ我々の仕事の前に、朝イチでオレと一緒にその撮影を見に行こう」

「いいんですか？　ヒロさん」

「オレもちょっと気になるし……」

翌十五日火曜日。バスチーユに見立てた古い市街地。崩れかけた城壁と塔が見える。

空の明るさを感じて時計を見ると八時十五分。オレとショウタは若いフランス人の助監督に案内されて、革命が火を噴いた一七八九年七月十四日の朝を再現する街を歩く。

石畳の通りでは夜明け前から通行止めが掛けられ、押し寄せる貧しい市民たちやそれを支援するオスカル指揮下の近衛兵に扮する四百人ほどのエキストラがいくつかのグループに分けられて、バスチーユ襲撃場面のリハーサルに入ろうとしていた。〈市民たち〉は槍やこん棒で武装しており、多くの女性たちの姿も見えた。

ジルという役者の出るその小さなシーンは、大戦闘場面からは離れて城壁の片隅で数人のエキストラ（近衛兵）と共に撮られる予定。市民の側に味方して出撃するオスカル隊長の決断を受け入れられない老貴族の大佐が、ひとり去って行くという設定だ。

その役者はオレとショウタの前にいきなり現れた。

写真通りのやつれた白髪の老人。しかしその軍服だけは汚れひとつないピカピカのものだ。背中を丸めて、おびえた上目使いの姿はジル・シュバリィとはまるで似ていない。

オレたちを案内して来た助監督はその男に声をかけ、「ええと、老大佐が去るシーンね。あなたですね。本番は十時前になるけど、今ここで感じだけやってみましょう。あなたはオスカル隊長と向き合っている設定です。もちろん主役のレイさんはあちらで戦闘シーンを撮ってますから来れませーん。僕が代わりに立ってセリフを読むんで、それに合わせて芝居してください。バックのエキストラ三人も動いてね。ではよろしく」

「ウィ」と老人は少し背筋を伸ばした。エキストラの兵士は銃に着剣する動作を始める。

「大佐」助監督がオスカルの演技を始めた。「我々は革命軍に加わるがきみはどうする？ベルサイユへ、王のもとへ帰るなら止めはしない」

老人は悲し気に目を伏せ、「私は貴族としてしか生きられません……」そして疲れた背中を向けて重い足を踏み出す。

「はーい、カット。そんなもんでしょう。じゃあ後ほど、僕が撮りますんでよろしく」

助監督に挨拶しようと振り向く老人とオレの目が合った。

ハッ、として見つめた次の瞬間、老人の顔に狼狽が走り小さく叫ぶように口を開く。

オレも声を上げげそうになった。ジル・シュバリィだ！　老いさらばえて面変わりしてはいるが、間違いない。ジルも同時にオレを思い出している。

あの土下座するムトウ・アキラの姿が、それを見ていた二人の記憶を繋いだんだ。

だが、オレが何か言う間もなく次の端役（こん棒や包丁を握った革命主婦たち）が助監督の前にドヤドヤと現れ、ジル・シュバリィは多くのエキストラたちの中に紛れてしまった。

「ヒロさん」ショウタがオレの腕を取って、「どうでした？」

「……」

「やっぱり、そうだったんですね」

「ち、違う…」オレは一瞬ためらって、「顔がまるで違う。ジルじゃない！」

「えっ、ほんとに？」

「完全に別人だ。同姓同名というだけ……さ、ショウタ行くよ」

ショウタは黙ってうなずき、オレについて城壁を離れた。

これは……困ったことになった。ショウタは敏感だ。オレの下手なウソなんてもう見抜いてる。あの男こそ父親を見捨てたジルだと。ショウタをフランスへ連れて来たオレがバカだった。あいつはジルのことなど忘れて生きることだって出来たのに……。

11

着剣して突撃隊列を整えた兵士たちの先頭で、馬上のオスカルは自らの胸に輝く勲章を引きちぎって投げ捨てた。そして兵士たちに向かって叫ぶ。「私はたった今、貴族の称号と領地を捨てた。諸君らも選ぶのだ！　国王の道具に堕ちて同胞に銃剣を向けるのか？　それとも、自由な市民として祖国フランスの歴史となる偉業に参加するのか？」

「市民ばんざい！」「フランスばんざい！」喊声と共に近衛部隊はバスチーユへ突撃開始。

十二時少し前に、この映画最大の野外戦闘シーンの撮影が始まった。

バスチーユ牢獄に見立てた古い城壁の上にAカメラが据えられ、デグレ監督はそこから戦場を見下ろす。その横に五百ミリの望遠レンズをつけたBカメラが、馬上の指揮官・オスカルが剣を振りかざして兵士を鼓舞する姿を追う。

オレたち広告組は、同じ城壁の上でコーヒーを飲みながら待機（見物）するのみ。

国王の軍隊とプロシアの傭兵隊が一斉射撃を始めた。バタバタと倒れる民衆。

しかし近衛部隊も大砲を引き出して反撃する。

乱戦の中、兵士や百姓に扮したカメラマンたちが主要人物のアップを撮るのも見えた。

「ヨシノ監督」助監の一人がオレにモトローラを差し出す。「ムッシュ・オオゴシです」

オレは送話ボタンを押して、「吉野です、どうぞ」

「キンタロですよ！　吉野ちゃん、真上を見てごらん！」

言われた通り見上げると、百メートルほど上空に黄色いバルーン（気球）が漂っている。

カゴの中から一台のカメラが空撮をしているのが見えた。カメラの隣から金太郎が身を乗り出して手を振っている！「素晴らしい景色だよ、吉野ちゃん。フランス革命を上空から見下ろしてるんだ！　おーっ、突撃するぞ！」金太郎の興奮がオレにまで伝わって来る。

オレは横の助監に「なんでヘリ使わないの？」と訊いた。

「この辺りは低空飛行禁止なんで。ムッシュ・オオゴシのアイデアです」との返事。

現代ならばドローン撮影の出番に違いない。

一時間ほどでバスチーユ襲撃の大型シーンは終わり、再び主要人物の芝居に戻る。

クライマックスのひとつである〈アンドレの死〉の場面。

激しい乱戦の中、オスカルをかばって銃弾を受けたアンドレが最後の時を迎える。オスカルの腕に抱かれたアンドレと、仲間の兵士数人だけの画だ。オスカルは指揮官であることを忘れ、アンドレを抱きしめて愛の言葉を繰り返す。「アンドレ……アンドレ……わたしの愛するひと……」アンドレが息を引き取るや、オスカルは狂おしく敵に向かって立ち上がり、「撃ってくれ！　わたしを殺せ！」と叫ぶ。しかし銃撃はなく、やがてオスカルはその場にうずくまって嗚咽する。

予定通り、映画の撮影は二時前に終わり、広場の中央部で広告組のセッティングだ。断頭台が引き出された。黒っぽい樫の木の台に、処刑される人間の首を固定する丸い凹みがあり、台の左右から頑丈な木製のレールが四メートルほどの高さまで伸びる。その頂上に鉄の刃がロープで支えられている。このロープを斧で切断すると重い刃が落ちて一瞬で首が飛ぶ、という怖ろしい仕掛けだ。

だがこれとてあくまで大道具にすぎない。断頭台の隅に腰を下ろして語るレイの姿が、もちろん画面の中心に据えられる。

二時四十分。メイク・ヘアを終え衣装もつけたレイがカメラの前に現れた。

オスカルの長い金髪のカツラを外し、撫で付けたショート・ヘアに赤い唇が鮮やかだ。真っ白なシルクのシャツの前をはだけ、ぴったりした黒のパンツ・スタイル。男装ではないが、レイの性別を越えたようなカッコ良さが際立っている。

例によって時間がない。断頭台の隅に座って足を組んだレイに、オレは日本語で囁いた。

「さっきのアンドレとのシーン、素晴らしかった」

「……ありがとう」レイはあまり元気がないように見える。

「あれだけ全身で感情表現した後だもんな……レイ、疲れてるだろ？」

「……」

「……出来るかい？」

「やります！」レイはきっと目を上げて、「今やりたいの！　わたし、今すっごく悲しい。まだアンドレを心から愛してます。その気持ちをぎゅっと抑えて演技したい。その方がCMのメッセージにリアリティーが強く出ると思います」

こいつ、最高だな！　オレは感動した。すぐに本番やろう！「ショウタ、いくぞ」

「オール・スタンバイお願いします！」ショウタが叫んだ。

筒井も助手たちも、そして録音部もレイの心意気にこたえて準備は完了。二時五十分にカメラが回り始めた。

レイは両手に持った長いマスケット銃を高々と組んだ脚の上に置き、カメラに視線を定めて語る。「私はより美しくなりたいと思っています。そしてひとりの男性から美しいと言われたい。でも、そのひとのお人形になるのは嫌です。たとえそのひとを失っても、やはり私は……やはり……」突然レイが言葉に詰まる。「……ご、ごめんなさい！」

「カーット！」オレはカメラを止めた。「レイ、大丈夫？」

「ごめんなさい、最後のセリフのところで」

「『やはり私は美しくありたい』ですね。リラックスして、レイ。テイク2行ける？」

「お願いします」

「カット1、テイク2！」カメラが回ってレイが再び語り始めた。テイク1よりもさらに気持ちが高まっている。いいぞ！「……でも、そのひとのお人形になるのは嫌です。たとえそのひとを失っても、やはり……やはり」そこで、レイの表情に急激な変化が現れた！唇を堅く結び、潤んだ目に涙が溢れて流れ落ちる。驚くオレの前でレイは声もなく泣き続けた。

ふと気が付くとまだカメラが回っている。「研さん、カット！」

筒井はカメラを止めてファインダーから目を離し、「良かったぁ！　今のラスト、最高に気持ちが伝わって来る。どうよ？　カントク」

オレもレイの気持ちを受け取っていた。セリフ最後の部分『やはり私は美しくありたい』なんて、とても言う気にはなれないんだろう。でも、この静かな涙のラストの方がずっと感動的で、言葉を越える感情が伝わってくる。

「オーケー！」とオレは頭上にマルのサインを出す。

後ろにいたあかねが、まだ泣き止まないレイの肩を抱いて横のキャンバス・チェアに座らせる。そしてオレに向かって親指を立てて微笑んだ。

「カントク」とショウタ。「短いタイプ、行きますか？」

「ちょっと待って」とオレは清水を振り返って、「今のレイの表現、とても十五秒には納まらない。清水さん、この設定は六十秒・三十秒タイプのみにしてもいいですか？　十五秒は〈鏡の間〉の方で二タイプ作りたい」

「そうね……」清水は少し考えてから、「今回は映画のカットと混ぜた編集になるよね。だからそれでイケるでしょ。これでオーケーにしてさ、電広リクエストの『女性らしい衣装に替えた別タイプ』もあるから、スチール撮影に渡そうよ」

「衣装替えは無用！」背後からの大声に驚いて振り向くと西舘がいた。「この恰好のままでCMもグラフィックもバッチリ。昨日の夜中に佐久間氏に国際電話して、メイクや衣装の『女性らしい別タイプ』については丁重にお断りしました」

「ええっ！」と清水。「それ、よく佐久間局長が納得されましたね」

「映画のスケジュールが目一杯だ。広告の撮影は今日で切り上げないと、次の作業可能日は一週間後になる、って脅かしてやった。ははは」西舘はあかねに向かって、「北原さん、スチールのスタンバイして。十五分以内に撮るよ！」

「もうちょい。時間くれませんか」レイを気遣うあかね。

「今の彼女の気持ちで、すぐ撮りたいんだよ！　メイク直して、ハリー・アーップ！」


夕暮れ時。

撮影を終えたオレは、近くのホテルの一室にある金太郎の〈現場事務所〉に顔を出す。

狭い居間には書類が散乱しており、小さなテーブルで金太郎はフランス人の若者と大声で話し中だった。今朝がたオレとショウタを案内してくれた助監督だ。

「吉野ちゃん、CM撮影終了だね。おつかれ！」金太郎はオレに手を振って、「ごめんね、ちょーっとヤボ用でして、すぐ終わるからそこで一服しててよ」

オレは言われるままにソファーに腰を下ろし、煙草に火をつけた。

金太郎と助監督の英語のやりとりが、いやでも耳に入って来る。

「だから、撮影中の事故じゃないんです」と助監督。「広場の方で戦闘シーンの準備してる時に、城壁の石段でのことなんですよ。それも彼の出番のだいぶ前」

「あいつ、なんでそんな時に誰もいない所へ一人で行ったんだ？」

「知りませんよ。ともかくそこで転んで顔をぶつけたって言うんです。鼻の骨が折れてるとかで、もうひどく腫れちまって芝居なんかとても出来ません」

「それじゃ保険下りないぞ。撮影現場の外で勝手にケガしたんだから」

「承知だ、と本人は言ってます。もちろんギャラも不要、代役の人に払ってくれと」

「で、これが本人の責任という事実確認書なのね。わかった」金太郎はうなずいて書類にサインした。「まぁ、すぐに代役が立って良かった。もちろん使いモノになるカットはちゃんと撮れたと」

「イエス・サー」助監督は書類を持って小走りに出て行った。

「吉野ちゃん、お待たせ。どうぞこっちへ」と金太郎。

オレは向き合って座り、二本目の煙草をつけた。「映画プロデューサーはいつも最前線に張り付いてなきゃいけないんですね、キンタロさん」

「はっはっは、いや参ったよ。何百人も動かして大戦闘シーン撮ってる時にさ、脇でつまんないトラブル起こしてくれちゃうからね！」

「すいません、そこにいたんで聞こえちゃって。役者さんのケガとか？」

「そう、聞いた通りですよ。撮影前に勝手にケガして、せっかく役がついたのに棒に振っちまった。吉野ちゃんも知らないと思うけど、ジル・シュバリィってひと昔前はかなり名の売れた一流の役者だったらしい。ジャックの作品にも何本か出てるそうだ。だがその後、警察沙汰だの病気だのいろいろあって、すっかり落ち目になったんだと。今回はジャックのお情けで、セリフのひとつもあるちょっとした役にありついたのにね……」

今朝会ったジル・シュバリィが、本番前に階段で転んで、顔にケガして役を降りた？

どこか腑に落ちない話だったが、オレはそれ以上は訊かずに挨拶で締めくくる。

〈バラの近衛兵〉の仕事に参加できたことを金太郎に感謝し、映画公開の大成功を願ってます、と伝えた。金太郎は両手を広げ、オレをぎゅっとハグしてくれた。

その晩、ホテルのオレの部屋。

オレは清水、ショウタと撮影済みカット表の最終チェック。

三十分ほどの作業中、ボールペンを握るショウタの右拳の白い包帯が目についた。

チェックを終わって引き取ろうとするショウタをオレは呼び止め、あらためて向き合って座る。「ショウタ、訊きたいことがある」

「何か？」

オレはショウタの目を見て、「今朝あの後、ジル・シュバリィに何やった？」

ショウタは戸惑いながらもオレを見返して、「ああ、やっぱりヒロさんはあの男なんだと気付いてたんだ。おれ、すぐわかりました」

「何やった？」

「おれは……あいつを見つけてもう一度城壁の隅へ連れ出しました」

「……」

「ムトウ・アキラの息子がここにいるんだ、と伝えたかったから」

「伝わったか？」

「言い合いになってカーッと来て、あんなことやっちまったんで……おれ、逮捕とかされるんですね」

オレは煙草に火をつけて一服吹かし、「ジルはしばらく端役の仕事もできないだろうな。でも、彼はお前に殴られたとは言ってない。自分の不注意で石段で転んだと言い張って、ギャラも取らずに役を降りたそうだ」

「そんな！」ショウタは目を見開いた。

「ムトウ・アキラの息子の気持ちは、ジル・シュバリィにちゃんと伝わったんだ」

「……」

オレはゆっくりと煙を吐いて、「ショウタ、お父さんとジルのこと、これで手打ちだな」

ショウタはしばらく無言で、やがてゆっくりとうなずいた。

オレはテーブルの上のバーボンをグラスに注ぐ。

「おつかれ」と、二人はグラスを合わせた。


翌々十七日は、早くも帰国日だ。

フライトは夕方で、ホテルのロビー集合は午後二時。

オレはあかねを誘って、オデオンの〈トントン・レオン〉へブランチに出かけた。

タクシーを降りたのが九時過ぎ。春先のように陽射しの暖かい、風も穏やかな朝だ。

オレたちは店先の小さなカフェ・テラスでくつろいでサンドイッチ・ジャンボンを食べ、コーヒーを何杯もお替わりして話し込む。

あかねは人の話を引き出すのがとても上手い。そして時間はたっぷりある。

結局オレは、一九六九年のパリから〈バラの近衛兵〉まですべてを話すことになった。

仕事を中心にね。だからリシアのことやナツキとの結婚、離婚のことはごく大雑把に。

チョッコの話はする気にならなかった。その分、仕事のドタバタをたっぷりと聞かせた。

昼近く。

「…そうだったんだ」あかねは三杯目のコーヒーに角砂糖を入れながら、「カントクは芸大かなんか出てニッセンへ入ったエリートだと思ってた。全然違うんだね」そして、角砂糖の包装紙を丁寧にたたんでバッグにしまった。「店によって包装紙が違うんだ。お砂糖が一個ずつキレイな紙で包んであるなんて、フランス来てビックリしたの…あ、カントクの話だったね」

オレは苦笑して、「芸大どころか、オレは東法大中退。と言っても実はロック・アウトで大学なんて一日も行ってない。高卒です、ははは。北原さんは美大出てるんだろ?」

「そうしたかったんだけど、北海道の両親がさ、『女が大学なんて出ると嫁の貰い手に困る』なんて言って許してくれなかった。結局デザイン・スクール行きました」

「でも今はトークリ西舘礼子の右腕なんだから凄い」

「うん、トークリ最高! わたし一生結婚しないで頑張るんだ!」

「ふーん……」オレは煙草に火をつけた。

第二章

おわりとはじまり

1

二月四日月曜日。

美生堂本社の大会議室で、『バラ革命』キャンペーンCMの完成初号試写が行われた。

例年よりも二週間以上早い。ここまで編集や仕上げ作業の全ては、キャッツの川浪社長と電広の佐久間局長によって決済され、美生堂に見せるのは今日が初だ。〈第一回試写会〉と題されていた。つまり〈第二回〉があるのだろうか？　場所も、以前は映画館のような設備を持った宣伝部専用の試写室が使われていたが組織改革で廃止となり、今回は本社の大会議室に十六ミリ映写機とスクリーンをセットして行われる。

主要スタッフが全員集まった。川浪社長、佐久間局長と電広営業が三人、西舘、あかね、南雲、そしてニッセンからは樺山、清水とオレがスーツとネクタイ姿でかしこまる。

午前十時ちょっと過ぎにドアが開かれた。

宣伝部員を連れた秦次長に先導され、坂田部長ともう一人、痩せて小柄な初老の紳士が現れた。オレたちは起立して最敬礼する。

「皆さん、どうぞご着席ください」と坂田部長。「今日は偉い人にも来て頂いておりまして、まずはご紹介いたします。私の直属上司、本社常務取締役の美川です」

「お早うございます」美川が立ち、「いきなり申し訳ない。いや、どうしても心配で見に来てしまいまして。昨年以来経営方針の転換もあり、従来すべて社内で仕切っておった広告宣伝を、今回からは大幅にアウト・ソーシングちゅうことになった。しかも『働く女性の自由と独立』とかナンとかでフランス映画とタイ・アップと聞いて、こりゃあエライことになったぞ、女性の美しさを追求する美生堂の広告になるんかいな？と居ても立ってもおられませんでねぇ。あんまり年寄りを脅かさんで欲しいわ、な、坂田くん」

「お手柔らかに、常務」と坂田が頭を下げ、「じゃ電広さん佐久間局長よろしく」

佐久間が立って一礼。「では早速でありますが、常務にもいろいろとご心配をおかけしております『働く女性の自由と独立』につきまして私の方から若干ご説明を申し上げ、またフランス映画とのタイ・アップの件はこちらの川浪社長からお話しいたします」

それから十五分ほど、佐久間と川浪は女性の社会進出について、映画〈バラの近衛兵〉の時代的位置づけと春のタイアップ・キャンペーンの意義について、入れ替わり立ち替わり熱弁をふるう。

その間、美川常務は背筋を伸ばして腕を組んだまま一言も発せず、時おり首を傾けるのみだった。坂田部長は常務の表情をうかがったり、目を閉じて考え込んだり。

「それではCMをご覧ください。〈鏡の間篇〉と〈バスチーユ篇〉それぞれ六十秒、三十秒、十五秒です」佐久間の合図で明かりが消え、4・3・2・1と電広のリーダーが始まる。

四分あまりの試写の間、レイの颯爽とした姿を見ながらもオレは不思議な気持ちになる…徹夜を繰り返して作った自分の作品を、ボスである広告主の方々に披露するこの儀式はオレの日常の一部だった。いつも映写を見ながら、誇らしかったり、心配になったり、心残りがあったりするんだ。

だが今日は何かが違う、と感じる。この違和感は何なんだろう、と考えているうちに全タイプの映写は終わり、明かりがついた。

その場の全ての視線が美川常務に集まる。

だが常務は瞑目したままぴくりとも動かない。もちろん、他に発言する者などいない。

一分近く、無気味な静寂が続く……。

突然、常務が立ち上がり隣の坂田部長の腕を取った。二人は何事か小声で話しながら、足早に会議室を出て行く。ドアが音を立てて閉まってから、ハッとした秦次長がその後を追って駆け出し、さらに電広の営業も全力疾走。部屋中がにわかにざわめいた。

「皆さん、お静かに！」佐久間が一同を見回して、「ちょ、ちょっといろいろありましょうから、試写はここまでといたします。結果がわかり次第お知らせするので、いったん解散ということで」そして川浪と目を合わせると、「えーとですねぇ、トークリは西舘さん、ニッセンは、そーだな、樺山さん。すいません、ちょーっと残って電広の方でお話を」西舘は無言でうなずいた。あかねと南雲は唖然としたまま。

樺山は「きみら先に帰っててくれや」と、オレと清水に言って立ち上がった。

その夕方、樺山が戻ったのは七時過ぎだった。

待っていた清水、ショウタとオレは九階の樺山副社長室に押しかけた。

「あれから電広と美生堂を行ったり来たりして、常務や部長とも再度お会いして、やっと結論が出た」樺山がソファーに背中を預けて、「…それを言う前に、僕の個人的意見を聞いてもらいたい。吉野カントク、いいかな?」

オレは黙ってうなずいた。

「この作品は素晴らしい!」樺山はオレの目をじっと見て、「トモさんが生きてこれ見たら、間違いなく絶賛するだろうな。美生堂のCMとしても実に新しい!」

「あ、ありがとうございます!」オレは清水、ショウタとうなずき合った。

「以上は僕個人の感想」樺山は煙草を咥えて火をつけると、「それ、わかってもらった上で、本日午後いっぱいのクソ面白くない話をする。奴らが言った通りの言葉で伝える。腹が立つだろうが聞いてくれ……まず、美川常務の見解だ」樺山は手帳を取り出して続ける。「モデルについて『澄川レイはとても美しい。問題ない』。ただ誉め言葉はこれだけ。後はボロクソだ。ここにメモしてある。『バラ革命なんてとんでもない。美生堂はアカじゃない』『剣だの銃だの果てはギロチンだの、なぜ人殺しの道具を美生堂の平和的な広告に使う？』『そもそも女性らしい優雅さに全くかけている。なんで男装なんかするんだ？　美生堂はレズビアンを推奨してるのか？』以上、常務激怒のお言葉です。ははははは」

「い、今さらなんでそんなことを！」オレは逆上する。「話が違う！　今回のキャンペーンは『働く女性の自由と独立の革命』じゃないんですか？　坂田部長も『時代は変わるんだ』と、企画をすべてオーケーしてくれたんですよね？」

「その坂田部長が言うにはな」樺山はふっと煙を飛ばして、「『時代は変わっても、やっぱり女性の美しさ、優しさは変わっちゃいかんのですなぁ！』だと」

最悪の結論がオレの頭に浮かんだ。「それで樺山さん、こっちはどうすればいいの？」

樺山は鞄の中からペラ一枚の書類を取り出し、オレたちの前に広げた。電広のロゴ入りだ。「ここに電広からトークリとニッセンに対する『業務指示』が書いてある。まずコピーだが、『バラ革命』はダメ。『ときめくバラいろ』とかそんなキレイな言葉に変えるべし。

本日試写したＣＭは全面的に撮り直し。モデルのレイは映画との連動もあり残すが、表現をもっと女らしい設定に変える。男装は禁止。映画のカットは舞踏会などを使うべし」

オレは息を呑んだ。清水とショウタも絶句したまま。

「みんな、ごめんな」と樺山。「嫌な話、もうちょいで終わるから…えー、それでね、ニッセンもトークリも今月二十五日までにＣＭ、新聞、雑誌、ポスター、その他すべてを作り直して電広へ再度納品せよ、と命令されました。さっきサガチョウにも電話で報告してボコボコに叱られた。当社にとっては大損害だが背に腹はかえられない。ともかくあと二週間で全部やり直すしかない」

「そ、そんなこと」オレはまだ腹に落ちない。「川浪さんも納得されてるんですか？」

「イエス」と樺山。「すぐにパリに連絡して、大越プロデューサーにレイのスケジュールをあたってくれた」

「え！　またフランスまで行くのぉ？」と清水。

ショウタも顔色を変えて、「ならば明日にでも出発しないと！」

「ちょっと待ってくれ」樺山が意味ありげな表情で、「きみらは、もう行かなくていい」

「……」やっぱりか。

「悪いけど」樺山はちょっと頭を下げて、「吉野チームはこの仕事、降りてもらうしかない。

美生堂さんからも、電広さんからも、クリエイターを変えるように指示が出た。もし変えることを拒むなら制作会社ごと変える、電広映像に大至急でやらせる、と言われた。うちとしては美生堂の春キャンを落とすわけにはいかないよ。やるしかない。プロデューサーも僕が自分でやる。すぐにスタッフ連れてフランスへ飛ぶ」

ああ、ニッセンに入って初のオクラを作ってしまった。しかも大キャンペーンで！

こんなバカなこと、河野部長の美生堂宣伝部ではあり得なかった。でも河野さんはもういない。なぜいないのか？ 美生堂が変わったからだ。では美生堂はなぜ変わったのか？ それは世の中が変わったからだ。

ディレクターは佐々木になるな、とも予感した。まぁキレイなものは出来るだろう。

樺山は最後に、「実はトークリも同じことを要求されてる。堺社長が呼ばれて、西舘CDは降ろされることになったそうだ。南雲コピーライターも降板。北原さんっていうADだけが、澄川レイさんのたいへん強い要望で、一人でカメラマン連れてまた行くんだって。CDやコピーライターは電広から立つ」なんと、北原あかねは生き残ったんだ。

オレたち全員降ろされて、ただ疲れ果て、その晩は話す気にもなれずに解散。

オレは企画演出部の席からトークリへ電話する。さいわい堺社長がまだいた。

「ヒロくん、お疲れ。ひどい目にあったね」開口一番、堺は慰めてくれた。

「ごめんなさい。オレ、降ろされちゃって……後よろしくお願いします」

「仕方ない。この〈女性解放〉っていうネタ、なかなか危ない。他の代理店でも同じようなトラブル起きてるんだわ。要するに『男女平等の時代』というタテマエと『男は女より上』ってホンネが合わない。現実にはさ、宣伝部長も役員も皆オッサンだからねぇ」

「…西舘さん、大丈夫ですか？」

「今日はフテくされて帰ったわ。まぁ心配無用！　西舘女史にとってこんなことは屁でもない。マハトマ・ガンジーやネルソン・マンデラ級の根性だからね。本物の女性の時代も、もう遠くはないだろうし」

「北原さんは？」

「あいつは明後日出発で、準備に走り回ってる。あれも打たれ強いわ。あっ、そうそう、北原からヒロくんに伝言があるんだった」

「伝言？　何でわざわざ？」

堺は苦笑して、「きみをどんな言葉で慰めたら良いかわからないんで、『とても心配です』という意味のことだけを伝えてくれ、だって。ははは」

「…伝わりました。あの、オレからも同じ意味の伝言頼みます」

「わかった……ところでこんな時だが、なぜか訊きたくなったことがあるんだ」

「はい、何でも」

堺は少し間をおいてから、「チョッコが亡くなって、この八月で五年になる」

「……」

「チョッコは、あれからきみに会いに来たかい？」

唐突な問いにオレはちょっとためらって、「…来ました。あの事故のすぐ後に…じゃあ、堺さんのところにも？」

「来た。いろんな話をした…たぶん同じ晩だと思う。でもそれ一度だけだった」

「そう…オレも同じです。あれっきり会ってません」

「ヒロくん」

「はい」

「チョッコはさ、もう来ないんじゃないだろうか？」

「…ああ、なんとなくオレも…」

「朝倉さんと二人で、どこか遠い所へ旅に行ったんだなぁ」

「うん…遠いところだ…」

「マサミはじきに十六歳だ。もちろんお爺ちゃんの後見で筆頭株主のまま。あと六、七年もすればきみや僕の前に颯爽と現れるぜ。幽霊じゃない、トークリの新会長としてな」

「ああ、嬉しいなあ！　そうなるんですね！」

「その時、僕はもう五十代も半ばだわ、ははは。きみも四十になっちまう」

そうだ、オレだって年をとるんだ。チョッコを追いかけ回していた二十代の〈ヒロ〉は、もうどこにもいないんだ。そんな当たり前のことに、オレはあらためて気が付いた。

2

翌日は火曜だが、吉野チームは全員代休を取った。

筒井も加わって、四谷三丁目のオレの部屋で明るい内からヤケ酒盛り。オクラ祭だ！

とは言え、どんちゃん騒ぎの中にもドス黒い不安が漂ってくる。

バスロンの大ヒット以来四年半、ディレクター吉野洋行は大スター気分で乗りまくってきた。オレがいいと思って作った作品が美生堂からボツを喰らうなんて、想像したこともなかったな。でも実はそれは、河野宣伝部長がいたからこそ、だったんだ。

今回ベルサイユで、オレのＣＭチームは川浪社長や金太郎さんの映画撮影現場の隅っこで小さくなって仕事して、やっと完成した作品は美生堂のヒンシュクを買い、なんと電広の佐久間局長にポイと捨てられた。『クリエイターを変える』と言われて、オレは『はい、失礼いたしました』と引き下がるのみ。

吉野洋行は結局、日本宣伝映画社のサラリーマンに過ぎない、それが現実だと痛感した。だがガッカリしつつも、オレには自分のチーム全員に対する責任がある。

清水、ショウタ、筒井だけではなく、春キャンの仕事からは外れていた風早、ゆうこ、そして宅間まで『エライことになってしまった!』という危機感を共有していた。

サガチョウが大損害に激怒している、とのホット・ニュースが社内で面白そうに囁かれているようだ。『ただごとでは済まないだろう』と……。

一週間もしないうちに、ニッセンとトークリの〈撮り直し組〉がベルサイユから飛び帰った。撮影済みフィルムはすでにパリで現像されており、その日から徹夜の仕上げ作業が始まった。樺山も佐々木ディレクターに付きっ切りで夜を明かす、と聞いた。

もちろんオレにはもはや関わりのないことだが、申し訳ないような気もする。

オレはどら焼きの詰め合わせを持って、四階のB編集室に差し入れに行った。佐々木はちょうど手を休めて一服中。

「おーっ、甘い物が欲しかったんだ！」佐々木はとても喜んでくれた。笑顔でどら焼きを頬張り、「うん、吉野カントクの企画より甘い！　あっはっは」

間もなく佐々木が作業を再開したので、オレはB編集室を出て樺山を探した。だが制作部にも九階の副社長室にもいない。たまたま清水に出くわして訊いてみると、「サガチョウに呼び出されてどっかへ行った。赤坂あたりじゃないの？」とのこと。ま、明日にしよう。


オレは七階の自席からトークリへ電話する。帰国早々のあかねはまだ社にいた。

「吉野です。北原さん、おつかれーぇ！」

「へへへ、帰ってまいりました。疲れた、けどすっごく達成感ある」

「おお、そうだろ！　一人だけ残って完走したんだもんな。体は大丈夫？」

「ありがと。なんとか。カントクこそ、あんなにいいもの作ったのに、ひどい目に遭っちゃって。何て言ったらいいのか…」

「ノー・プロブレム！　修羅場、土壇場、正念場。オクラ作って一人前！」

「あー、元気そうで良かった。心配だったの。あの、カントクにお土産があるんだ。直接渡したいんで、来週でもいいですか？　ともかく新聞、雑誌、ポスター大至急やっつけて、納品するまではもうサンバなの！」

「『働く女性の自由と独立』はどうなった？」

「ゴーン！　前にどこかでそんな話もあったなぁ、って感じです。でもね、レイはとてもキレイに撮れた。もうそれだけでいいよ。あとは、ゴーン！」

「来週、トークリへ顔出すよ」

「待ってます。じゃあね」

二月二十六日。朝一番で主だった社員が六階の一番会議室に集められた。樺山、亀山ほか取締役全員。総務、経理など管理系の係長以上。それに主だったディレクターとプロデューサーたち。五十人近くになるのでテーブルが片付けられ、パイプ椅子が並んでいる。オレと清水も周囲の視線を浴びながら中ほどに着席した。

全員揃ったところでドアが開き、牧常務に先導されたサガチョウ社長と奥様のヤエ専務が登場。一段高い壇上に三人並んで座り、社員たちを見下ろした。

「はい、ボクちゃん」とヤエ専務に促されて、サガチョウがマイクの前に立つ。

「あーっ、あーっ、聞こえるかな？」やや高めにセットされたマイクを掴んでぐっと下げ、サガチョウは話し始めた。「みんな、おはよう」一同無言で頭を下げる。サガチョウはちょっとためらってから、「えーとねぇ、今日はちょっと大事なことです。ボク、もう七十五歳になりまして、毛も無くなっちゃったしね」とツルツル頭を撫でるが、誰も笑わない。「もうかなり疲れてたところへ、このたび美生堂さまの春キャンでさ、吉野組が大オクラ作品作ってくれちゃったのよぉ！　当社開業して以来の大損害！　吉野どこにいる？」

サガチョウのギョロ目がオレを捉えた。「ああ、そこにいた。ホラ、立ちなさーいよっ！」

オレは部屋中の視線を受けて立ち上がる。

「あと制作の清水。それから総責任者は樺山ね。二人とも立ってちょーだい！」

隣の清水、最前列に座っていた樺山もオレに背中を見せて起立した。

「あんたたち三人」とサガチョウ。「そこで立ったまま聞いてなさい。じゃあ今日の話をするわ。はじめに言ったけど、ボクもう疲れてるの。あと一年か二年で引退するんで、つきましては後継者を決めることにしました……佐々木！　佐々木、こっち来なさい！」

ハッと抑えた嘆声。荒い息づかい。椅子がきしむ音。部屋全体にざわめきが拡がる中、長身の佐々木がちょっとバツが悪そうに進み出て、ぴょこっと頭を下げて壇上へ。遠慮がちにサガチョウの横に立つ。

サガチョウは頭ひとつも高い佐々木を見上げて、「この子が大至急フランスへ飛んで撮り直してくれた春キャンのCM、きのう無事に美生堂さまのオーケー頂きました！」

「拍手しなさいっ！」と壇上のヤエ専務が叫ぶ。パラパラと、続いて盛大な拍手が起きた。オレと清水も曖昧に手を動かす。だが樺山の後姿を見ると、両手を背中で組んだままだ。

サガチョウは笑顔を見せて、「佐々木はNACグランプリも取ってくれた。やっぱりトモさんの一番弟子よね！　この子を今日から取締役副社長にします。それでぇ樺山っ！」

「はい」小声で答えた樺山の背中は動かない。

「きみは今回の大損害の総責任者ね」サガチョウは壇上から最前列の樺山を見下ろして、「よって副社長を解任して、平取締役に降格。第一制作部長はまだやりなさい。お情けよ」

後ろ手に組んだ樺山の拳にぎゅっと力が入るのが見えた。だが無言のままだ。

「じゃあ佐々木」サガチョウは佐々木の背中を押して、「ひとこと挨拶なさい」

佐々木はマイクの前に立った。だが彼の背丈には位置が低すぎる。それを直そうとしてちょっとためらった佐々木は、直さずに自分からぐっと背を屈めマイクに合わせた。

サガチョウが微笑んで、ヤエ専務とうなずき合うのが見えた。

「えー、副社長になった佐々木です」不自然な体勢で一座をぐるりと見回し、「みなさま方と一緒に会社を良くしていきましょう。よろしく」またぴょこんと頭を下げた。

「なーに？　まるで今まで悪い会社みたいじゃない！」と言いながら苦笑するサガチョウ。そして佐々木に、ヤエ専務と牧常務の間の自分が座っていた空席を示し、「ほら、あそこに座ってごらん。あのド真ん中の席」

「えっ？」ためらう佐々木。

「いいから座って！　社長命令！」

佐々木は観念して、左右を気遣いながら中央の席に腰を下ろす。

「みんな見て」とサガチョウ。「ボクが引退して会長になった後はこうなるの。佐々木社長。ヤエさんは経理やってるんで専務のまま。牧はまぁ常務でいいか。ははは。ところで」とサガチョウは再びオレに視線を振った。「吉野と清水、よく聞くのよ。樺山は大損害の責任取って降格。でもきみたち二人には何の責任も取れません。せいぜいお給料が下がるだけ。情けないと思ってちょうだい…そうだわ。せめてここでみんなの前で、オクラの撮り直しやってくれた佐々木副社長にお礼と、自分がヘンなもの作ったお詫びを言いなさい。はい、みんな注目して！」

隣の清水が顔をしかめて首を捻った。

だがオレは清水にうなずき、姿勢を正して腹から大声を出す。「スタッフを代表して申し上げます。佐々木副社長、撮り直しお疲れ様でございました。社長、ヘンなものを作って、まことに申し訳ありません」そして深々と頭を下げた。

「あらあら！　謝りっぷりだけはいいこと！」サガチョウの言葉に皆は大爆笑に包まれる。

六十度に下げたままの頭上を「よっ、イロモノーーッ！」「ガーイチューーッ！」と歌舞伎座のような掛声と罵声が飛び交った。


〈さらし者集会〉は三十分足らずで終わり、オレは七階の企画演出部へ戻る。

あの後すぐ臨時部会が会議室で始まっていたので、いまこのデスク・スペースは無人だ。オレも当然部会に出なければいけないのだが、まるで気が進まない。

休憩室でマグにコーヒーを取り、それを持って自席に着いた。

煙草に火をつけ、オレは立ち上がって仕切りの上に顔を出す。煙を吐きながら、ガランと広がる迷路のような室内をあらためて眺め渡す。

五年前ニッセンへ初出社した朝、社員ディレクター一人ずつに独立したスペースが与えられたこの部屋を見て、オレは感激したのを思い出す。理想の仕事場だと思った。

そして同じように感極まった風早と仕切りの上から初対面して、『凄い会社へ入った』と喜び合ったものだ……だが今、同じ景色には見えない。何が変わったんだろう。

あの時のオレは、豪華ディナーの準備が整ったテーブル上に並ぶ銀のナイフやフォーク、輝くクリスタルのグラス類を見るような気持ちだったのか？　これからどんな美味い料理が食べられるのだろうか、と。

五年後の今、オレの目の前には食べ終わった、汚れた皿やグラスが並んでいるだけか。美味い料理も、それほどでもないものもあった。だがともかく、食事は終わったんだ。

……去年の九月、河野部長の突然の異動を告げる電話に始まった予感が、さきほどの〈さらし者集会〉で現実として完結した。ならばオレは、その現実を受け入れるところから考え直すことになるんだろう。


その夕方、オレはビートルでトークリへ向かった。

カーラジオから流れて来る〈いとしのエリー〉を聞き流しながら、オレの頭の中にあらゆる言葉が浮かんでは再び消えうせる。意味のある文章になりかかっては、たちまちバラバラに崩れて流れ去る。

現実は受け入れた。だがその先に、大いに迷っていることがあった。

それを全部あかねに話してしまおうか？

どうしよう……。

サザンの唄声がフェイド・アウトした時、やっぱりやめようと思い直した。

オレひとりでもっと迷い、悩むべきことだ。甘えちゃいけない。

トークリに着いたオレと入れ違いに、印刷屋らしきスーツの若者があかねにペコペコと頭を下げて出て行った。オレたちはロビーのソファーで向き合う。

あかねは上気して「ポスター一万五千枚だもんね。こんな大量に発注したの初めて！」

「美生堂チェーンはまだ健在だなぁ。おつかれ、北原さん、全部納まったんだね」

「なんとか」

「西舘親分は元気？」

「草津温泉です。あと何日かで傷が完全に癒える、って電話で言ってた」

「草津、彼女ひとりで？」

「初めなかなか泊めてもらえなくて、自殺しに来たんじゃない、って説得したんですって」（その頃はまだ、女性の一人客は旅館に警戒されて断られることが多かった）

「南雲くんは？」

「ええと、能登のナントカ鉄道に乗りに行ってる。働いてるのわしだけ」

「頑張ったね、北原さん」

「そうだ、カントクにお土産渡さないと！　ちょっと待っててください」

あかねは猫のように階段を飛んで上がり、たちまち戻って来た。

背中に何か隠している。「何だと思う？」

「うーん…ひょっとすると、何かすっごく高価な物だったりして」

「そーです！　王様から貰った物だからね」

「えーっ！」

「はい」とあかねが取り出したのは、金銀に宝石を散りばめた、煌びやかな勲章だった。

「本物だったら時価数千万円！　でもこれは」

「あ、そうか！」オレの記憶が蘇った。「オスカルが自分の胸から引きちぎった勲章だ！」

手に取ってよく見ると、傷や踏まれた凹みもついている。戦闘場面の小道具だったからな。

「レイに頼んだら、ぜひカントクに貰って欲しい、って喜んでくれたの。あの馬上で叫ぶオスカル、カッコ良かったよね。『私はたった今、貴族の称号と領地を捨てた。諸君らも選ぶのだ！　国王の道具に堕ちて同胞に銃剣を向けるのか？　それとも、自由な市民として祖国フランスの歴史となる偉業に参加するのか？』盛り上がったぁ！」

「ありがとう、北原さん……これ、凄く嬉しい」

「良かった！」温かい笑顔だ。「へんなガラクタ拾って来るな、って言われたらどうしようかと思ってたの。ほんとに喜んでくれて幸せ」

「CMは全部オクラになっちゃったけど、この勲章が残った。ほんとに、ありがとう……ありがとう……」

その時突然、頭の中がすーっと澄み渡るような感覚があった。

オレは何をしたかったのか？　何を怖れて迷っていたのか？　答えが見えた気がした。

馬上のオスカルのように、自分の胸の飾り物を引きちぎって捨てる。

そして『王の道具ではなく自由な市民になる』。

3

二月最後の金曜日の夜。

オレは花園町の〈カディス〉のカウンターで清水と飲んでいた。バーボンのストレート二杯目を頼んで、オレはマルボロに火をつける。

「そんなことを考えてるんじゃないかって思ってた」と清水はグラスを舐めて、「カントク一人で責任取る気かね？」

「責任は取る。でもそれだけじゃない」とオレ。「バスロンから始まったこの四年半、オレはニッセンという会社のいいところだけを頂いて、美生堂からも電広からも絶賛されて、大スターになったような気分で朝から晩までCM作り続けた。波に乗ったんだ」

「そうだ。カントクは立派な結果ってものを出して来た」

「でもね今回の春キャンで天候が変わった。オレが今まで乗って来た大波はブレークして砕けちまった。水の中から顔を上げて周りを見たら、波なんかもうどこにもない」

「……」

「今すぐ泳ぎ始めてポイントを変えるんだ。次の波はここへは来ない。ボンヤリ浮かんで待っていても何も起こらない。清水さん、そう感じない？」

「あなたがよく使う〈時代の波〉っていう比喩の意味はわかってるけど……」

「今日の午後、佐々木副社長に呼び出されたんだ。こんなこと言われた。『この間は散々だったね。あそこまで恥かかせるのがサガチョウの嫌らしいところだ。でも大丈夫！　この前話したように、きみを企画演出部長に抜擢する。そうすればみんなが見直してくれるわ』

…冗談じゃない！　ニッセンはそんな会社ゲームやって喜ぶ場所じゃなかったよな」

清水も煙草をつけて、「…確かに、サガチョウと佐々木の下で管理職やりたかない。それにね、西舘さんの言う『美生堂宣伝部とニッセンの古き良き広告宣伝サロン』はもう終わったと、僕も思う。悲しいけどね。残念だけどね。僕はその中で育って来たんだから。

でも、終わったものは戻らない。時間はバックしない」そこで清水はオレを見つめると、

「カントク、新しい波ってどこが新しいの？」

「……わからない。ははは……でもきっとビッグ・ウェーブだ。今のオレたちには想像がつかないような大きな仕事」

「どんな仕事？」

「想像がつかないから、わからない」

「それを…一人でやる気？」

「……とりあえずね」

突然、清水は首を横に振って、「一人じゃダメだ！　どんな仕事だとしても、あなた一人でやったら絶対に失敗する！」

「え！」

「僕が一緒にやってやる」清水は力強くうなずいて、「カントクには苦手なことがいろいろある。誰かがあなたの背中を守らなきゃならん。僕がやる！」

「……それでもコケたら……どうする？」

「心中、するかな？　ははは」この男は本気だ。驚いた。でもうれしい。

オレは新しい煙草をつけてゆっくり吹かすと、「オレついさっきまで、自分の事務所持っ

て始めようと決心固めていたんだけど、清水さんと何かやる方が面白そうだな。ならば、新会社でも作るか？　ＣＭキングダムと勝負しようか」

「……したいなぁ、でもメシ食えっかなぁ？」清水が腕を組む。

「食い扶持を考えると今は悪くない給料だし、ニッセンっていうブランドも業界一流だ」と言いながら、オレはオスカルのセリフ『自ら称号と領地を捨てる』を思い出した。

「僕は売れっ子ディレクターほど高給じゃないが、でもプライドっていう点は大きいな」

「清水さん、これギャンブルになる？」

「なるね…新会社で美生堂の仕事出来るかな？」やはり清水はそこが心残りか。

「出来ないよ。ニッセンが離さないだろ。それにもう…面白くもないしね。でも他にスポンサーはいくらでもいる。代理店もある。今ならＣＭキングダムに続く新制作会社として、トレンドに乗るんじゃないか」

「……ただねカントク」清水はジタンを灰皿に置く。

「なに？」

「僕たち今まで制作費の調達なんてことは一度も心配せずにやって来れた。あなたが監督して一本作るとエラく金がかかる、って知ってた？」

知らなかった……ニッセンに入ってからは制作費のことなど考えたことがない。

「大きないい仕事が次々に入れば」清水はオレを見据えて、「会社からは制作費がどんどん出てゆく。その金が利益を乗っけて戻って来るのは、完成後三か月以上も先の話。それもお客さんがちゃんと払ってくれればのことだけど。『プロダクションってのは制作費立て替え業なんだ』ってのがCMキングダムの郷副社長の持論だ。あの会社もヒット作の連発で羽振り良く見えるけどさ、資金繰りはラクじゃないのが実態なんだ」

ああ、思い出した。それがムトウさんの破滅のもとだったな。オレは黙ってうなずく。

清水は苦笑して、「サガチョウって言う人はさ、性格は悪いけど金の始末は非常にいい。うちの仕事で制作費に困ったことなんか一度だってなかったぜ」

「うーん」オレはふっと煙を吐いて、「三田村さんも今、金のことで悩んでいるのかぁ」

「いやいや誤解しないで」清水は指を振って、「そういう心配をした上でね、でも楽観的にやろうよ。僕たちがやれば結局うまく行く。吉野洋行は必ず新しい波を見つける。今までもそうしてきたじゃないか！」そして無邪気な笑顔を向けた。

「……バツイチ独身で、オレはまぁ気楽な身ではある」

「僕はね、おふくろと二人暮らし」

「え、知らなかった！」ちょっと驚いた。五年間も一緒に仕事してたのに、清水の私生活というものをオレは見たことがない。ひたすらCM作りだけを共にして来たんだ。

「早くに死んじまった親父が残した古い家が葛飾にある。おふくろはまだ働いてるんだ。生命保険のおばさんやってて元気だ。そうだ、カントク、今度メシ食いに来なよ」

「行きます！　もっと早く行くべきだった」

「おふくろは僕に、たぶん、やりたきゃ何でもやれって言うだろうな。カントクの家は？」

さて、オレの母なら何て言うだろう？　しばらく考えているうちに、十一年前パリへ行く時にもらった母の言葉を思い出した。『ママには見えないくらい遠くまで行きなさい』。

次に亡き祖父の顔が浮かんできて、『判決！』とひと睨みして消えた。

「清水さん」オレは煙草をもみ消して清水を見つめた。「ニッセン辞めよう」

だがこの時、オレは自分の心にあるもう一つ別なことをまだ上手く言葉に出来ていなかった。それは『あの大越金太郎のような凄い仕事をしてみたい』とでも言おうか、しかし何の根拠も具体性もない願望だった。この時点ではただの妄想に過ぎない。

清水はオレの妄想にではなく言葉に、ゆっくりと大きくうなずいてくれた。


週明け、出社してすぐに席の電話が鳴った。

「よっ、カントク」筒井研二カメラマンの声だ。「きのうの夜中に清水から電話あってよ。なんと、ニッセン辞めて新会社作るんだって？」

「け、研さん、今ここ企画演出部の自分の席なんで」

「ああそうか。おれはまだ自宅なんだけど、カントクそこじゃ話せないよな。じゃあおれが一方的に喋るからよ、ウンとかスンとか言ってくれや」

「わかった」

「カンタンな話だ。その新会社におれも付き合う。いいよな？」

「えっ……研さんも！」

「吉野カントクがいないニッセンなんて面白くもなんともない。連れてってくれよぉ！」


その夜八時に清水と筒井がオレの部屋へ来る、ということになった。

オレはビール、バーボン、つまみ類を買い込み、早めに帰宅して待つ。

三十分ほど過ぎてチャイムが鳴り、鍵をかけていないドアが乱暴に開かれた。

「おっはよーございまーすっ！」大声と共に清水と筒井。それに続いて風早、ゆうこ、ショウタ、そして宅間までが部屋になだれ込んで来た。

「カントク」清水が皆の前に立ち、「ははは、みんな一緒に辞めることになった！　酒飲む前に、一人ひとりあなたに預ける物がある。まずは僕のから」そして『退職届』と書かれた白い封筒をオレに手渡した。「僕の考えは昨夜話した通りです」

「ほい、おれの辞表だ」と筒井。「カントクに預ける。いいようにしてくれ」
あとの四人も順に決意表明と退職届を預けてくれた。
風早「いずれこうなると楽しみに待ってました。凄い新会社になるよ！」
ゆうこ「あたしが行く道は他にありません」
ショウタ「武藤章太まるごと、ヒロさんに預けます」
宅間「僕ひとりだけ置いてかないでください」
預かった六通の辞表を胸に抱いて、オレは泣きそうになった……。
みんながこの吉野洋行に賭けてくれるんだ。絶対に勝って、『あの賭けは正解だった』と言われたい。この十二年間、朝倉さんや森山さんから始まってたくさんの人たちと関わってきたけど、こんな気持ちになったことは一度もなかったな。

オレたちはベランダから六階の屋上へ出て、星空を見ながらの〈創業決起大会〉となる。

夕方まで吹いていた春一番がぴたりと止み、初夏のように心地よい夜気だ。

宅間がブルーシートの上に焼き鳥と大量のビールを並べ、七人は車座に座り乾杯した。

よし、ここは一発キメねばならない！

新会社の歴史に残る〈創業演説〉をやるんだ。

だが原稿も何もない。つい三十分前、突然創業することになった会社だもんな。ここは適当にやるしかない。オレはふと思いついて屋上の縁まで歩き、手摺りのない転落ギリギリの場所に立って皆の方を向く。心配して立ち上がりかけたゆうこを手で制して、オレは話し始めた。「……鞆浦光一監督が亡くなって今年でもう七年になります。トモさんがこの四谷三丁目の夜空へ飛んだ出来事は、当時東洋ムービーの社員だったオレにはどこか現実離れした悪い夢としか思えませんでした。『もうウソはつきません』と終わる遺言の意味もいまだに暗号のまま。でもひとつだけ気が付いたことがあります。ニッセンの社員全員の心の中に、それぞれのカタチでトモさんは生きてる、ということ。いまだにニッセンのクリエイティブの原動力だったんです」よし、調子出て来たぞ。伝えるべきメッセージに入ろう。「そんな凄いトモさんですが、ひとつ残念なことがある。彼は一九七三年十二月に四十九歳で亡くなってしまいました。もし生きておられたら、この一九八〇年にはどんな作品を作ったでしょう? 一九九〇年には? 二〇〇〇年には? クリエイターにとって歳を重ねて行くことは面白くもあり、とても厳しい試練でもあるのです。激変する時代の景色は美しくもまた怖ろしい。我々は新しい会社で力を合わせることにより、人生半ばで終わったトモさんには見ることが出来なかった世界まで、共に旅して行きましょう。そして何十年も経ってから、『あの三月一日の夜こそ、オレたちの大成功の始まりだったのだ』と笑って話せるようになりましょう！　いや、必ずそうなります！」

「おーっ！」と歓声が上がり、盛大な拍手。

笑顔で応えながらふと数十メートル下の路上に目をやると、そこに七年前のオレがいてこちらを見上げているような気がする。

次の瞬間、ゆうこがオレに飛びついて安全な場所へ引きずり戻してくれた。

4

火曜日の夕方。

オレたち七人は『春のキャンペーン結果反省会』という名目で、部外者立ち入り禁止の貼り紙をした会議室に集まった。

もちろん何も反省などしません。新会社設立の段取りを決めるのが目的だ。

「それでは」立ち上がった清水は皆を見回し、「新会社設立準備会議を始めます。ここでは皆でいくつか重要なことだけを取り決め、細かい事務的な段取りは僕に任せてもらえるでしょうか？　独立の先輩、CMキングダムの郷副社長からも、面倒な設立手続きについてマル秘で知恵をいただいてます。明日からゆうこに手を貸してもらって進めますが？」

「異議なし」「いいんじゃないの」全員がうなずいた。

「ありがとう。では今日はまず、新会社の社長を決めることからスタートしたい。これについては、昨日の夜すっかりその気になって大演説ブッてくれた吉野カントクの他にはないと、みんなも本人も思ってるでしょう。よろしいですね？」

どっと拍手が湧く。気が付いたらオレも拍手していた。

「決議します」と清水。「では社長、よろしく」

オレは立ち上がって、思いつくままに話す。「ええ、オレは監督と社長の両方をやります。だから、サガチョウさんのような社長にはなりません。まず新会社にはここにいる全員がお金を出し合って、〈株主〉っていうんですか、一人ひとりが会社のオーナーになるのがいいと思う。それでね清水さん、資本金とか必要経費のような、初めに集めなきゃいけない金額ってどのくらいなの？」

「キングダムの場合は資本金一千万円と当座の運転資金にもう一千万円集めたと。それでも一年目はギリギリで、銀行から借りまくってなんとか回したそうだ。これマル秘だよ」

オレは顔をしかめて「うーん、二千万か…ゴツイなぁ」（現在の四千万円近くだ）

「カントク、それあなたが美生堂ＣＭの製作でアッサリ使ってた金額なんだよ」と清水。

「清水よ」筒井が口を切った。「なんとか二千万集めるとして、まさか均等割りなんて無理だよな。ここは今現在の収入も考えてバラそうよ。でもな、こういう会議の場でやるのも気まずいからよ、各々よく考えた上で吉野社長とサシで話してニギる、ってのどうかね？」

筒井らしいバサッとした本音の物言いだ。一人ひとりと『ニギる』となるとなかなかの力仕事だと思うけれど、ボスとしてこれが仕切れなきゃいけない。オレは筒井にオーケーのサインを出して、「皆もそれでいいですか？」と一座を見回した。

特に声はなく静かな賛成という様子。皆頭の中で自分の預金通帳を開いているんだろう。

「ありがとう。じゃあ来週いっぱいとしようか。一人ずつオレと面談してください。時間取りはゆうこさん、やってくれる？　順不同でいいよ」

「了解です」とゆうこ。「皆さん、あたしに希望日時を伝えてください」

「それでは、次の議題に行く前に」清水が少し口調を改めて、「ひとつ聞いてください。先週の社長演説にあったように、我々は未来の大成功を信じて新会社を立ち上げる。なけなしの金をはたいて出資するんです。必ずや勝ちましょうと誓うと同時に、そこにあるリスクも正しく理解すべきです。一つの客観的事実を腹に落としましょう。一般的に、新規設立された会社の半分は一年以内に倒産します。生き残っても、十年後にまだある会社は十社に一社以下です。さらにその中で、業績を上げて成長し出資者に利益をもたらせる会社は、さて百社のうち何社あるか？　我々がやろうとしているのは、そういうことなんです！」

「しかし」とオレが引き取る。「オレたちは宝くじみたいな偶然性を買うんじゃありません。千分のいくつかの確率も、自分たちの能力と努力でぐっと高めることが出来る。そうだよね清水さん？」どっと拍手が沸き起こった。

オレたちは設立スケジュールの話に入る。

清水は小型のカレンダーをテーブル上に出し、「手続きや、各々の資金手当てとか考えて、今から一か月半ほどみたらどうか？」

「ふーん…」「うーん…」とあちこちから小声が上がる。

「清水よ」と筒井。「その設立日の前までには、金が集まってないといかんのね？」

「そうです。まあ、最悪の場合は延期出来ることなので、まずは最速を目指したい。四月の十七日木曜日が大安なので、そこを仮に設立日と定めよう。いかが？」

さすがに清水は〈お日柄〉まで考えてるんだ、とオレは感心した。

他の全員も了解。

オレは預かっている辞表の束を皆に示して、「では、オレはこいつを今月中にサガチョウに叩きつけます。それでいいね？」

みな無言でうなずいた。

その晩。清水とオレは花園町の〈カディス〉のボックス席で樺山さんと向き合っていた。ともかく率直に正直に話すことにしたのだ。副社長から降ろされたばかりの樺山さんには『酷な話』だ。子飼いの部下だった清水にとっても辛いことだろう。でもやると決まっている以上、少しでも早くオレたち自身の口から知らせるのがせめてもの礼儀だ。

「樺山さん、ごめんなさい」「ごめんなさい」オレたちは深々と頭を下げて辛いプレゼンを始めた。清水が口を切る。「僕たちはニッセンを辞めて、新会社を立ち上げることになりました。お許しください」続けて清水は、辞める理由について正直に語る。「今回の春キャンの責任云々ではありません。ですが、あの仕事が鳴り物入りで始まって、実にアッサリとオクラになってしまったプロセスの中で、僕たちは美生堂や電広だけでなく広告業界全体の変化を強く感じたんです。それに対応するには、ニッセンは古く重く大き過ぎます」

「新しい小さなブティックです」とオレ。「吉野チーム全員と筒井カメラマンも加わります。

オレが社長になるので、これから起きることはすべて自分の責任だと思ってます。でも、この清水さんが支えてくれるって言ってます。あの、これ失礼かも知れませんけど、樺山さんもきっと、鞆浦監督にとってそんな存在だったんでは……」

樺山は黙って煙草を咥えて火をつけると、「……その通りだ。僕はトモさんを支えて独立する決心をしていた」

「え？」オレも清水も樺山を見つめる。

樺山は一服吹かして煙草を灰皿に置くと、ぽつりぽつりと話し始めた。「トモさんが亡くなる二年前、僕は彼から打ちあけられた。『もうサガチョウのやり方にはついて行けない。辞めて新会社を作ることを考えてる。どう思う？』ってな。当時はニッセンの全盛時代で、僕は辞めることなんて頭になかった。だがトモさんにそう言われて、彼が本気で独立するならばこの僕がパートナーやるしかないと腹を決めた……もしあの時それを実行していたら、どんな未来があったんだろう？　トモさんは死なずにすんだのかな？」

そんな話があったのか…でもそれは樺山さんにとって『行かなかった道』になった。

「鞆浦チームは美生堂も東洋自動車もヒットの連発だった。カンヌのフェスティバルでも毎回のように受賞した。僕たちは作ることが好きだったし、広告主も頼りにしてくれ、次々に大仕事を任される。新会社の話どころか寝るヒマもないままどんどん時間が過ぎた。

トモさんはかなり疲れてはいたけど、まさかあそこまで精神的に追い詰められていたとは、僕には……想像出来なかった」

清水が潤んだ目で、「トモさんがそんなことを……知りませんでした……」

「なぁ清水、吉野よ、人間は後悔ってものをすることがある。だが後悔には二つのカタチがある。『やるんじゃなかった』と『やればよかった』の二つ。あの時トモさんと新会社を始めていたら、っていう後悔は取り返しがつかない。辛いよ……だからな、きみらはやりなさい！　失敗したって自分の責任なんだから諦めりゃいい。やりなさい！」

オレも清水もただ頭を垂れる…この樺山さんはなんと寛容な人だろう！　オクラになった春キャンを大至急撮り直し、何日も徹夜して仕上げ、電広や美生堂に平身低頭して納め、そしてサガチョウにひどく侮辱されて副社長の座を若い佐々木に奪われた。そんな時に会社を出て行くというオレたちに、自身の後悔まで語って励ましてくれてるんだ！

オレは辛うじて口を開いた。「……ありがとうございます……悔いのないようにやります。三月末で辞めさせてください」

樺山は新しい煙草に火をつけて、「そうしなさい。この件は誰にも言わなくていいから。僕がすべて社内に説明する。ただしサガチョウと奥様にだけはすぐに、今日でも明日でも、吉野が一人で行ってしっかり頭下げて挨拶してくれ」

清水は「樺山さん、いままで教えて頂いて、恩も返せず……」そこまで言ったきり、感きわまったように黙り込んで嗚咽をこらえる。

オレは遠慮がちに、「サガチョウさんはもう少し後でも良いでしょうか？　いろいろと設立準備が出来てから大っぴらにしたいんですが」

「いいよ。ただしサガチョウの前には必ず吉野一人で出ること。全員が顔並べちゃダメだ。サガチョウが大嫌いな組合活動みたいなカタチになっちまうからな。それでも、あらゆる罵詈雑言を喰らうことは覚悟してるよな？」樺山はちょっと苦笑した。

「そういうの割に慣れてますから」とオレ。

樺山は少し肩の力を抜き、ウィスキーのグラスを取ると、「飲もうぜ。さ、リラックスしていいよ」

オレと清水も煙草をつけて、ちびりちびり飲み始めた。

「ヒロくんよ」樺山はいつものラクな口調に戻って、「いくつになった？」

「三十一です」とオレ。清水はまだ黙って目を潤ませたまま。

「いいなあ、僕は今や六十越え。子供いないんでカミさんと年をとるばかりだ。あのな、サイモンとガーファンクルの〈ブック・エンド〉というアルバムに僕の好きな曲がひとつある。〈オールド・フレンズ〉っていうタイトルだったかな。冬枯れの公園のベンチに二人の老人が静かに座っている。一人は疲れたようにもう一人の肩に寄りかかる。それはブック・エンドに置かれた二冊の古い本のようだ、と歌われる。その後半でな、人間が七十歳になるなんて怖ろしいほどに不可解なことだ！とその時まだ若者だった二人は歌ってる。僕も若い頃はそう思ってたなぁ。きみらも同じだろ？」

「確かに」とオレ。「七十歳の自分なんて想像も出来ません」

樺山はうなずいて、「そんなことあり得ないというほどだろ？　それがねぇ、なるんだよ。実際に七十歳にね。もう僕にとっては不思議でも何でもない。悲しいことに……」

「樺山さんは」オレはためらいながら、「あの、これからも、この、ニッセンで？」

樺山は微笑んで、「僕はな、この船に長く乗り過ぎてる。今さら逃げ出すには忍びない思い出がいっぱいあってね。だから船が沈むまで残ります」

翌日、オレは朝一番で亀山さんを捕まえた。

オレの独断だが、やはり亀山さんはオレをニッセンに入れてくれた人。話しておくべきだと思った。だが樺山さんに話す時のような優しい気持ちには、なれそうにないけどね。

十時過ぎ。二人は企画の三番で向き合った。

「なんやねん？」コーヒーにミルクを入れながら、亀山はちょっと警戒しているようだ。

「これまだ正式にではなく、個人的にという意味で聞いてくれますか？」

「ええよ。なんや？」

「ニッセン辞めます。オレのチーム全員に清水さん、筒井さんも一緒です。今月末です」

「はぁ？」

「新しい会社を作ります」

亀山はしばらく無言でコーヒーをかき混ぜる。

「身勝手言って申し訳ありません。でも心に決めたことなんで」

ガタン、と椅子が倒れて亀山が立ち上がり、オレの胸倉を掴んで引き寄せる。鬼ガメの赤ら顔が大アップになって、「東洋自動車や電広の、おれの仕事は誰がやるんや？」

「す、すいません…」オレは辛うじて声を出す。「それは……それは亀山さんがお決めになることとです」

「なんやと！」亀山の両手に力がこもり、オレはうーっとうめく。

「か、亀山さん…殴るんならどうぞ」

「殴られたいんかっ」亀山が右拳を固める。

「警察呼びます」

「お前……」亀山の腕からためらいが伝わってくる。

オレは亀山を睨み返すと口元に無理やりの嘲笑をつくり、「…甘えないでください。ブタ箱入る根性ないんでしょ。放してください！」

赤ら顔に驚きが拡がる。オレの喉元がすっとラクになり、亀山は腰を下ろした。そして煙草に火をつけると一服深く吸い込んで、「……サガチョウにはもう話したんか？」

「ま、まだです」オレは荒い息を整えながら、「来週以降に、伺います」

「潰されるで！　サガチョウをナメたらあかん。三田村たちがあの会社作った時な、どれだけキワどい思いしたか知らんやろ？　アタマの何年か、あいつら極東現像所もアカイ・スタジオも出入り禁止やで。電広の仕事も何年か前にやっと出来るようになったザマや」

「つまり、今はもう何も制約されてないんですね」

亀山はジロリとオレを睨んで、「あんたの屁理屈なんぞ聞きとうないわ。要するに辞めるんやね。CMナントカダム作るんやね！」

「そんな名前にしないけど、会社作ります」

「作りゃえぇ」亀山はコーヒーを一口飲んでほーっと嘆息し、「だがおれのお客には指一本触れたら死なすでぇ。清水にもよう言うとけ。電広の仕事もないと思え」

「長らくお世話になりました」

「腐れ縁ちゅうやつや」

「亀山さんがいなければ、今のオレはありませんでした」

「へっ、なーに言うとんねん。ま、吉野カントクがなぜ辞めるのかはわからんでもない」

そして亀山はニヤリとして、「…おれもな、ここにはいつまでもおらんで。ははは……」

5

三月十日月曜日から〈出資額個別面談〉を始めた。

さすがに社内や近所の喫茶店という訳にはいかず、徒歩五分のオレの部屋が会場になる。

実はオレ自身、まだいくら出すか、いや出せるかを決めてなかったんだが、とりあえず一人ずつ話を聞きながら『社長として自分の出資額はどうか？』と考えればいいだろう。

その夕方、まず清水が来た。

オレはたっぷり作り置いたコーヒーを出して、キッチンのテーブルで清水と向き合う。

「二つ話をしたいんだ」清水は煙草をつけて、「僕の出資額の前にね、まず集める総額の件を相談したい」

「二千万、のこと?」とオレ。

「そう。いろいろ考えてみたんだが、今の僕たちの経済力ではその金額は無理じゃないか？」

「…なるほど」オレは小さくうなずく。

「一千万でもやっとどうにか、っていうラインだと思う」

「うん…みんな月給取りだし、実家が大金持ちっていう話も聞かないしね、ははは」

「実はね、資本金一千万だけ取りあえず銀行口座に入れて、それを運転資金として取り崩して行く、っていう手がある。足りなくなったら銀行から借りる。どうせ一千万余分にあっても、ＣＭ制作費はそんなもんじゃおさまらない。結局、借りまくるしかないんだわ」

「それ、いい手じゃないか」

「ただしそれが通用するのは一年目の決算まで。充分な売り上げが立てばいいけれども、もし決算時に借入金と支払い債務の方が多かったら『債務超過』で即アウト！」

「……アウトにはならない」とオレ。

「なぜ？」

「わからない。でも大丈夫だ」言葉が口をついて出た。「オレには見えてる」

清水は呆れたような、でも嬉しそうな顔で、「オーケー、一千万で行こう」

「で、清水さんはいくら？」

「二百万がギリギリですね」

「うーん、もうちょい出せないかな?」

「いや実はね」と清水は預金通帳を一冊取り出した。郵便貯金だ。「おふくろに相談したら、こいつをくれたんだ。『こんな時のために貯めて来た。使いなさい』ってね」そして清水は最後の数ページを開いて見せた。何千円単位の入金が毎月何度もあり、残高は百七十万円をちょっと超えている。「こういう母親でね、頭が上がらないよ」清水は本当に頭を下げた。

「これに自分の手持ちを足して、何とか二百万ってことで」

オレは感心して了解。〈山之内一豊の妻〉みたいな話だ。これは〈母〉だけどね。


数日後の朝、筒井研二が来た。

出資金は百五十万との申告だ。和歌山の実家から借りるという。「田舎町でな、写真館をやってるのよ。店は兄貴が継ぐんで、まぁ遺産の先渡しみたいな意味でもあるね」


その翌日の午後には林ゆうこ。

「百万出させてください」ゆうこは決然と告げる。

「ほう」なかなかの金額だ。

「三十六歳独身の全財産です」ゆうこは真っ直ぐにオレを見つめた。

オレはちょっと感動した。彼女こそ〈自由で独立した働く女性〉なんだ、と思った。

そのすぐ後に宅間謙三が続く。「五十万、どうにかします」とのこと。

さてここまでの段階で合計五百万円。必要な金額の半分だ。（当時は資本金の最低資本金制度があり、株式会社は一千万円、有限会社は三百万円だった）

残る風早良一と武藤ショウタは、期限の三月二十二日土曜まで返事なし。

だが翌日曜の朝に風早から電話があり、午後に来ることになった。

三時頃、オレが屋上から見下ろす路地に、年代物のフィアット５００が壊れそうな音を立てて止まった。風早が降りて来るのが見える。

間もなくドアが開いて、トレーナー上下に紙包みを抱えた風早がいつもの笑顔で現れた。

「ヒロさん、東高円寺三角堂のみたらし団子買って来た。食べながらやろう」

オレたちはほうじ茶と団子を挟んで、キッチン・テーブルで向き合う。

「いやあ、待たせちゃってごめんなさい。まず出資額ね」

「無理しなくていいよ」

「大体都合ついてさ、おっと」風早は団子のタレを口の端からすくい上げて、「百五十万円出します」

「ふーん、名古屋の実家とか？」

「うんにゃ、実家にそんな金ない。姉貴に借りた」風早の二つ上の姉さんはハワイ航空のCAだった。「あいつアメリカで証券投資やっててさ、今かなり金回りいいのよ！」

「ほう！　いいお姉さんを持って……」

「ヒロさん、それよりもちょい面倒臭い話があるんだ」風早は煙草をつけて、「サガチョウとヤエ専務が絡んじゃってさ。新会社設立にも多少は関係あるかな」

「何の話？」

「おれヤエさんに見込まれてるんだ。愛されている、と言った方がいいのかな？　ホラ、あの人いい男とか好きじゃん。それでね、『嵯峨家には子供がいないから、おれを養子にして財産を継がせたい』って言うんだわ」

「えっ……それって、佐々木が継ぐんじゃなかったの？」

「がちょーん！」風早は舌を出して、「佐々木さんは会社の経営を引き継ぐだけだそうだ。個人資産の承継は、あくまでもヤエさんの好き嫌いで決めると。佐々木さんはぜーんぜんタイプじゃないし、それに彼のあの性格じゃ、老後の面倒見てくれそうにないからって」

「ひでえ話だな……で、養子に、なるわけ？」

「とーんでもハップン！　あり得ないぜ」

「十億円の遺産もらえても？」

「金の問題じゃありまへーん。おれにも好みっちゅうものがある。ヤエさん？　ゲゲッ！

それに名古屋の風早家には、美しく優しい本物の母親がおります。ヤエさん要りません」

「お断りするのね」

「もう何度も断った。でもしつっこいこと！　名古屋にまで電話して来て、親は何て応対したもんか困り果てちょる。あの人たち『人を金で買う』という発想しかないんだわ」

「だからオレが皆の辞表をバーンと叩きつければ、さすがの彼等も諦める、ということか」

「そう、ヒロさん、得意の強烈な一発でこのアホな話終わりにしてくれないかなぁ」

「うーん……」オレは考え込む。


その晩、ショウタから電話があった。

「ヒロさん、すいません遅れちゃって」

「いいよ、まだ週末のうちだ」

「百万円でお願いします」

「お、張り込んだな！　カナダのネリガンさんに頼んだのか？」

「い、いや、別のルートで」

「別の、って？　お前、強盗でもしたんじゃないだろうな？」

「悪い冗談やめてください。ちゃんと合法的なやり方ですよ」

「女に貢がせたとか？」

「そのうち話します。金額は百万でオーケーですか？」

「もちろん」

「じゃあ、今外からなんでこれで」電話は切れた。


夜も更けて来た。

オレはベッドに寝転んで六人の出資額のメモを見ていた。

合計七百五十万円。残り二百五十万がオレの分になる。それで社長のオレが筆頭株主。他の者とのバランスもいいと思う。

オレは立ち上がって、キッチンのテーブルで一服する。

目の前に三友銀行麻布支店の預金通帳があった。見なくてもわかっているのだが、一応パラパラとめくって目を通す。直近の残高三十四万五千八百二十四円。財布の中を改めると一万円札が一枚。まだ月中だから、これから家賃やマルワの月賦支払いなどもある。

いかん！　かなりの高給取りなのに、なんでこれしか貯えがないんだ？

やはり去年のクリスマスからニュー・イヤーにかけての遊び過ぎが祟ってるんだ。

あの時春キャンの仕事は、キャッツ・エンタメと電広に振り回されてストレス山盛り。

ウサ晴らしに六本木から銀座まで足を伸ばして、モデル崩れの女の子たちを引き連れて、わざわざＮＡＬの上城（うえき）までご招待して毎晩飲み歩いた。オレはなんてモテるんだろう、と感動したほどで、その結果がこの残高だ。

だが社長の体面がかかる出資金二百五十万円。どうにかしなければいけない。

清水や筒井と違って、オレは『実家に相談する』という選択肢を頭から外していた。

母はオレが新会社に出資することを危惧するだろう……。

オレがニッセン三年目に入って売れまくっていた頃、母の実家・岩井田家が破産した。国鉄の車両内装品の新工場建設に無理な借り入れを重ねた上に、官僚への不正接待が発覚して発注を取り消され、たちまち銀行取引停止に追い込まれたのだ。母の兄や弟、そして義兄もその会社の幹部。かつては正月に集まって飲んだくれ、エロ話に興じていた陽気な一族全員が地位と収入を失った。そればかりか、最後まで会社の倒産を防ごうと全ての個人資産を担保に差し出した祖父は、世田谷代田にあった広壮な屋敷を銀行に取り上げられ、狛江の狭いマンションが隠居の場となった。

当時多忙を極めていたオレは母からその話を聞いただけで、岩井田家に見舞いにも行けず、また母も『今は近づかなくていいから』とのことだった。そしてオレに忠告したのだ。『ひろゆき、おじいちゃまの破産は悲しいことです。でもママはあなたのためになる大きな教訓を得ることが出来たのよ。それはお金についてです。あなたもそれだけ成功してるんだし、これからいろいろとチャンスが来るでしょう。自分の会社を作るかも知れない』

その時のオレは、ニッセンを辞めて自分の会社を作るなどまだ想像すらしていない。母にはやはり〈予知能力〉があるのだろう。

母は続ける。『三つあります。まずひとつ。会社のお金と自分のお金は全く別の物です。会社のお金を自分の生活に使わない。そして自分のお金を会社のために使うことも絶対にいけません。家族の財産も同じことです。岩井田家はその両方をやってしまった』

『ふたつ。家族や親せきを会社に入れない。必ず経営が甘くなるわ』

『みっつ。これがいちばん難しい。万一会社が潰れそうになって銀行から見放された時、何とかしようとして個人財産を担保に出さない。銀行から見放される会社なら潰しなさい。それがあなたのため、社員のため、世の中のためにもなるの』

母に経営の教訓を貰った一九七七年にはもちろん、それを思い出したこの一九八〇年においてさえも、オレはまだその怖ろしい正しさを充分に理解してはいなかった。その晩のオレにもわかったのは『二百五十万円の出所は実家ではあり得ない』というほどのことか。

よし、三友銀行麻布支店から借りよう。どのみちこれからそこに資本金を積むのだし、運転資金も借りるメインバンクだ。どうにかなるだろう。いや、絶対にどうにかする！

その時、オレの頭の端に奇妙な予感がひらめいた。母の言葉など思い出した拍子に、何かが憑りついたのかな？　銀行へ行く前にサガチョウに辞表を叩きつける。そうすれば、結果的には必ず銀行も金を貸すだろう。サガチョウなんかよりはるかに強力な相手である三友銀行には、オレの全力で当たらなければ勝てない。ここは逃げ道など作ってはならない。自ら退路を断って死にモノ狂いでやろう……その四半世紀も後の吉野社長なら、こんなバカなことは考えなかっただろう。経営行動には合理的な手順というものがあり、退却の道を確保した上で、余裕を持って攻撃するべきだ。当たり前田のクラッカー。

6

三月二十四日月曜はカラリと晴れ上がった。

出社したオレは社長秘書に電話を入れ、サガチョウ夫妻のスケジュールをあたった。

「今日はこの天気ですからねぇ」すべてお見通しのような口調の秘書。「お二人でコースへ出られてると思いますよ。クラブ・ハウスに電話入れてみましょうか？」

「お願いします。もし夕方こちらへ戻られるなら、重要な件でお時間を頂きたいと」

「えーと、吉野監督から、重要な件と。ナニかなぁ、ふふふ…」秘書は電話を切った。

「シャチョウ！」仕切りの上から風早の笑顔がのぞいた。

「おっ、おはよう」とオレ。

「いよいよ作戦出撃ですね！　ちぇすとーって一撃必殺よろしくね」

「カンタンに言わないでよ」オレはマルボロを咥えて火をつけた。


昼前に秘書から電話があり、サガチョウ夫妻はランチを済ませたらカントリー・クラブを出て会社へ戻るという。オレは五時から社長室で時間をもらうことが出来た。

さて作戦を考えねばならない。

昼食後、オレは四谷三丁目の喫茶店にこもって構想を練る。

店は空いていて良かったのだが、奥に大流行の〈インベーダーゲーム〉がズラリと五台並んでおり、オヤジが一人百円玉を積み上げてプレイ中だ。ピッ！　プシューン！という

〈名古屋撃ち〉の連続音がやかましい。

だがオレは宇宙人の侵略にめげず、精神を集中して頭の中にサガチョウの社長室の様子をくっきりと描く……オレはいまドアを開けてそこへ入った。ソファーの上に並んだサガチョウとヤエの視線がオレを捉えた。さぁ、どうする？

いろいろと想像しているうちに、五年前のことが頭に浮かんできた。

あの時、オレは『ニッセンに採用してもらう』ためにサガチョウと対面していた。この会社には無限大の可能性があるように感じた。ニッセンのディレクターになることこそ、オレのゴールのようにすら思えたな。あの時点で、それは錯覚ではなかっただろう。

いま逆に、オレはチームを引き連れて『ニッセンを出て行く』ために動いている。

ほんとうにそれでいいのか？　オレは一時的に現実を見失っているんじゃないのか？

だが、すぐに気付く。五年という時間が使われた。そして結果はもう出たんだ。

これもまた〈道の分岐点〉に違いない。思い切って一歩踏み出そう。

午後五時ちょうど。オレは九階の社長室へ通された。普段の仕事着のままだ。

ヤエさんと並んでソファーに浅く腰かけたサガチョウは、テカテカに日焼けしたハゲ頭に濡れタオルをのせていた。「参ったぁ！　ハワーイみたいな陽射しでね、もう日射病になりそうだったわ！」

「吉野」とヤエ。「ボクちゃん疲れてるから、サッサと済ませてね。ほら、そこ座って」

オレは勧められたソファーではなく、床のカーペットの上に正座して二人を睨み上げた。

「このたびの春キャンでは大変なご迷惑をお掛けし、まことに申し訳ありません」深々と頭を下げ、三秒で上げる。「吉野チームの責任者として、ここに首を差し出します」オレは〈退職届〉の白い封筒を取り出して高々と掲げた。

「ちょーっと待ちなさい！」サガチョウの頭から濡れタオルが落ちた。「あんた何言ってんのよ。ボク『会社辞めろ』なんて言った？　お給料下げれば済むこと。それに、佐々木はあんたを企画演出部長にしたいそうよ。だから喜びなさい。クビは勘弁してやるわ」

「そんな簡単なことじゃありません」オレは〈退職届〉をカーペットの上に出入口の方へ頭を向けて置き、すっと立ち上がった。「社長、専務も立っていただけますか？」

二人はオレの態度の奇妙な変化に戸惑いながらも、ソファーから立ち上がった。

彼等とオレとの間の床の上に、ぽつんと〈退職届〉がある。

「ここはお宅の庭で、目の前にお池がある、と想像してください」

「吉野、なにバカなことを」言いかけたヤエをオレは、「想像してください！」と押さえる。

そして続けた。「お池には沢山の鯉がいます。社長は一匹ずつ社員の名前をつけてらっしゃいましたね」オレは床の退職届を指差し、「あれが吉野洋行の鯉ですね」そしてサガチョウが池でやるようにポン、ポンと手を叩く。「あれっ、吉野洋行の後から他の鯉たちも泳いで来ましたね。誰でしょう？」

オレは内ポケットから次々と仲間の〈退職届〉を出しては、池の中を泳ぎ回る鯉の群れのように床の上に並べて行く。唖然と見守るサガチョウとヤエ。「清水克典」「風早良一」「林ゆうこ」「武藤章太」「宅間謙三」そして「筒井研二」オレは一人ずつ丁寧に名前を読み上げ、「オレ以下七四、三月末づけにて社長のお池を出て、もっと広い所で泳ぐことにしました」

「な、何をたわけたこと！」サガチョウは激しく首を振って、「ゆるさないわ！」

「サガチョウさん」オレは声のトーンを少し落として、「あなたが許すとか許さないとか、こりゃそういう問題じゃないんです」

「だ、誰に向かって口を」

「日本国憲法第二十二条第一項により、オレたちにはこの会社を辞める自由があります。そこに全員の退職届を提出しました。ホラ、拾ってくださいよ」

「クビだぁ！　クビ！」と身を震わせて叫んだサガチョウは、だがその後が続かない。

「ボクちゃん」ヤエが夫の前に出て、「ちょっと黙ってなさい」そして床に屈みこんで退職届の一つを手に取ると、オレに向かって静かな口調で、「吉野、辞めるなら勝手になさい。清水も筒井もいらないわ。でも一人だけ置いてって欲しい子がいるの。どうしても」

「風早でしょ」とオレ。

「あ、知ってるなら話が早いわ。あの子ね、うちの養子に貰ってあげることにしたのよ。可愛くて優しくてクリスチャンでしょ。清水みたいにアカじゃないし。あの子に個人資産を継がせてやりたいの」

「専務、お手もとの風早の退職届、ちょっと目を通してくれますか」

ヤエは訝りながら封を切り、中身を見るやたちまち顔色を変えた。

オレは出来るだけ柔らかな口調で、「いかがですか？『一身上の理由で退職』のあとに追伸がもう一行入ってませんか？ ご養子の件、悪い冗談はお控えくださいと」

「し、失礼な！ こんないい話を！」ヤエは封筒をくしゃくしゃに握りつぶす。「あの子は十億円も遺産がもらえるのにぃ！」

「専務」オレはヤエをじーっと見つめて、「風早良一の名古屋の実家には本物のお母さんがいます。美しい女性と聞いてます。彼はお母さんが大好きだそうで、あなたの息子になるのは、すいません、十億円いただいても嫌ですと」

突然、ヤエの顔がゆがんだ！ そして両手で顔を覆うと、わーっと泣き出した。

ののしられることも覚悟して言ったのに、オレは意外なヤエの反応に戸惑う。

するとサガチョウが一歩前へ出てヤエの肩を優しく抱き、「ヤエさん、泣かないで、ねっ」

ヤエは小柄なサガチョウの胸に顔を埋めてしゃくりあげる。

「ヤエさん、ひどいこと言われて可哀そうに……でもね、仕方がないんだ。若い連中はどっちみち好き勝手をやる。辞めたきゃ辞めればいい。ヤエさんにはボクがついてる。ボクがしっかり守ってあげるからね」ヤエの泣き声がひときわ高まる。「泣かないで、ねっ、ヤエさん。また二人でハワーイへ行こうね。ゴーフしようね」そしてサガチョウはオレに目を向けると、「吉野、わかった。辞めていいわ。もうボクの奥さんいじめないで！」

オレは何だかひどく残酷なことをしてしまったような気がして、言葉に詰まった。

だが辞表は受理。風早の養子もナシ。目的は果たされたんだ。

「…これで失礼いたします」オレはドアの前まで下がって不動の姿勢をとり、「五年間たいへんお世話になりました。最高のスポンサーで大きな仕事の機会を頂き、ニッセンのディレクターとして誇りを持って最善を尽くしたつもりです。かかる幸運に心から感謝しております。どうかお二人ともお幸せに」六十度三秒の礼。オレはサッと部屋を出る。

サガチョウとヤエは、オレが今まで思い込んでいたようなモンスターじゃなかった。人生のたそがれ時になって、いくらお金があっても募る寂しさを、お互いに慰め合って生きて来た仲良し夫婦なんだ。

そしてもうひとつ気が付いた。二人は子供が欲しかったんだ……。

三日後の木曜日。

オレは三友銀行麻布支店のパネルで仕切られた応接コーナーに座り、出された渋茶を飲んでいる。じきに支店長が会ってくれるようだ。

初めの窓口ではまるでラチがあかなかった。だが〈新会社設立趣意書〉のコピーとオレたちの仕事の実績一覧、それにニッセンの会社案内パンフを添えて提出し、『ここをメインバンクにしたい』と説明すると奥へ通された、という訳だ。銀行取引などもちろんオレには初体験。だが小さな支店とはいえ、支店長がその場で会ってくれるのは上等な対応の部類じゃなかろうか。

薄いドアが開いて大黒さまのような巨漢が入って来た。小柄な若者を従えている。

「支店長の大前田です。これは担当させていただく岡野」

オレは最敬礼。「初めまして。吉野と申します」そして三人は名刺を交わす。

「ま、どうぞおラクに」大前田がオレの資料に目を落としながら、「新会社ご設立おめでとうございます。今後ぜひ当行をメインでよろしくお願いしますよ」

「こ、こちらこそ」とオレ。

「ニッセンさんのご高名はいつも伺っております」大前田の声は耳に心地よい。「当行では新宿東口支店が大きなお取引を頂いてまして、あの、ひとつ伺ってもよろしいですか？」

「はい、何でも」

「今回のご設立にあたっては、ニッセンさんからもご支援頂ける、と理解してよろしいんですね？」

「ご、ご支援って？」

「新会社にご出資されるとか、債務の保証ですとか、まぁそんなことで」

「あ…」オレは誤解されていることに気付き、「す、すいませんが、そうではありませんで」と実情を説明する。ニッセン吉野チームが七人集まって、金を出し合って独立する。資本金は一千万円ポッキリ。運転資金は全額借入で賄いたいと。

「……なるほど」大前田は煙草を取り出してオレにも勧める。一本頂き、火をつけてもらった。深く一服して気を落ち着ける。オレは姿勢をあらためて、「そんな小さな会社でも、メイン・バンクやってもらえるんでしょうか？」

「いいですよ」大前田は意外な軽口で、「お若い方が起業される時は、あらかたそんなもんです。それに吉野さん、超一流のスポンサーをお持ちじゃないですか。美生堂さん、東洋自動車さんなどのお仕事を新会社でおやりになれば」

「ごめんなさい、そういうメインの仕事は、ニッセンからは持ち出せないと思います」

「ああ…そうか」大前田は煙草を灰皿に置くと、「吉野さんは正直な人ですね」そしてニッと笑いかける。「大丈夫。これから新しいスポンサーを取ればいいんです」

「そう、そうします」オレは少し気がラクになってきた。「支店長、実はその資本金のことでお願いがあるんですが」

「なんなりと」

「一千万のうち、私が二百五十万を出すことになってます。そ、そのお金を、こちらでお借り出来ないかと」

「え？　資本金を貸すの？」

「いや、全部じゃありません。残り七百五十万はあとの六人が出します。ただわたしだけ、どうもうまくお金の都合がつかなくて」

「ははは」大前田は苦笑して、「しほんきん、と言うくらいでね、これは借入金とは違ってね、自己資金でないと〈資本〉の意味がありません」

「それを借りられないでしょうか？」

「……資本金とは全く別の案件として、一般的な個人融資の方で考えてみますか？」

「あ、もちろん、貸して貰えるならば」

大前田は新しい煙草に火をつけて、「そう、まずですね、何か担保物件お持ちですか？不動産ですね。土地でも建物でも何かあれば？」

「い、いや、なにも…」

「うーん……」

「あの、クルマならありますけど。フォルクス・ワーゲンで」

「クルマですかぁ？　とりあえず年式は？」

「一九六四年式、ビートル」

「え？　六四年って、えーと十六年落ち！　ははは」

「ははは」オレもつられて笑う。

「いっそ、もう二十年ほど古ければ担保価値出たかも知れないね。で、他には何か？」

「ありません」

「そーなると……えー、では、連帯保証人を立てることは出来ますか？」

「保証人って、それ、誰でもいいんですか？」

大前田は目をむいて、「誰でもいいわけないですよね。当行のどこの支店でも結構ですが、それなりの金額のご預金をお持ちの信用の高い方に限ります」

「……」オレは答えに詰まった。

「吉野さん」大前田はオレを諭すように、「こういう場合はですね、やはりご家族やご親戚に相談されるのがベストだと思いますよ。新会社の運転資金の方は、これは事業の裏付けがありますから必要に応じてご融資出来ます。ですが、資本金だけはぜひ自己資金でやりましょうよ。もう一度よくご検討いただいて、来週以降、またこちらでお話を伺いますよ」

話は終わりだ。オレは大前田と岡野に促されて応接コーナーを出た。

エレベーターの方へ歩き始めたところで、前から来た派手なスーツの紳士とすれ違う。

「あ、渡辺さま！」大前田が足を止めて深く頭を下げた。「お待ちいたしておりました」

「おお、どうも」大前田に軽く返礼した男は、隣のオレとも目が合う。

はっ、と二人はほぼ同時に互いを認識した。これは渡辺一樹氏、ナツキのパパだ！

だが挨拶などする間もなく、大前田は「ささ、どうぞ支店長室へ」と渡辺氏をオレから引き離し、厚い木のドアを開けた。

オレは岡野に背中を押されてエレベーターへ。

7

翌金曜日の夜。オレは〈ユー・ユア・ユー〉の前の通りでタクシーを降りた。

今夜は前から約束していた上城、啓介との三人会。この店に来るのはしばらくぶりだ。

壁も色あせた三階建ての小さなビルは、周囲に増殖した新築の大型マンション群の中に埋もれて、文字通り絵本の〈小さなお家〉と化している。

ふと、オレの頭の隅に『不動産・担保』という言葉が浮かんだ。

『バカ！　ヘンなこと考えるな！』オレは自分の頬をパン、と張り飛ばす。『これは啓介がノブさんのために何年も働いて引き継いだ大切な店だ　恥ずかしいことを考えるな！』

金策の話は一切しないことにしよう、と決めてオレは〈ユー・ユア・ユー〉へ入る。


上城とは年末の六本木、銀座豪遊以来だ。

「健介ちゃんはぼちぼち一歳かね？」とオレ。去年の春に生まれた上城の長男のことだ。

「おお、もう立ったぞ！」嬉しそうな上城。

「ほう！　立ったかぁ！　さすが色魔の息子だ！」

「バカ言うな」上城は真顔で、「健介を下品な冗談のタネにしないでもらいたいね！」

「お父様ぁ！」啓介がハイボールを作りながら、「ご長男はまともな人間にお育てになるんですね。あっはっは、そうはイカのキンタマじゃないの。結構似ちゃうもんらしいよ」

「愛のある人間に育ってほしい。それよりもさ、啓介よ、友子ちゃん今日は来てないけど、例の彼氏とどうなのよ？」

「ふふふ」と啓介は嬉しさを押さえきれないように、「二人とも聞いてくれる？」

「おお」「どうなった？」

「ふふふふ……」

「何だよ？」

啓介は大口をあけると、「性格が合わないみたい！　別れそう！　良かったぁーっ」

友子には気の毒だが、啓介にとって彼女は奥さんみたいなものだからなぁ。いつもこの店にいて欲しいのは上城やオレだって同感だ。

オレたちは心の中で友子に詫びつつ、ハイボールで乾杯した！

しばしの雑談の後、オレは独立して新会社を作る話を持ち出した。

創業メンバー七人のことも説明して、「〈クリエイティブ・ブティック〉っていう新しいタイプの制作会社だ」

上城が興味を惹かれたように、「それってCMキングダムのようなもんかな？　郷プロデューサーや三田村ディレクターとは、せんだって僕も名刺交換したぜ」

「おーっ、上城も宣伝部でついにCM担当になったのか？」

「イエス！」上城が満面の笑みで答えた。「この春からね。何と言ってもテレビは面白い！　華やかさがあるね。もっとも僕の担当は、キングダムが直扱いでやってる〈NALパック〉みたいな大きなプロジェクトじゃなくて、電広と電広映像でやる国内線のCMだけどね」

「そうか、ついにお前も大NALのCM担当かぁ……」

「ビーッグ・プロジェクトやるぞ！　こう見えても、中澤宣伝部長殿下には結構気に入られてますからね。吉野、お前の会社始まったら営業に来いよ。ユー・アー・ウエルカム」

「え、いやいや、零細プロダクションだから」とオレ。「NALなんてまだまだ…」

上城は余裕の笑みを浮かべて、「若手トップの吉野監督なんだから、もっとポジティブな意識でトライすべきだよ。新会社に大きな仕事取るために、接待なんかもしっかりやる。こんなケチな店じゃなくて、この前みたいに六本木とか銀座でゴージャスにね。中澤殿下も僕が『かるーくお散歩行きましょう』って引っ張って来てやるからさ」

「……」オレはちょっと考え込んでしまう。上城は〈NALの担当者〉としてCM屋のオレと向き合ったことが凄くうれしそうだ。こいつのこんな感じ、何年ぶりだろう？

小学校五年の時、転校生のオレを盛り立てて、学級新聞の編集長にしてくれた〈クラスのボス〉。大学がロックアウトの最中、上城は広告のバイトを紹介してくれ、そこからトクリの朝倉さんやチョッコとの出会いも生まれたんだ。いま彼はNALの仕事のチャンスをくれる、と言ってる。オレをリードする少年時代の上城健が復活したみたいだ。

「お二人さん」啓介がちょっと改まった口調で、「ひとこと忠告させてくれ」

「なーんだよ？」眉をしかめる上城。

啓介は構わずに、「友達を仕事に巻き込むと、人情で筋目が曲がるおそれがある。吉野も上城も互いに責任ある立場だ。そこのとこ、慎重にやってくれることを僕は祈るね」

「そーね」「はーい」オレと上城はあまり深く考えず、啓介のいつもの説教と聞き流した。

その晩は実家に泊まる。

オレが着いたのは十一時前だったが、父・百男さんはもう休んでいた。「平日は相変わらずマージャン漬けなんだけど、土日はほとんど寝てるの」母はオレを洋間へ通し、ウィスキーを出してくれた。弟の久邦はニチドー栃木工場の拡張・大増員で休みが取れず、母はもう半年近くも顔を見てないそうだ。

オレは新会社設立の話を、母の心配を引き起こさないように出来るだけ丸めて話す。「ついに社長さんね」母は嬉しそうだった。「ひろゆき、今年三十二で一国一城の主。あとは今度こそいい連れ合いにご縁があればねぇ……ママが探してあげようか？」

オレはウィスキーを噴き出しそうになって、「い、いや、いいです。たぶん、そのうちに誰か出て来ると思うんで」

「あなたの仕事はかなり特殊だからね、同業のひとがいいんじゃないかなぁ…あ、ところでね、会社設立のお金の方は大丈夫なの？」想定していた質問だ。

用意した通りに答える。「三友銀行の麻布支店がバック・アップしてくれます」

「ああ、三友なら一流です。とは言ってもね」

「はい？」

「銀行は見かけは一流で紳士的でも中身はぜんぜん違うの。これ、岩井田のおじいちゃまが涙流してママに言ったわ。『あいつらは強盗だ。いざとなったら身ぐるみ剥いで、病人の布団でも持って行くぞ』ってね。憶えておきなさい、ひろゆき」

「憶えました」実際、オレはこの言葉をこれから何度も思い出すことになる。

三月三十一日の週。

月曜日からさっそく金策にかかる。ともかく売れる物は売って現金を作るんだ。

残念だがまずビートル。長年一緒に生きてきた愛車だ。チョッコとマサミを乗せてよく羽田空港へ送ったな。朝倉さんのお墓参りにも行った。四国の山中では、ナツキを乗せてパパラッチのバイクとカーチェイス！　バーチーの田舎商店街から華の東京銀座美生堂まで、いつもオレの仕事に付き合ってくれた相棒だけに別れるのはとても悲しい。

でも今がその時だ。

せめてこの年式の価値を理解してくれるマニアックな店で大切に引き取ってもらおう。〈カー・グラフィック〉誌に広告を出していたビートル専門店〈ガレージ・フェルディナンド〉に持ち込んだ。

「おお、ロクヨンのオーバルだ」若い店長は車体を舐めるように、「きれいに乗ってますね。塗装のオリーブ・グリーンはオリジナルのままでグー！　エンジンもカラッと乾いたいい音出てます。ご承知のように、ビートルは二年前にドイツ本国で生産終了になっており、程度の良い右ハンドル六〇年代物の価値は上がってます」

買い取り価格は三十五万円となった。オレが上城から買った値段よりも高い！

次に身の回り品二点ほど、値段がつきそうな物があった。

まずイギリス空軍の革のボマー・ジャケット。大戦中、ドイツ爆撃に使われた本物だ。

もうひとつはロ一レックスのダイバー・ウォッチ。

どちらも歌舞伎町の質屋に持ち込む。買い取りで計十二万円になった。

プラス持ち金からギリギリ二十八万円を加え、計七十五万円を銀行で定期預金にする。

さて、これを担保にしていくら借りられるか？


四月四日金曜。桜は咲いたけれど、暗い空から雨が降り止まない。

午前十一時半、オレは三友銀行麻布支店の応接コーナーで支店長を待つ。

テーブルの上に先ほど作ったばかりの定期預金通帳がある。もう一度開いて七十五万円という金額を確かめているとドアが開き、大前田支店長と担当の岡野が現れた。

「お、お早うございます。お時間をいただき」と、オレは最敬礼する。

「お元気そうで」大前田はにこやかに席に着き、「コーヒーでいいですか？」

「あ、もちろん。それで、支店長」オレはさっそく定期預金通帳を取り出して、「さきほど窓口で作りました。これを担保にして借入を、なんとか」

大前田は通帳を開いて金額を見ると顔をほころばせて、「ははははは」

「ははは……」

「吉野さん」急に真顔に変わって「これいりません」

「えっ？」

「二百五十万円、すぐにご用立てましょう」

「ええっ、な、なんで？」

「信用ある連帯保証人が立ったからです。あなたの借り入れに対して、全額保証がつきます。良かったねぇ！」

「ほしょうにん！　誰がそんなバカな？」

「渡辺一樹社長ですよ。輸入家具大手・渡辺商会は当支店の大切な大口お取引先のひとつでして。吉野さんは社長とお親しいんですってねぇ」

「い、いや、親しいというようなものでは」

「先週、ここでバッタリ顔を合わせたでしょう。社長はいつもながらカンの鋭いお方で、あなたが何か困ってらっしゃるのか？と私に訊かれた。こんなこと喋ってはいけないんですが、社長とはもう長いお付き合いでしてね、吉野さんの御用件についてその場限りということでお話しいたしました。そうしたら何てお答えになったと思います？」

「……」

「こうおっしゃいました。『吉野洋行くんは私の息子だと今でも思っている。息子の借り入れなのだから、私が連帯保証する』とね」

その午後、オレは青山一丁目に新しく自社ビルを構えた〈渡辺商会本社〉の社長室で、かつては義理の父であった渡辺一樹氏と五年ぶりに対面した。

青山通りを見下ろす明るいイタリアン・モダンの仕事部屋で、アルマーニのパーカーを羽織って寛いだ表情の渡辺は、オレとの再会をとても喜んでいるようだ。

「吉野くん元気そうだ。大活躍と聞いてる。私の目に狂いはなかったね」

「……銀行でバッタリお会いして、ほ、ほんとに驚きました。その上、もう離婚して五年も経つのに、こんな、オレの勝手な借金の保証をして頂くなんて」

「やめとこうか？」

「……いや、ありがたいです。必ずきちんと返済します」

「そうかぁ！」渡辺が顔中で笑った。「また断られるのかと思ったぞ。いやあ、きみも大人になったんだな」

「これって」オレは渡辺を見つめて、「あの時の、あのお金の代わりなんですか？」

「違う。あの三百万はナッキの不始末のお詫び、慰謝料だ。でもきみは受け取らなかった。そしてこんなことを言った。ナツキばかりを責めないでほしい。きみにもナツキに謝らなければいけないことがある。だから、この離婚はお互いイーブンでいい。ナツキにはイタリアでやり直して、立派なお母さんになってほしい、ってね。きみはいい男だな」

「……」オレは小さくうなずく。

「今度はもっと前向きの金だ。吉野くん、私の本音を言えば連帯保証などよりも君の会社に直接出資したいくらいだ。でもビジネスはそんなに簡単じゃない。きみとパートナーたちは、この私が結果的に新会社の筆頭株主になってしまうような出資を認めるはずがない。そうだろ？　だから、せめてきみに〈貸し〉を作っておきたいんだ。ははは、将来何か必ずいい見返りがあるに違いない。期待してるぞ」

「ご期待に…そうように…」

「吉野くん」渡辺は立ち上がり、デスクの端に飾ってあるフォト・フレームを手に取ってオレに見せた。「ほら、ナツキはきみの言った通り、いいお母さんになったぞ」

その写真はミラノから送られて来たのだろう。ナツキの〈家族写真〉だった。

ナツキは日本にいた頃と較べるとふた回りも太ったように見えるが、幸せそうな笑顔だ。三、四歳の金髪の可愛い女の子（あの時の子だ！）とその弟らしき黒っぽい髪の男の子。

そして濃い顎ヒゲと優しい目の大男はナッキの御主人だ。

ああ、ナッキは〈イタリアのオッカサン〉になれたんだ。「これで良かったんです」オレは独り言のようにつぶやく。「これがナッキの本当の人生だったんだ……」

8

一九八〇年四月十七日、大安の木曜日。オレたちの新会社はついに設立登記された。社名はＥＤＯという（当時、横文字の登記は出来なかったので、正式名は〈株式会社エド〉になるが、以下ＥＤＯと呼ぶ）。オレは〈東京〉という言葉を入れたかったんだが、その二文字はあらゆる業種の会社名に使われまくっており、もう空きがない。名コピー・ライターの温井和（ぬくいかず）に相談したところ、このＥＤＯというアイデアがその場で出て来た。絶妙だと思ったな。

皆で頑張って新会社を成功させ、〈広告会議〉や〈アド・ジャーナル〉の誌面に『ＥＤＯ時代』なんていう言葉を見たいもんだ。

これには対案もあった。風早のアイデアで〈さくら丸〉という名前。船の名前というのは面白いとは思ったが、一方で『すぐに散って沈みそうな感じがする』という反対もあり、結局ＥＤＯに落ち着いたんだ。

創業の地は港区六本木。東京日動ビルの裏、ハリウッド化粧品の前を通る通称〈ハリウッド通り〉という狭い路地に面した四階建てマンション二階の三ＬＤＫを借りた。

その年の広告業界では、大手制作会社から若手クリエイターが独立起業するトレンドが起こり、スポンサーや代理店は期待しつつも戸惑いもあったのではないだろうか。

それでも次々に誕生する小さなクリエイティブ・ハウスは、たいがいは六本木か麻布の居住用マンションの一室にあり、『マンション・カンパニー』などという悪口も聞こえた。六本木交差点・アマンドの前で『社長！』と呼べば十人は振り向くだろう、と言われたほどだったが、清水の言葉通りその先十年生き残れた社長は一人いたかどうか、だな。

ちなみに同じ四月十七日、ＥＤＯから三百メートルほど麻布寄りの雑居ビルの一室に開業した会社があった。〈株式会社ハックルベリー〉という。社長はあの山科渡。電広映像から仲間六人を引き連れて独立したのだ。山科はオレの美生堂や東洋自動車とは全く違うタイプの、関西風ギャグを売り物にした笑わせるＣＭでヒット・メーカーになっており、電広二クリ最年少のＣＤに出世した神山隆のバックアップも受けている。

この二社、ＥＤＯとハックルベリーは、どちらも最大手から独立したブティックとして

『似たようなもの』と扱われた。ディレクターが社長で主要なメンバー構成も共通している。クリエイティブの中身は全然違うのだが、初めの数年間は何かというと並べて見られ『ハックルとかエドは生意気』だの『ハックルとかエドは競合プレゼンから外せ』などと、あまり有難くない使われ方が多かったな。

この年、日本のテレビ広告費は新聞を引き離してトップに立つ。ＣＡＴＶや衛星放送などもスタートし、『ニュー・メディア』と呼ばれた。ＣＭ制作会社も大手五社を初めとして中小は百五十社を超え、そこへオレたちも加わって業界は戦国時代に突入して行く。

設立の翌々十九日土曜日。

オレたちは入居したばかりの新オフィスに集まって、仲間内だけのパーティーだ。デスクやテーブル、椅子など注文した家具類が届くのは翌日曜日となっている。皆で床のカーペットの上にガム・テープで物が置かれる予定の位置をマークし、大人がおままごとでもしているような風情で飲み会が始まった。

清水とゆうこは数日前からスポンサーを回っていて、遅れて合流の予定。

その代わりにゲストが一人いた。風早が連れて来た女性だ。

「草野覚（くさのさとる）でーす。みなさんお久しぶり！」ニッセンの受付にいたあの〈怪美人〉サトルさんだ。「風早がいつもお世話になってまぁーす。わたくしここ何年か、風早をオトコにしてやってるのさ」相変わらずの奇妙な語り口に皆が笑う。

「まぁまぁ」と風早は照れながら、「そーいうことになっておりまして、あ、それでサトルさんは本来受付ではなく研究者でして、K大の大学院でね、何だっけ？」

「ルネサンス美術。マジで」とサトル。

「そう、その研究のかたわら、おれのオンナをやってくれてます。よろしく」

皆がまた笑って、ビールの紙コップが回される。

まだ明るい内に清水とゆうこが戻って来た。

「カントク、ちょっと表で」清水がオレの袖を引いた。「ゆうこはみんなと飲んで。三十分で戻るからさ」

オレたちは日動ビル一階のカフェ〈スカイ・レーン〉で向き合う。

コーヒーを頼んで、二人とも一服つけた。

「いちおう大所は回ったよ」と清水が話し始める。「どこも、今週はまぁ担当者レベルに伺いを立てた程度なんだがぁ」

「メイン四社、だよね？」

「そう。美生堂、東洋自動車、大正製菓、それに三つ葉サイダー。カントクの四大お得意さまですよ……で、結論から言うとね」

「どう？」オレは身を乗り出す。

「全滅」清水が目をむいた。

「ぜんめつっ！」

「EDOは当面、出入りを遠慮して欲しいってさ」

「出禁？」

「いや、そこまでじゃない。いずれ仕事は頼みたいとは言ってる。もっとも美生堂だけは出禁に近いけどね。あと三社はともかく半年ほどは様子を見たいようだ。今はサガチョウがひどく感情的になってるそうで、逆にスポンサーの方が気を遣ってる。長年のお付き合いだから、まぁ年寄りの顔を潰さないようにって感じかな」

「……悪かった……オレがサガチョウとヤエさんを怒らせ過ぎちまって」

「それはないよ、カントク」清水は苦笑して、「これはサガチョウ自身に原因があるんだ。七年前CMキングダムが出て行った時は、もっと気持ちに余裕があった。所詮若僧どもが偉大なニッセンに勝てるわけでもあるまいし、ってね。ところが今は、サガチョウも本気で先行きに危機感を持ってるんだ。だからEDOを激しくパージするのは当然だよ。代理店営業も同じ。電広の仕事への依存度が上がってるから、うちに仕事を取られるのが怖いんだろ。一クリや二クリの局長室に押しかけて『EDOは問題がある。大きな仕事は出さない方がいい』ってしつこく吹聴してるようだ」

「電広にまで……」

「大丈夫だよ！　カントクがサガチョウを怒り狂わせた『池の鯉』の話は傑作だと誇っていい！　将来、CM業界の伝説になるぜ」清水は二本目のジタンに火をつけて、「電広二クリの某CDが言ったぞ。『サガチョウさんがムキになって悪口を言い散らすほど、EDOはニッセンを脅かすほど力がある会社なのだ、と業界中に宣伝しているようなものだ』とね」

オレと清水はEDOの新オフィスへ戻る。

入り口の脇に祝いの花束が、ちょこんと四つだけ飾ってあった。

『トークリ堺・西舘』『モリス・猿田』『温井広告事務所』そして『楽京堂・江戸川』だ。

スポンサーや代理店はもちろん、極東現像所やアカイ・スタジオの名前もない。

なるほど。〈CMキングダム〉よりもさらに厳しいスタートになりそうだ。

部屋の中では、床の上に車座になった宴会が狂おしい盛り上がりを見せていた。

「おーっ、シャチョウさん、シャチョウさん！　ちょうどいい時に戻った！」と泥酔した宅間謙三。「今から風早さんの特別公開ショウが始まりまーすっ！」サトルさんも拍手。「ご開陳いたしましょーっ」と立ち上がる風早。「一目見れば、一年寿命が延びる！」「よーし、拝見しよう」オレも紙コップを取ってビールを貰った。


週明けの二十一日。

いちおう家具備品が揃ったEDOオフィスに、初めてのビジネス・ゲストを迎える。トークリの堺社長、西舘女史、そして北原あかね。美生堂春キャンの撤退戦をひとりで乗り切ったあかねは、白いスーツ姿も颯爽として自信あり気に見える。

「いやぁヒロくん、何もお土産ナシで申し訳ない」と堺。「こういう時のお土産といえばぁ、仕事を一本と決まってるんだが、実は美生堂春キャンのフォローで細かい面倒なのがゴチャゴチャありまして、なかなか新規案件に手が付きませんで」

「とんでもありません」オレが何か言う前に清水が応える。「まだ当社も準備不足でして、どうかひとつ長い目でよろしく」オレも「頼りにしてます」とフォローする。

「これからが勝負よ」西舘は少し太って、春キャンの傷も癒えたようだ。「きみのEDOとトークリがアライアンスをがっちり組めば、電広なんかすっ飛ばせるわ」

あかねもオレに、「カントク、何か必ず仕事持ってくるからね」
「ありがとう、みなさん」オレは深々と礼をして、「トークリと一緒にいいモノ作れるなら、朝倉さんもきっと褒めてくれる。オレはそれが誇らしいです」
「ヒロくんよ」と西舘。「キミはそういう社長っぽいことは言わなくていいの。いつものようにヘンなアイデアを捏ね回して、駄ジャレでも並べてなさい」皆が笑った。

連休が明けて若葉が鮮やかだ。松田聖子のデビュー曲〈裸足の季節〉が街中に鳴り響く。だがEDOはヒマだ。非常にヒマだ。

プロデューサー清水、ゆうこ、ショウタは少しずつ手探りで営業の範囲を広げているが、まだこれといってアタリはない。EDOは注目を集めてはいるのだが、『楽しみですねぇ』『期待してますよ』で打ち合わせ終了、というのが現状だな。

三友銀行麻布支店へは、オレと清水の二人で通う。
「まぁ、焦らずじっくりやりましょう。スタート・アップはどこもこんなもんです」大前田支店長は大黒さまのどっしりした構えをくずさない。

EDOの〈初年度予算書〉によると、会社のあらましは次のようなものだ。
・取締役（株主）吉野、清水、筒井、風早、ゆうこ、ショウタ、宅間　以上七名

•社員　ＰＡ・永田、総務・長谷川、経理・備後、以上三名
•人件費、家賃、その他固定費の年額　六、四八〇万円
（ただし初年度は取締役のみは給与半額支給として、固定費三、八四〇万円）
•必要な売上（粗利益率三〇％、取締役給与は半額として）一億二、八〇〇万円
•目標売上　一億四、〇〇〇万円（二、〇〇〇万円の仕事なら七本分になる）
•目標営業利益　一、二〇〇万円
•取締役会　毎月開催（これとは別に株主ミーティングも毎月開催）
•経営理念・社訓　特に定めず。言語化する必要を感じなかったのだろう。『このオレが経営理念だ！』なーんちゃってね。そういうものが出来るのは、この二十年も先になる。
経営上の指標がもっともらしく並んでいるのは、清水とオレの一夜漬け勉強の成果だ。とはいえ〈予算書〉など単なる作文に過ぎない。実のところまだ売上ゼロ！　それでも毎月約三二〇万円の固定費は黙って出て行く。その内、社長・吉野の給料は月50万円だ。
（設定された月収一〇〇万の半額支給）ニッセンの時よりも実質ダウンになる。
しかしオレはクルマを買ってしまった！　もちろん自分の金で、だぞ。
渡辺一樹氏の連帯保証のお陰で、定期預金を解約した七十五万が頭金に化けた。
六本木の新しいクリエイティブ・ブティックの社長らしいクルマ、ポルシェ９１１だ！

もちろん中古で二百二十万円。環八のあまりイケてない中古屋で二年月賦で買った。ともかくポルシェだ。一九七三年式の二・七リッター。走行距離三万二千キロとの表示だが、おそらく『半分戻し』くらいはしてるだろう（当時の中古外車では当たり前だった）。環八と第三京浜を三十分ほど試乗したが、エンジンも足回りも快調で、空冷フラット6の乾いた排気音は素晴らしい。ブルー・メタのボディにもまだ艶が残っている。

しかしこの種のスポーツ中古外車の引き起こす、ありとあらゆるトラブルに悩まされるのは、まさにこれからなのだった。

当時、カーマニアの間に『中古のナニナニを買って泥沼にハマる』という言葉があったが、その泥沼は程度の悪い並行輸入中古車のメッカ、ここ環八から始まるものだったな。

9

この年の六月は、ひときわ明るく輝かしい夏の始まり、という印象が残っている。

前年に発売された、エズラ・ヴォーゲル著〈ジャパン・アズ・ナンバーワン〉が欧米でも日本でもベスト・セラーとなる。高度成長を駆け抜け、世界で一、二を争う経済・技術超大国と称賛される日本の成功要因を、日本人の考え方、日本社会のあり方、そして日本企業独特の経営スタイルに求め、『アメリカもこれを学ぶべきだ』と主張する。

バブル時代への突入は五年ほど先になるが、その前兆はすでに始まっていた。

不動産や株の値上がりは『自明の常識』と信じられ、サラリーマンの給料、ボーナスも右肩上がりを続けていた。銀座にも新宿や渋谷にも海外一流ブランド・ショップが続々と開店。六本木や青山の通りをベンツ、ＢＭＷ、フェラーリがキラキラと流して行く。

銀行の融資方針も次第に楽観的になり、ＥＤＯのような開業早々で売り上げゼロの会社まで、『前向き融資の対象』と言われ驚いた。三友麻布の担当者岡野は来るたびに「土地を買いなさい！　建物を買いなさい！　金はいくらでも貸すから」とうるさい。取り合わないでいると、今度はヘリコプターだのジェット機まで買えと。「そんなもの買って何に使うんだ？」と訊いたら、「投資ですよ。使うとか使わないの問題じゃない。『財テク』で利益を上げることを考えなきゃ。これからの経営は本業だけじゃダメなんですよ」

「その本業だけの売り上げが、まだないの！　自慢じゃないけど」オレは宙を睨んだ。

六月七日土曜の朝。

オレはいつものようにヤマト・テレビの〈オハヨー純ちゃん〉を見ていた。

タイトルのごとく、これは松木純一が司会するニュース・バラエティー番組だ。今年の春に始まって結構人気があった。真面目だがどこか愛嬌のあるキャラの松木が、ズバズバと遠慮なく自分の意見を挟む姿勢がウケるようだ。視聴者の多くは、彼の父親が民自党の大物・松木正純であり、妻は三友創業家のお姫様であると知っている。だがそんなことなど無視して、政府や大企業に『生活者の本音』を叩きつける松木に共感が集まっていたな。

過去のスキャンダルも、時おり本人が冗談のタネにするほどになっていた。

今朝はいくつかトップ・ニュースの後、週末の話題としてフランス映画〈バラの近衛兵〉の劇場封切りが伝えられた。

「有楽町・日劇前の山ちゃん、山ちゃんどうぞ」と松木。

画面が古めかしい日劇ビルに切り替わった（この一年後、改築されてマリオンに変わる）。

「純ちゃん、山崎でーす。見てください」若い女子アナが指差すビルの壁面に、オスカルの巨大な顔が現れた。「ご存じ〈バラの近衛兵〉いよいよ明日の全世界同時封切りのために、いま劇場正面の大看板が張り替えられています。わー、大きいな！」

「全世界同時封切りって、それ何十か国の話？　それとも何か国とか？」いつもの松木調が出る。「これって日本製のフランス映画なの？　なんか不思議だなぁ」

そこまで見た時ベッドの脇の電話が鳴り、オレは飛びついた。

「吉野です」

「おはよう、カントク」清水の声だ。「いまヤマト・テレビ見てる？」

「あ、見てますよ。〈バラの近衛兵〉のＰＲね。ヤマトは出資会社だもんな」

「実は今さっきキャッツ・エンタメの川浪社長から電話があってさ」

「え、いまごろなんで？」

「明日の朝、〈バラの近衛兵〉公開記念パレードと試写会に来ませんか、って言うんだわ」

「公開って、そうか、ずいぶん遅れたなぁ。美生堂はもうじき夏のキャンペーンだよね。季節ひとつズレちゃって、それでオーケーなの？」

「川浪さんが説得して、坂田部長がパレードにも参加すると。明日はオスカルが近衛兵の正装で馬に乗って、オープンカーのデグレ監督や金太郎プロデューサーに守られて、築地の電広本社から有楽町の日劇まで手を振りながら行進するんだって」

「馬で銀座のど真ん中を！　ウソだろ」

「日曜の朝なら警察の許可が取れると。それで封切り日を金曜から日曜にズラしたらしい。ところが僕はどうにも都合つかなくってさ。カントク行ってくれないかなぁ。澄川レイの晴れ舞台だ。見届けてやってよ。トークリも呼ばれてるって」

翌朝九時少し前。湿った南風が強く、空は暗い雲に覆われている。

オレは電広本社玄関前の人混みの中にいた。あかねの姿を探したが見当たらない。そこへキャッツ・エンタメの腕章をつけた若者が現れて、「本日、川浪社長はパレードのメンバーですので失礼致します。関係の皆さまにはくれぐれもよろしくとのことです。それでは、大分混みあって来ましたので私から離れないように」と、オレたちを他の五、六人の客と共に玄関先の様子が見える最前列に案内した。

目の前の光景は何が始まるやら、という物々しさだ。

煌びやかな馬装を身に付けた、大柄な鹿毛の馬が一頭。フランス近衛兵が二人、くつわを取って不動の姿勢で乗り手が来るのを待つ。

馬の前後を守るように、白いベントレーのオープンカーが二台。ボディーには『バラの近衛兵　本日全世界同時公開』という横断幕が見える。

さらに四台の白バイが先頭と後尾を厳重に警護する態勢でスタンバイ。

玄関先がざわついてテレビカメラが動き、ストロボが閃く。一行が出て来るようだ。

垂れこめた厚い雲の奥で雷鳴が響いた時、コン！　コン！と床を叩く硬い音と共に、「マドモアゼル・オスカル・フランソワ・ド・ジャルジェ！」と高らかな呼び声。

白地に金モールの近衛兵正装にサーベルを下げたオスカル・澄川レイが現れた。

レイは拍手と歓声にちょっと照れたように微笑みながら、しかし背筋を伸ばしてカッカツと大股に歩を進める。「カッコいい！」という声が聞こえる。そうだ。レイはオスカルになり切ってる。（ほんとうは）オレが選んだレイの素晴らしさをみんな見てくれ！

馬の左側の兵士が組んだ両手に、黒光りする長いブーツのつま先を引っ掛けて、レイはひらりと馬にまたがる。再び周囲から歓声が上がり、敬礼するレイにストロボが集中する。馬が驚いて跳ねそうになるのを、レイが巧みに押さえる。近衛騎兵らしい動きだ。

続いて、馬の前後に位置するオープン・カーにパレード・メンバーが乗り込む。まず前のクルマにジャック・デグレ監督、大越金太郎プロデューサー、そして川浪社長。三人とも真っ白なタキシード姿だ。

後ろのクルマにはダーク・スーツの男が四人。その中の二人の顔をオレは知っている。美生堂の坂田宣伝部長。そしてもう一人、電広の佐久間局長は周囲にやたら笑顔を振りまいている。ああ、この佐久間がいったい何の働きをしたと言うんだ？　なんでこいつがベントレーの上でヘラヘラ笑ってるんだ？　卵でもあったら投げつけたい、と思っているとホイッスルの音が響き、二台の白バイを先頭に隊列がゆっくりと動きだした。

レイの乗馬が並足からトロット（軽速足）に上げるのに合わせ、隊列は拍手・歓声の中を晴海通りへ向かって出て行った。

「みなさま」案内の若者がオレたちを促す。「パレードはこれから有楽町の日劇へ向かいます。みなさまは当社のクルマで先回りして、オスカルの劇場到着を迎えましょう。では、こちらへどうぞ」

オレたちは電広の駐車場でキャッツ・エンタメのミニ・バスに乗り込んだ。

空いた裏道を回って五分ちょっとで日劇に到着。

正面入り口には、赤絨毯と銀のチェーンでハリウッド風の花道がしつらえられ、日曜日の朝にもかかわらず数百人の観客が集まっている。三、四十代の女性が多く、帝都映画系・少女歌劇ファン・クラブからの動員も含まれているのだろう。あまり騒がず行儀が良い。

オレたちは玄関脇の最前列に案内された。ふと気付くと、あかねが隣で「おはよう」と微笑んだ。堺社長の姿もある。

「九時半から第一回上映です」と案内の若者。「そのアタマにオスカル、監督、大越プロデューサーの舞台挨拶を予定してます。パレードはいま四丁目交差点を通過中だそうです。あと三分ほどで到着します」

その時突然、頭上にピピッと稲光が走り雷鳴が轟いた。さらに立て続けに三発！

いきなり大きな雨粒がシャワーのように落ちて来た。

玄関前の観客たちは、あわてて建物の中に避難する。オレたちも屋根の下へ。

「たいへん！」あかねはハンカチを出しながら、「レイ、大丈夫かな？　馬の上で」

「こりゃ、かなりキツいだろうな…おっ、来たぞ」

濛々たる水煙の中を、赤色灯をつけた白バイを先頭に隊列が近づいて来る。

前後二台のオープン・カーは、黒いキャンバスの屋根をしっかりと掛けていた。

だが中央のオスカルは滝のように流れ落ちる水を被りながら、カツカツと馬を進める。

鞍の上で背筋を伸ばして騎乗の姿勢を整え、平然と周囲の観客たちを見回して微笑んだ。

そして速歩のまま腰のサーベルを抜いて頭上に掲げ、「フランス市民万歳！」と叫ぶ。

「レイ、キマッたぁ！」あかねとオレが同時に小さく声を上げた。

観客たちからも拍手と歓声が沸き上がり、びしょ濡れの主演女優の心意気を称える。

数分後。レイは着替えもせず、濡れた軍服のままでスクリーン前の舞台に立った。

多分これはキンタロウさんの演出もあるのだろう。

この方がドラマチックでレイの情熱が感じられる。

「ボンジュール、日本のみなさん」レイはフランス語で挨拶を始めた。

舞台の袖には（濡れていない）白いタキシード姿のデグレ監督と大越プロデューサー、そして通訳の女性がマイクを持って立つ。

オレはあらためて思い出した。レイは『パリでキャスティングされたフランス女優』という名目になっていたんだ……。

「こんなにずぶ濡れになってしまいましたけど」レイは手で顔を拭って破顔し、「でも、わたしはいま最高に幸せです。この半年、オスカルとしてフランス革命の時代を生きることが出来ました。ほんとに夢のようです」続けてレイはデグレ監督、大越プロデューサーに始まるたくさんのスタッフ、キャストへ感謝の言葉を述べた。〈バラの近衛兵〉の大ヒットを願って型通りに挨拶を締めくくると、レイは口調を改めて、「最後にひとことだけ日本語で話します」拍手が湧く。レイは観客席をぐるりと見渡すと、例の日系二世風の日本語で語り出す。「皆さまの中にひとりだけ、わたしが特別の感謝と敬意を捧げたい方が座ってらっしゃいます。わたしを見つけてくれた方です」

オレはドキッとした。まさか……

「その方がいなければ、わたしは決してオスカルにはなれなかった。だからほんとうは今この舞台に上がってもらって、ぎゅっと抱きしめたいんです」

そうだ。オレのことだ。あかねの手がオレの肩にそっと触れたのを感じた。

金太郎が落ち着かない仕草を見せている。レイの言葉の意味に気付いたんだ。

「でも、皆さん」レイがゆっくりと首を振った。「ごめんなさい。わたしの話はここまで。その方のお名前は秘密です。映画には必ず秘密があります。そのために悲しい思いをする人もいるでしょう。でも秘密は暴いてはなりません。ごめんなさい」レイはカツーンと踵を鳴らして不動の姿勢を取り、「その方に心からお礼を申し上げます」深く頭を下げた。

盛大な拍手。

胸がかーっと熱くなって、『オレはここにいるぞっ！』と叫びたい。だがぐっと堪えた。レイの言う通り、映画の秘密は決して暴いてはならないんだ。CMの秘密も同じだろう。

気が付いたら、オレはあかねの手を強く握っていた。

「カントク」あかねが耳もとで囁いた。「わしもその秘密、一緒に守って行くよ」

六月九日に封切られた〈バラの近衛兵〉は順調な観客数で拡大ロードショーに入った。評判はまずまずというところ。オスカルは魅力的だし、ベルサイユ宮殿や革命の戦闘シーンも見ものだ。だが歴史ドラマとしては、意外にアッサリとまとめた感じもある。

ヤマト・テレビの媒体をフル動員して、銀座でパレードまでやった莫大な宣伝費に見合う結果が果たして出るのかどうか？

『全世界同時公開』といぅ触れ込みも、実のところ『フランスとタイ、韓国で小規模公開』というところで終わった。アメリカ・カナダは配給会社が全くつかなかったそうだ。

「もう作っちまった映画の話は止めようぜ」と川浪社長。ＥＤＯ開業の挨拶でキャッツ・レコードに行った時のことだ。

「なるようにしかならん。大事なのは次回作。映画は常に次回作が最高傑作！」

オレは煙草をつけて、「でも川浪さん、教えてほしいことがひとつ」

「なんだよ？」

「〈バラの近衛兵〉の映画化権のことです。キンタロさんは『上野絵里子から買い取った』って言ってました。でもそんな大金、いったいどこから調達したんでしょうか？」

「おれからだよ。キャッツ・エンタメの金だ」

「ええっ！　そ、それじゃ後先が逆になって」

「はじめ金太郎は一銭も持ってなかった。上野絵里子とのちょっとした口約束だけを武器にして、おれだけじゃなくヤマト・テレビ、帝都映画、美生堂をみんな口説き落とした。映画化権契約をして金を実際に支払ったのは、出資金が集まった後だろう」

「そんな…ムチャな…」

「吉野くんよ、ほんとうに価値ある何かを持っているなら、金はいくらでも後からついて来るものなんだ。キャッツ・レコードの天才ミュージシャン連中だってな、まずおれから金を持って行く。カナリアに歌わせるには金がかかる。だからな、おれは誰でもまず信じることにしている。三人のうちに一人は裏切る。つぎの一人は期待外れ。最後の一人だけが何かをやってくれる、でもその一人が欲しいなら三人すべてを信じるしかないんだよ。きみもそうしなさい。金を捨てることを考えるんだ。必ず後で返ってくる」

七月に入っても暗い本降りの雨が降り続く。

EDOは引き続き仕事がない。

平日からヒマにあかせて、オレはポルシェで箱根のワインディングをかっ飛ばす。

そろそろ『泥沼にハマる』時が始まったようだ。まず空冷エンジンのオーバーヒート。エンジン・オイルがガンガン減る。排気煙が白い。エアコンが全く効かない。買った店にみてもらったら、「ああ、エアコンはこんなもんでしょう。いまは暑いっすから。まぁ秋になれば少し効いてきますよ。マジで」

七月第二週には、梅雨明けは月末との予報が出た。

それまでには、ＥＤＯが四月以降に支払った固定費の合計額は一、〇〇〇万円に達するはずだ。つまり夏の太陽が輝くと同時に、会社の金庫はカラになる。

ニッセン以来、ディレクターは『社外に営業に行ったりはしないものだ』というルールになっていたが、そんなことも言ってられない。オレは風早を連れて電広一クリ、二クリ、そして銀座の三クリへ愛嬌を振りまきに出かける（風早はにこやかで自然な態度だ）。

どの局でも、ＥＤＯが注目されていることだけは充分に感じられた。

ただ、こいつら何をするかわからない、という警戒感も強くあったんだろう。

だから皆が一番手ではなく二番手から安全に行きたいと考えてるように見えた。

どの局の、どの部の、どこに座っているバカが一番手のリスクを張るのか？

これはこれで面白い、などと言っている場合ではない。

第三章

ＥＤＯ離陸、そして飛翔

1

「ふーん、わしが生まれる八年前の話かぁ」あすかはコーヒーマグを持って快晴の江の島が見える窓辺を背に、ベッドの上のオレをいたずらっぽく見つめる。「その時のお母さんって、キレイだった？　仕事しててカッコ良かった？」

オレは顔を上に向けてビタミン目薬をさし、スッキリした視線をあすかに向けて、「いまのあすかとそっくり同じだよ」

「え……そーかぁ、かなりイケてたんだ。へへへ……」

「そう、あかねは魅力的だった。モテてたな。それにまだ二十代だったから、今のあすかより少し若くて細かったかな。でもそっくりだよ」

「今度、わしが夜中に叩き起こして、お母さんの幽霊のお芝居やってやるよ。ははは」

「そういう悪い冗談もあかね譲りだなぁ！」

「お父さん、十何年か前かな、お母さんとわしで午後のお茶した時、『吉野監督ってどんな人だと思っていたか？』っていうとっておきの昔話を聞いたんだ」

「えっ、知らなかった。あかねがそんなことを……」

「聞きたい？」

「もちろん」

「ではお話ししましょう」あすかはニヤリと笑って、「実際に会う前はね、業界のウワサとかで『吉野監督といえばニッセンの天才で、もう何を考えてるか、何をやるかわからない予測のつかない狂人だ』と聞いてたと。『子供のラジコンカーを本物のクルマが轢きつぶす怖ろしいCMを作ったこともある』」

「ああ、それ東洋自動車の〈安全キャンペーン〉だな。カンヌで銀賞もらった」とオレ。

「それを作ってる最中に、編集した映像が『気に入らない』って叫んで、ラッシュを掴んでスポンサーの顔に投げつけたとか」

「ない、ない！　そんなこと出来るわけない！」

「監督が歩けばいつも、若いモデルさんたちがぞろぞろ付いて来る。その中の一人を急に抱き上げてプールに投げ込んだことがあるとか」

「誰も付いて来ません！　道ばたに都合よくプールなんかありません！」

「そういう怖ろしいウワサを聞いてたんで、お母さんはかなり警戒していた、と」

オレはうなずいた。この種のヨタ話『ニッセン吉野伝説』が業界のあちこちで囁かれていた、とは聞いていた。七七年から七九年、オレがニッセンで一番乗りまくった時期だ。企画は常に一発オーケー。オンエアすれば必ずヒット。NAC賞は取って当たり前！

ニッセンは閉鎖的な会社だったから、社外の人には実態が見えない。だからあれこれと噂を捏ねまわしているうちに、こんなトンデモナイ話に飛躍するんだろう。事実、オレが東洋ムービーにいた頃耳にした『天才・靹浦光一伝説』には荒唐無稽な代物が多かった。

「ところが」あすかはニヤリとして、「会ってみるとさ、まるで噂とは違うんで驚いたって。アタマっから〈リボンの騎士〉や〈バラの近衛兵〉の話で意気投合して、お母さんはすっかりリラックス出来た。美生堂のキャスティングでは、お父さんが発見した澄川レイさんの映像を、誰よりも先にお母さんに見せてくれたのが嬉しかった。フランスでの撮影中も、いろんな問題が起きたけど、お父さんと一緒に乗り越えて行くのはスリルがあって楽しかったって、つい最近のことみたいにお母さん話してたなぁ……お父さんはさ、お母さんに関心があったというか、気があったの？」

「それ、瀕死の父親にする質問か？」

「瀕死というほどのもんじゃないよ。はははは」

「そう。気があった」

「あ、やっぱり。そーだよね」

「初めっからね。ベルサイユでは毎日一緒だったから、どんどん気持ちが近くなって行く感じかな……しかし、北原あかねさんは女性解放の旗手・西舘礼子女史の弟子。本人も『男性に頼らず、支配されずに生きたい』って言ってた。ま、あまり色っぽい話は出しにくいムードは多少あったな」

「うん、お母さんはそういう〈思想〉を持ってたよ。自分の母親のような生き方はしたくない、って……」あすかはちょっとコーヒーを啜ると、「でもそんなことを言いながらも、実は吉野カントクにはちょっと惹かれてたんだ、とわしは思うな」

「ほんとに？」

「うん、だからお父さんの気持ちをあれこれと想像してた。で、こんなこと言ってたよ。お母さんから見ると、吉野カントクの心の中に『誰かがいる』ように感じる時があるって」

「誰かが？　どういう意味だろ……」

「その時は、お母さんもうまく説明出来なかったな」あかねはマグにお替りのコーヒーを注ぎ、「お父さんそれよりも、一九八〇年に戻ろうよ。ＥＤＯはどうなっちゃうの？　会社のお金、もうほとんどないんでしょ？」

＊

七月十四日月曜。雨は小やみになっている。

オレは十時十五分前に日動ビル地下に借りた駐車場にポルシェを停め、すぐ裏のEDOまで歩く。始業は十時だから、まだ誰も来てないだろう。

マンションの外階段を二階まで上がったところで、オレは足を止めた。

ボーダー柄のノースリーブ・シャツにタイトなジーンズの女性が、会社のドアにイイ感じで寄りかかっている。オレに気付いて笑顔を向けた。北原あかねだ。

「おはようございまーす、カントク。わしも今来たところ」そして持っていたトークリの書類袋を両手で掲げると、「仕事持ってきました。やってくれるなら」

「『梅雨明けギリギリ。夏物大バーゲン』南雲のコピーです」あかねはインスタント・コーヒーを一口啜って、「〈サントノーレ原宿〉。三年ぶりなんだけど、ダメもとであたってみたら『時間ないし予算もないけど、十五秒一本だけやってくれる?』って来たんです」

オレは一枚絵のコンテに目を落とす。

しとしと雨が降る軒先に下がったてるてる坊主。二つ仲良く並んでゆれている。

男の坊主はカラフルなアロハ・シャツ。女の坊主はビキニの水着に花のレイ。

庭の木の葉に、雲間から微かな陽光があたって雨つゆがキラリと光る。
手書き風のタイトル『梅雨明けギリギリ。夏物大バーゲン』
音楽は〈雨を見たかい？〉クリーデンス・クリアウォーター・リバイバル、と指定。

「これ北原さんの企画？」とオレ。

「はい。営業、企画、プレゼンすべて。時間なし、予算なし、てるてる坊主だけ！」

「いいや、シンプルでとても綺麗だと思う。梅雨明けギリギリっていう期待感もいい」

「えっ、ほんとに！　こんなのやってもらえるんですか？」

その時「おっはよーっ！」という声と共に入り口のドアが開き、清水とショウタが出社。

「お、カントク早いね。あれっ北原さんも、どうも」

「清水さん、ショウタ」オレはあかねのコンテを掲げて叫ぶ。「ＥＤＯの第一作目、ついに入りました！　トークリの北原さんから頂きましたぁ！」

あかねがペコリと頭を下げて、「よろしくお願いしまーす」

十分後、オレたち四人はショウタが淹れてくれた本物のコーヒーの香りを楽しみながら、しかしちょっと厳しい話になっていた。

「ほんとに、ほんとに申し訳ないんですけど」あかねが拝むように、「オン・エアは来週の金曜日なの。媒体はうちの営業からもう頼んであります。東京ローカルで、七月二十三日水曜日にプリント四本納品がギリ。それで何とか！」

清水とショウタが顔を見合わせた。「初号二十一日として、実質六日で作る？」と清水。

「なんとか出来まっすよ」ショウタがあかねにウインクして、「任せてよ！」

こいつ、馴れ馴れしくウインクなんかしやがって、と思ったが今は仕事中だ。

「ところで予算ですが」と、あかね。「これも申し訳ないことに、二百二十万で何とか」

「二百二十ね、うーん」清水が何事か考えこんで、「それ、不可能じゃないんですが、若干の問題がね……」とオレに目で合図する。オレは立ち上がり、あかねに向かって微笑みながら、「ちょっと社内連絡があるんで、ここで五分だけショウタとコーヒー飲んでてくれますか？」

「はぁ…」あかねは怪訝な顔でうなずいた。

「ええっ！　これっぽっちのお金もないの！」社長室のソファーで、オレは目を見開く。

「そう」と清水。「まる三か月で資本金は食いつくした。今月来月は三友銀行頼り。社内の人件費その他全て借金でまかなう惨状なんだわ」

「じゃあ、いっそ製作費も借りちまえば?」

清水はふっと嘆息して、「もちろん。そういう名目でなければ貸してもらえないからね。三友麻布にコンテと見積書提出して。で、その金も実は給料と家賃に化ける。ははは」

「……」

「カントク」清水はオレを諭すような調子で、「残念だけどお断りしよう。制作費もないのに見切り発車なんかしたらさ、トークリにも北原さんにも大変な迷惑かけちまう」

そうか……十二年前の記憶がオレの脳裏に浮かぶ。

パリ、カルチェ・ラタン。ムトウさんがいなくなった空っぽのアパルトマン。

借金で破綻したムトウはニッセンやＮＡＬに、そしてオレにも『大変な迷惑』をかけた。

あかねをあんなひどい目にあわせるかも、と想像するだけでゾッとした……。

オレと清水はリビングへ戻り、あかねと向き合う。隣のショウタもかしこまった。

「北原さん」オレは腹を決めていた。「恥ずかしい話なんだけど……」そしてＥＤＯの苦しい資金繰りをすべて正直に打ち明けた上で、「ごめんなさい。貴重な仕事くれたのに、制作に使うお金がないんです。悪いけど、悲しいけど受けられません」

「……」あかねは目を伏せたままだ。

「他のいい制作会社紹介しますから。急ぐ小さな仕事でもしっかりやる会社です」オレはサルさんのモリスに頼もうと思った。

「ちょ、ちょっと待ってください」あかねが困ったような、可笑しいような不可解な表情でオレたちを見回して、「さっき、わたし『予算二百二十万』のところまで話しました」

オレたちは揃ってうなずく。

「でも…」あかねは少しためらいつつ、「そのお金をいつEDOにお支払い出来るか、お話する前にカントクも清水さんも席を外しちゃったんです」

え？　あかねは何を言い出すのか……「そのことで、わたしサントノーレさんに言ったんです。この仕事は時間が全然ない、予算も足りない。だからせめて支払い条件ぐらいどうにかしてくださいって、広報部の担当者に泣きつきました」あかねはオレを真っ直ぐに見つめて、「今回だけは特別に全額前金払い。撮影前日に入金します！」

「まえきん！」オレ、清水、ショウタが同時に目を見開いた。「そんなこと出来るの！」作品の完成後三か月は待たされるのが当時の業界の常識だ。万事強気のCMキングダムでさえ、前金なんてもらったことはないだろう。

「バーゲン商品の仕入れ代金と同じ社内手続きに変えてくれたの。担当者と仲いいんで」

「北原さん……」オレは本気で深々と頭をさげた。「これでEDOはCMを一本ほんとうに作る会社になれます。ありがとう、ありがとう……」

「支払い、どうにかなるぞ」あかねが帰った後の社内打ち合わせで、清水が笑顔を見せた。

「すぐに貰える前金はそっくりキープしておいて、さらに銀行からも『新規受注の制作費』っちゅう名目でダブって借り入れる。そうすれば制作費払った上で、給料や家賃まで含む当面の固定費全額カバーできる」

「なるほど…」オレはうなずいて、「でもさ、それってチョンボじゃないの?」

「いや、これはちゃんと実在する作品だから問題ない。業界にはね、『お化け見積り』ってやつもあるそうだ。架空の作品で借金する。これやったら不正融資でアウト」

「おばけ、ねぇ。銀行もたいへんな商売なんだな」

「サントノーレの実行予算書作ります」とショウタ。

「出来るだけ外部に払わないで済むようにやろう。スタジオも最小サイズで。ライティングは研さんが自分でやるから、ガッファー（助手）もナシでいい……ただぁ、ひとつ問題がある。現像所と録音スタジオだ」清水はジタンを咥えて火をつける。

「おれが言っていいすか?」とショウタ。「アタマに来ましたよ。極東現像所もアカイ・スタジオも『実績が出来るまでは現金払いで』ときた。おれ言ってやったんです。お前ら、絶対に一〇〇パーセント後悔するぞ。ユー・ハブ・メイド・ア・ビッグ・ミステイク！」

「怒るなよ、ショウタ」オレはオーケーのサインを見せて、「現像は横浜ラボでやる。安くて早い。音関係は人形町のキネマ・センターを使おう。ちょうど小型の撮影スタジオもあるんだ。機材つきで超安い」どちらもモリスの頃、バーチーの仕事でオレは馴染みだった。

「使ったことない……」と清水。

オレは苦笑して、「ニッセンにいたら一生足を踏み入れない場所だろうな。でもちゃんとした仕事やってくれる」

ひとつだけ無理なことがあった。音楽だ。ＣＣＲ〈雨を見たかい？〉のＣＭ使用は大予算オーバー。これは楽京堂の江戸川さんに〈そのようなもの〉を作ってもらうことにする。彼は〈江戸川咲夫なんちゃってバンド〉というやつを一人でやっており、シンセサイザーを使ってどんな曲でも適当に自作自演出来るんだ。


打ち合わせの後二十分ほどで清水とショウタが実行予算書、スケジュール表、そしてトークリに提出する見積り書の〈三点セット〉を作る。

８０００１という作品・原版ナンバーがついた。一九八〇年度の一本目、という表示だ。

単に001でも済むのだが、数字が大きい方が見ばえが良い、ということになった。

2

七月十六日水曜。人形町キネマ・センター地下二階のミニ・スタジオで〈梅雨明けギリギリ・十五秒〉の撮影だ。

創業一作目とあって、EDOは留守番の二人（総務の長谷川と経理の備後）を除く役員・社員総がかりで盛り上がった。

監督・吉野、助監督・風早、プロデューサー・ショウタ、PM・宅間、PA・永田、カメラ・筒井と助手一人、セット（家の軒先とバックの樹々）・ゆうこ、美術（てるてる坊主を二体）は北原あかね、総監修は清水という豪華メンバーだ。

もし美生堂あたりのCMとしてオレたち九人のギャラをまともに計上したならば、それだけでこの作品の実行予算総額をはるかに越えてしまう、とショウタが苦笑する。

いいんだ。記念すべき第一作だからね。

あかねが、お洒落で可愛らしい男女ペアのてるてる坊主を手作りしてくれた。

顔には漫画っぽい表情があって、着ているアロハや水着も〈リカちゃん人形〉のように脱いだり着たり出来る細かい作りだ。

雨の軒下の一部だけというごく狭い画面だから、バックの木立ちも五、六本で済む。ゆうこが三メートルほどの鉢植え広葉樹を、筒井の指示に従って植木ばさみでカット。スプレーで水滴をつけてライトの光を反射させ、雨が上がりそうな感じを出す。


昼過ぎ。準備が出来て一服していると、入り口の方から「吉野！」と声が掛かった。見ると、モリスの猿田社長がスーツ姿で微笑んでいる。「EDO創業おめでとう！ 自分、ここしばらくロケで留守しとって、お花だけ送らせてもろた。今日たまたまな、ちっこいラジオCMの直しがあって来たんだが、ミニ・スタにEDOって名前が出てたんで」

「サルさん！ 五年ぶりかなぁ。モリスも会社大きくなって。道子さん元気ですか？」

「おお、マル高で頑張って産んだ二児の母ですねん」サルはかなり薄くなった頭髪に手をやって、「息子が小学校上がるまでこれもたせないとな、ははは。あ、ちょうど良かった。そのラジオCMのスポンサー、吉野にも紹介しとくわ。ちょっと待っとって」そしてスタジオから出て行くと、すぐにグレーの長髪で背の高い中年の男性を連れて戻って来た。

あれっ、オレはこの人知ってるぞ。

「部長、ご紹介します」とサル。「若手ナンバー・ワンのディレクターで、今話題の新制作会社・EDOの社長、吉野洋行さんです」

「いやぁ、サルさん」男性は笑顔を浮かべて、「実は私この吉野監督をよく存じてるんです。サン・クリエイティブの時にお世話になって」そしてオレに向かうと、「ご無沙汰してます。中野原です。藤木かおるのエアコンではご迷惑をかけました」

「とんでもない」オレも笑顔を返して、「あれこそニッセンでのラッキーの始まりでした」

サルはちょっと驚いたようで、オレと中野原を見較べている。

中野原は名刺を出すと、「私、今年転職しまして、今はこんな会社におります」

名刺には『クレジットのマルワ　販促宣伝部長・中野原宏』とある。

「まるわ！」オレは声を上げてしまった。

「奥田宣伝部長が三月に辞職されましてね、名物部長でしたが残念なことです。それで私、もともとマルワの社長と個人的にですが近い関係にありまして、後任を頼まれたんです。以前のサン・クリではなかなか思うような仕事させてもらえなかったんで、いっそ広告主という当事者になれば何事か出来るか、と引き受けました。もういい歳なんですけどね」

オレは苦笑して、「ビックリです！　わたしも、マルワの仕事ではいろいろありまして。もう八年ほども前の話だけど、ははははは」

「でしょうね。奥田部長のことだから…でも私は違いますよ。今日はお仕事中なんで、今度ぜひ宣伝部に遊びに来てください。ここで会えたのも何かの縁じゃないかなぁ」

「カントク!」ミニ・スタジオ内から、ショウタがオレを呼んだ。オレは中野原とサルに、

「じゃ、本番が始まるんでここで失礼します」

「おお、がんばってぇな! いい人と再会出来て良かったよ」とサル。

「近い内に連絡しますよ、吉野監督。じゃあ、よろしく」中野原は出て行った。


一時に始まった撮影は、縦横一メートル足らずの小さな画面だけに、かえって箱庭作りのようなマニアックな面白さがあった。オレも他の連中も、こういうの結構好きなんだ。

オレと筒井は『もうすぐに雨が止みそうな微かな陽光』のライティングを追求する。

あかねはてるてる坊主の可愛い表情と着こなし、それに微妙な揺れ具合をチェック。

風早とゆうこは軒先のセットの手直しと雨の調整。

そしてショウタは、プロデューサーみずから遅い昼メシの焼きそば作り。

通常、撮影作業は出来るだけ手早くやるものなんだが、今日は皆、EDOの第一回撮影を長く楽しみたい気持ちがありありと感じられる。

本番ではテイク9まで回した。オレもなかなかオーケーを出したくなくてね……。

三日後の土曜日。

同じキネマ・センターでスポンサー試写となった。前夜にやっつけた〈江戸川咲夫なんちゃってバンド〉のサウンドと『梅雨明けギリギリ。夏物大バーゲン』のナレーションも入っている。ナレーターはこのコピーを書いた南雲慎二が自ら務めた。この男、滅多に口を開かないんだが、低くソフトないい声をしている（しかもタダだ）。

〈サントノーレ原宿〉からは広報担当の梅田さんという女性が一人だけ。あかねとはかなり親しいようで、初めから冗談を飛ばし合っていた。

試写は梅田さんの「可愛い！」のひとことでオーケーとなる。

オン・エアは七月二十五日金曜。その四日後、翌週火曜には梅雨明け宣言が出た。

トークリからの制作費前金も、ギリギリ諸経費支払い日に間に合ってセーフ。

この『ギリギリ』という言葉、このさき常にＥＤＯという会社に付きまとう『天の声』のようなものになるとは、その時のオレたちはまだ誰も知らない……。

七月三十一日。ＥＤＯ取締役会が行われた。とは言え、まだ検討すべき業績というほどのものはなく、給料や家賃がどうにか支払えたことを皆で喜ぶのみだった。
ただオレから今後の〈取締役会運営方針〉を提案し賛同を得た。次のようなものだ。

・取締役会は取締役全員が出席し、毎月一回以上開催する。招集は社長が行い、不在の時は専務（清水）が代行する。この手続きに従って開かれた取締役会以外のあらゆる非公式な場においては、経営上の重要事項をいっさい決定してはならない。
・取締役会は実質的な議論の場である。これを形骸化するような事前の根回しをしてはならない。資料などを綺麗に揃える必要はない。すべてその場での提議により、自由に議論し決議する。意見対立は当然であり、何ら避ける必要はない。
・決議は一人一票の多数決による。必ずしも全員一致を求めない。
・結論が出るまで何時間でも行う。必ずその場で決める。決めたら直ちに実行する。

これらの方針、オレの感覚ではごくアタリマエのことだった。だが後からわかったのだが、わが国世間一般の株式会社というものはそういう論理では動いていなかったんだ。

オレも会社法の入門書の類は何冊か読み、亡き祖父の弟子だった弁護士の松山さんにもアドバイスをもらって、いくつかの基礎知識は頭に入れた。だが、一つ納得できなかったことがある。それは入門書の著者も、松山さんも、そして例示された多くの大企業も、皆が取締役会を法律的に必要なある種のセレモニーのように考えている、ということだ。

実質的に会社を支配する何人かがどこかで一杯やりながら決めたことを、『企業の正式な意思決定』として法的に正当化するための単なる手続きの会と言ってもいいだろう。だがそれではルールが飾り物になってしまう、と経営のド素人であるオレは感じた。取締役会は経営のために知恵を絞り、決定し、直ちに会社を動かすための頭脳だろう。大切なのはそこでベスト・アイデアを練り上げることのはずだ。形式の問題じゃない。だからこの〈運営方針〉を書いたんだ。

会社経営など全くの初体験。仕事といえばCMディレクターしか知らなかったオレが、クリエイティブ現場を仕切る感覚だけで作り上げた〈憲法〉は、同じ現場を共有して来た他の六人にはわかり易いものだったようだ。全員一致で可決。

オレたちにとっては当然の、しかし世の大半の企業にとっては非常に違和感のあるこの方針こそ、これからEDOという会社が成長するにつれ、外からは見えない大きな特色となっていくんだ。

翌八月一日金曜、EDO。

定刻に出社したオレは、快適なトイレに座って新日本新聞の朝刊を読んでいる。

ドアの向こうから電話の音が聞こえた。「はい、EDOでございます」取ったのは総務の長谷川早苗だろう。「はい…社長でございますか？　ちょっとお待ちください」早苗が受話器を持って立ち上がった音がした。「えーと……あ、ショウタさーん、社長どこ？」「うんち！」とショウタの大声が響く。

「…あ、失礼いたしました」相手の反応に困惑した早苗の声。「しゃ、社長はちょっと席を外しておりまして…はい、戻りましたらこちらからコール・バックでよろしいでしょうか……はい、では失礼いたします」オレは笑いをこらえながら水を流した。


電話の主はマルワの販促宣伝部長だ、と早苗はオレに言った。「ショウタさんの大きな声、もろに聞こえて笑われちゃいました。すいません、コール・バックお願いします」

気にするな、と早苗に言ってオレはマルワの番号をプッシュした。すぐにつながって、中野原が呼ばれる。待っている間にちゃんとオルゴールのメロディーが流れて、舞台裏の声は聞こえないように出来ている。うちもこうしなければ……。

「お待たせしました。中野原です」明るい、若々しい声がした。

「吉野です。さきほどは失礼をいたしまして…」

「いやいや吉野さん、生まれたばかりの会社っていいねぇ！　社員がみんな家族みたいにリラックスしていて。さっきの電話からもそんなムードが伝わって来ました。わたしもね、もう昔のことですが似たような記憶がありますよ」

「恐縮です」

「で、早速ですがお願いしたい仕事があります。マルワは嫌でなければ」

「と、とんでもない！　ぜひお話を」

「今日の午後なんてお時間いかがですかね？　中野本社は前と同じ場所ですが、宣伝部はその向かいの新しいビルに移ってます」


「マルワのイメージをがらりと変えたいんです」ハーブ・ティーのグラスを置いて、中野原・販促宣伝部長は話し始めた。

そこは販促宣伝部の〈サロン〉。北欧風の白木と明るい色のインテリアに囲まれた居心地の良い部屋だ。八年前の味もそっけもない会議室とはまるで別の会社のように感じる。

オレと中野原は部下を交えずに二人だけで向き合っている。

「マルワにはまだ『月賦屋』のカッコ悪さが残ってます」と中野原。「私はこの役職を受ける条件として創業社長の丸和正剛に言ったんです。マルワのマーク、商品の包装紙や紙袋、シール、そしてCMやグラフィックの表現を全部変えたい、とね」

「ぜんぶ、ですか…」オレは目を見張る。

「マルワという〈ブランド〉を作りたい。例えて言うなら〈ティファニー〉。あの青い箱とリボンは〈ティファニー・ブルー〉という特別の色なんです。あのパッケージを見ただけで、何か素敵な物が入ってる、と感じる。それが〈ブランド〉です」

なるほど、とオレはうなずいた。毎年クリスマスが近づくと、その〈ブランド〉を彼女に贈るために、多くの若い男子がなけなしの金を持って〈ティファニー〉へ押しかける。

「吉野監督、二つのことをお願いします。まずチームを作ってもらいたい。クリエイティブ・ディレクター以下、人選は任せます。そしてCMはもちろんEDOでやってください」

「私の好みで選んでいいんですか?」

「それを買いたいんです」

「部長、マークや包装紙から全てを変えるのなら」オレは敢えて指摘する。「大手代理店、電広や博承堂を使うことは考えなかったんですか? 昨今、普通はそうすると思うけど」

「普通はね。結果として〈会社が作った普通の広告〉が納品されます。バカ高い請求書と一緒にね」中野原は煙草に火をつけると、「吉野さん、広告とはそういう製品ですか?」

オレはしばらく考えて、「……いや、広告は個人が作る作品だ、と思います」

「そうだ」中野原は大きくうなずいた。「特にこれからの時代のモノと情報が溢れる市場で、クリエイターの個性が際立つ、その顔が見える広告作品のみが消費者の心を惹きつける。

そう思いませんか?」

オレは黙ってうなずいた。中野原の言葉には説得力があった。少なくとも電広の佐久間局長の言う『ニュー・メディアがどうのこうの』よりも心にささるものがある。

この人がボスである仕事なら面白そうだ。

「まずは手始めに、プレゼント・キャンペーンをやりたい」と中野原。

「プレゼント、ですか? 何の?」

「いや、特に意味付けのない贈り物です。『ナニナニの日』というのではなく、今日の気分でいいな、と思ったちょっとした物を友達や恋人に贈る純粋なプレゼント…あ、そうだった! ひとつ大事なことを言い忘れた。コピーはもう決まっているんです。丸和社長を説得するための言葉としてどうしても必要だったんで」中野原は一枚ペラを取り出してオレの前に広げた。

『いまのわたし、あげます』大きな手書きの文字だ。サブ・キャッチとして『バースデーでもない、クリスマスでもないけど、いまあなたにあげたくなったから』

「……いいコピーですね」オレは微笑む。

「良かった! 気に入ってもらって。これあの沼井茂さんにお願いしたんですよ。つい最近、コピーライターズ・クラブ賞を取ったNITTOの〈シャワーレット〉のコピーは彼の作品。『おしりにチュー』って面白いよね」

沼井の話は堺さんから聞いていた。もう十二年も前、オレが東銀座〈カフェ・クレモン〉でバイトしていた頃、たまたま店に来た堺さんのアシスタントだった沼井は、その後何年かして一本立ち。今や温井和と共に売れっ子の双璧だな。

ただし売れっ子だけあって忙しい。キャッチとサブ以外の細かいコピーや、CMのナレーション、CMソングの歌詞までやる時間はなく、すべてこちらの仕事になるそうだ。

中野原と話しながら、オレの頭の中ではもうチームが出来ていた。

CD西舘礼子、AD北原あかね、コピー南雲慎二。グラフィックとCMが一体となり、トークリとEDOが組んで今度こそは結果を出す。オレたちにとっては八年前のプレゼン敗北のみならず、この春の『バラ革命』の屈辱にもリベンジを果たす絶好のチャンスだ。

3

週明けの八月四日。

朝イチから〈臨時取締役会〉。議題はもちろんマルワの件だ。

〈プレゼント・キャンペーン〉でマークや包装紙からマルワのブランド・イメージを作る。トークリと組んでファッションや雑貨、家具インテリアなど他の商品広告もモノに出来るだろう。それだけの大仕事を始めるのだから、ＥＤＯの会社としての意思決定が必要だ。

あのサン・クリエイティブの中野原さんが転職して販促宣伝部長になり、オレを指名したと聞いて皆驚いた。しかも、マルワという大スポンサーの仕事が直扱いで出来るのだ！

だが反面、『オーケー』と率直に喜べない何か微妙な抵抗感が一座に漂っている。

しばらくの沈黙の後ショウタが口を切る。「ヒロさん、トークリのそのメンバーと組んでさ、美生堂の春キャンで大負けしちゃったばかりですよね。人選任されてるのに、わざわざまた同じ人とやるわけ？　それってさ」と同意を求めるように清水を見た。

「うーん…」考え込む清水。「僕もね、ちょーっと引っ掛かるところがある。北原さんには助けてもらった大きな借りがあるけど、問題はあの西舘ＣＤだなぁ。かなり偏ってる感じあるし」

筒井も隣で苦笑して小さくうなずいた。「言えてるね」

清水はゆうこに目を振ると、「あと中野原さんだけどさ、カントクがニッセンへ入って僕とバスロンやる前に、エアコンか何かのＣＭ作ってるよね。あの作品は唐津さんがＰで、あなたがＰＭだったんだろ。あの時の代理店としての仕切りはどうよ？」

「最悪…」と目をむくゆうこ。「でも、中野原さんのせいじゃないです。あのインチキ純愛コンビの二人と事務所のケバい社長が悪質だっただけ」

神様のお通りで、しばらくの沈黙……。

「はい」風早が手を上げた。

「どうぞ」と議長のオレ。

「やってみようよ。今、仕事ないし、断る理由なんかどこにもない」

「仕事ない、と決めない方がいい」清水が煙草に火をつけて、「電広二クリも三クリもカントクや風早ともやりたがってる。何かキッカケがありさえすればいいんだ。僕の意見としてはさ、あまりトークリとベタになると営業の幅が狭くなっちまいそうな……マルワの仕事はやるべきとしても、どこか他のグラフィック・チームと組むって選択肢はないんかなぁ？　例えば温井広告事務所なんかも大きくなって、デザイナーまで抱えてるよね」

ショウタもうなずいて「EDOって社名を考えてくれた人っすね。やってみたいな」

「おいおい」と風早。「コピー・ライター沼井茂だよ。温井さんの競争相手じゃん」

さらに三十分ほどで意見は出尽くしたので、議長のオレは討議を打ち切る。「ここまでにしましょう。では、一人ずつ自分としての結論を言ってもらおうかな。いいですね？」

皆、無言でうなずく。

「じゃあ、初めにオレの提案理由をあらためて」と、オレはマルワをEDOの大得意にすることの大きな意味を説く。さらに、「前の奥田宣伝部長ならお断りだ。でも新任の中野原さんは素晴らしい。美生堂の河野さんのように、クリエイターを大切にする人だと思うんだ。そしてトークリのデザイン力もこの仕事には欠かせない。それがオレの考えです」

清水「トークリはいいんだけれど、西舘CDにはカントクほどには惚れてないかな」

筒井「直の仕事はリスクもある。EDOは電広に力入れた方が儲かるんじゃねえの」

風早「頼まれた仕事は断らずにやるべきです。トークリは辛い時に助けてくれたし」

ゆうこ「あたしはカントクに従います」

ショウタ「おれはトークリとやるのは反対です。マルワはいいと思う」

宅間「僕は……棄権していいですか？　よくわからないんで」

再び神様のお通り……。

「ヒロさん」と風早。「意見バラバラだね。採決も出来るけどさ、おれにひとつ提案があります。ええとね、〈一任決議〉って言うんだっけ？　この件は吉野社長の判断に任せよう、っていう別案です。それを先に採決した方がわかりやすい。どーかね？」

昼過ぎ。オレはショウタと宅間をポルシェに乗せて麻布のトークリへ向かう。

結局、会議では風早の〈一任決議案〉が通った。みんな何となく、オレにまかせて安心したような表情だったな。ただ、プロデューサーの人選ではちょっとだけモメた。

オレはゆうこにやって欲しいと言ったのだが、ゆうこ自身が反対した。「マルワの一本目プロデューサーは、あえてショウタにやらせるべきです」

「え、なぜ？」とオレ。

「トークリはEDOにとって、カントクにとって大切な会社なの。ショウタが『大負け』という結果のままでトークリを避けるようになって欲しくないんだ」

「ゆうこさん」ショウタがムッとして「おれは逃げてなんかいないよ！」

「そうよね、ムトウ・ショウタ。じゃあプロデューサーやってよ。今度こそはカントクと一緒に勝って、あんたもトークリを好きになってちょうだい！」

こういう時のゆうこは強力だ。しかも正しい。オレも説得された。

麻布まではオレのポルシェで十分ほどのドライブ。

カーラジオのFEN放送からコッポラ監督の〈地獄の黙示録〉のサウンド・トラックが鳴り響いている。ワーグナーの〈ワルキューレの騎行〉だ。ベトナムの戦場。米軍の黒い攻撃ヘリが密林の上空で編隊を組み、地上の獲物を漁る怖ろしいシーンが頭に浮かぶ。曲のクライマックスで、ショウタがラジオに手を伸ばしボリュームをぐっと上げた。

オレはショウタを睨み、音声ダイヤルをさらに最大まで回す。

ポルシェの狭い後席で宅間が耳を塞いだのがミラーに映った。

トークリ〈本館〉二階の会議室だ。去年はより広い場所への本社移転が検討されたが、たまたま四軒先の小さなビルが空き、そこを〈別館〉として借りて問題解決となった。オレにとっても思い出の多いこの屋敷が残ったのはうれしい。

「ヒロくん、これ凄い仕事になるよ」西舘女史は興奮を隠さない。「マルワ全体をデザインし直すようなことに発展するかも！」隣であかねと南雲がうなずいた。向かいに座った堺も身を乗り出す。ショウタは目を伏せているが、聞き耳を立てているようだ。

「CDとしてやってもらえるんですね」とオレ。

「やるわ」

オレは煙草をつけてちょっと間を取り、「ありがとうございます……ただ、西舘さん、この仕事では、何と言うか、女性の独立とかそういうことは直接のテーマにはならない、と考えられますけど……いいんでしょうか？」

「ヒロくんよ」西舘はテーブルに頬杖をついてオレを見つめ、「プロをナメちゃいかんぜ。あたしは広告屋なの。社会運動家じゃないの」

「でも、『いまのわたし、あげます』なんていうコピーですから、その、好きとかそういう感情表現が中心になると……それでも？」

突然、西舘は笑い出した。「……そうか、そう誤解されても仕方ないか。ヒロくんだけじゃなくて他のみんなにも、そこの堺社長にも、この際言っておこうね。あ、煙草一本くれる？」オレが差し出したマルボロをつけ、ふーっと一服すると西舘は続ける。「あたしね、独身主義者でもレズビアンでもありません。男性にプレゼントしたことだってあるし、

貰ったことも何度もある。もちろんプレゼントだけじゃ終わってないわ」

「ひえーっ！」と堺の声。

「驚かないでよ、失礼ね！　たまたま巡り合わせが悪くて、いい男と結ばれなかっただけ。今からだって結婚してもいいと思ってるわ」そして堺を見て「あんただって独身だけど、ゲイじゃないでしょ。たまたま、という結果論だよね」

「……」

「ただぁ、あたしはね、支配されたくないだけ。でも愛されたいし愛したいのよ！」

堺は何も言葉が出ない……。

「吉野監督」あかねが伏せていた目を上げて、「西舘CDはデパートの包装紙やパッケージなどのジャンルでも大きな賞を取ってます。マルワのためにいちばんだと思います」

「……そうだよね」オレは何度もうなずいて、「北原さんごめんなさい。オレは本筋を外れてつまらないことを言った。西舘さん、改めてよろしくお願いします。CMチームとしてあなたのディレクションに従います。今回はこのムトウ・ショウタがプロデューサーに昇格してオレとコンビです。ほら、ショウタ」

西舘をじーっと見つめていたショウタは、慌てて居ずまいを正して、「……ベストを尽くします」と深く一礼した。

西舘女史の私的告白で始まった打ち合わせは一時間ほど続き、クリエイティブの大枠と制作アイテムを確認した。つまりマルワの新しいマークと包装紙や紙袋。広告はポスター、新聞・雑誌、そしてテレビCMだ。来週月曜日の打ち合わせにアイデアを持ち寄る。それまでにオレはこの人選をマルワに提案しオーケーを取っておく、という段取りだ。

帰りのクルマの中では、ショウタの態度が往きとは違っていた。

「ヒロさん」

「ん?」

「おれ、ずいぶんいろんな経験をしたつもりだけど、まだ女性の見方が未熟なんかなぁ」

「ははは、オレの方がよっぽど未熟です」

「西舘さんてさ、よーく見るといい女ですね。パリではぜーんぜん気が付かなかった」

「……うん、オレもそう感じた……たぶん彼女の気持ちみたいなものが、今までは見えなかったからだろうな」

「ああ……そうか」

「ショウタ」オレはニヤリとして、「かなり年上だけど、お前興味ある?」

「う、うっそでしょ! そういうことなら、おれはやっぱり若い北原さんの方がいいっす」

「わかってるだろうけど」オレはショウタをチラッと睨んで、「北原さんはEDOに初仕事を出してくれた大切なクライアントだ。そういう冗談は」

ショウタは苦笑すると「ヒロさん……言ってること矛盾してません?」

「矛盾してると思います」突然、後席で宅間がつぶやいた。

オレは黙ってダブル・クラッチを踏み、ギアをセカンドに落として急加速した。

背中に軽いGを感じた瞬間、なぜかひとつアイデアが閃いた。新しい包装紙を生かした面白いビジュアルになりそうな気がする。戻ったらさっそくコンテにしてみよう……。

4

一週間後の八月十一日、再びトークリ屋敷の会議室。

西舘CD、あかねAD、南雲コピーライター、そしてプロデューサーのショウタ、PM宅間、そしてオレ。企画のすり合わせミーティングだ。

「ヒロくん、ありがとう」西舘がオレに軽く頭を下げ、「昨日マルワの中野原・販促宣伝部長から挨拶の電話頂きました。このメンバーで正式にオーケーです」

一同大きくうなずく。

「じゃあ」西舘がいつもの調子で、「今からあたしのペースでビンビン飛ばすよ！」

「そう来なくっちゃ！」とオレ。

「今回はカタチから入りたい。まずは新しいマルワのマーク。はい、これ」西舘はB4のボードを掲げる。そこには太いマルが二つ、左右にちょっとダブッて並んでいた。ちょうどオリンピックの五輪の下の二つを寄せた感じ、といえばわかり易いかな。実にシンプルだが美しく力強いマークだ。「必要な場合には、マークの下にMARUWAの文字が入る。

でも基本的にはマルふたつだけ。で、このマークを使った包装紙と紙袋を北原がデザインしてくれました。キレイにできたよ。はい、見せて」

「これです」あかねがテーブルの上に丁寧に伸ばして広げたのは、淡いサーモン・ピンクの地にアルミ・シルバー（艶消し）のマルワ・マークが散りばめられた可愛い包装紙だ。

「もう一種類あります」と隣に並べて広げたのは、同じデザインの色違い。こちらは爽やかな水色だ。「別に男女の意味はありません。その時の気分でどちらでも、っていう感じ。これで包んだ上からぺたんとシールを貼ります」と、あかねが取り出したのはくちびるのカタチのシール。「二色あって、ピンクの包装紙にはこのブルーのシールを。水色の方にはピンクのシールをキス・マークみたいに使います。で、紙袋もやはり二色」大・中・小の取っ手付きの袋が並べられた。

「いいね！　印象は強いけれど優しい」オレは一目惚れだ。よくあるデパートやスーパーの包装紙とは一味違って、中野原部長の言う所の『ブランドらしさ』がある。どこか漫画っぽい愛嬌も感じる面白いデザインだ。「それにこれ、今日持って来たCMのアイデアにも実はピッタリなんです」オレは包装紙の上にCMのコンテを一枚、ひらりと置いた。

「ほう…」皆が身を乗り出す。オレは簡単な説明を始めた。

シンプルな淡いグレーのホリゾント。

三メートル四方の巨大な包装紙が白い裏面を出して敷かれ、真ん中に二十代の女の子（男の子の別タイプもあり）が座っている。

彼女はいたずらっぽく微笑むと、包装紙の端をつまんで持ち上げて自分を頭から包み始める。ちょうどオニギリを海苔で包むようなカタチだ。表面のピンク（又は水色）の可愛いデザインが見えて来る。包む手順はカット変わりで途中を飛ばし、最後に包みの中から手が出てキスマークのシールを自分で貼って出来上がり！

『いまのわたし、あげます』はＣＭソングで唄いこむ。

画面中央でもぞもぞと動くマルワのパッケージにキャンペーン・タイトルがダブる。


西舘とあかねがニッと笑顔を見合わせた。

「ヒロくん、このアイデア面白い。包装紙が強く印象に残る」と西舘。

あかねもうなずいて「自分を包装するって、かわいい四コマ漫画になってます」

「でも、まだ甘いな」西舘は煙草に火をつけて、「もうちょい詰めましょう。ヒロくん、この女の子はコンテでは柄のシャツ着てるようだけど、これどういうネライ？」

オレは少し考えて、「いや、なんとなく普段着という感じで……」

「違うな」西館は首を横に振って、「彼女は服を着てちゃいけない！」

「はだか？」目をむくオレ。

「北原」西館は苦笑しながらあかねに視線を振ると、「言ってる意味、わかるよね？」

あかねは小さくうなずいて、「『いまのわたし』をそのまま包むんだから、彼女と包装紙だけを見せたい、と」

「そうです」西館は煙を吹き飛ばして、「裸になる必要はないわ、ははは。白いTシャツとショート・パンツでいい。包装紙の裏も白いから、彼女と包装紙以外には色やカタチあるものは何も見せないの」

なるほど、と納得した。ベテランのCDはこういうことをオレに気付かせてくれる。ビジュアル・コミュニケーション基本原則のひとつ『余計なものは一切見せるな』。

西館はオレに向かって親指を立て、「ヒロくん、この線で全部まとめよう」

「え、これだけで？」CDの決断の早さに驚くオレ。

「ヒロくんの説明聞いてる間に、あたしの頭の中でポスター、新聞、雑誌、店内チラシ、ぜーんぶ出来た。北原、キミにも見えてるよね？」

「なんとか」とあかね。「デザイン完成にはかなり時間かかりますけど」

「寝なけりゃいい」西館がひと睨み。「下向いて最速で切り貼りするのよ。で、南雲！」

「はぁ」ゆっくり目を上げるコピーライター。

「沼井茂はキャッチしか書いてない。説得力のあるボディーはキミの仕事。『今、この瞬間、わたしの気持ちをあなたにあげたくなった』この滴るような新鮮さを書くんだよ！」

「書きます」南雲の答えは短い。

西舘は壁のカレンダーをちらりと見て、「お盆休みの前までになんとかプレゼンだけはオーケーを貰いたい。北原、撮影用の大きな包装紙とシール、お盆明けまでに手配つく？」

「確認します」

「九月の第三週にはキャンペーン開始。企画はこれ一本でまとめよう」


八月十五日、低気圧の通過で大雨の中、マルワのプレゼンが行われた。

居心地の良い明るいインテリアの販促宣伝部ではなく、八年前と同じガランと殺風景な本社会議室だ。コの字型に並んだ合板テーブルと、壁には『己を知れ』と大書きされた額。

そして相手は中野原部長ともう一人、何と丸和正剛社長本人だった。六十代か。相撲取りのような巨体にのった分厚く四角い顔。奥に引っ込んだ小さな目がオレたちを捉える。

中野原は特に構えるところもなく、「始めてください」とにこやかに促した。

プレゼンは西舘がマークと包装紙の試作品を見せるところから始まり、新聞、ポスター、そしてCMと進む。全て共通のビジュアル表現だ。

オレがコンテの説明を終えて合図すると、ショウタが立ち上がって会議室のドアへ。両開きのドアを開け放つと、待機していた宅間と永田が三メートル四方の撮影用包装紙を抱えて入って来て、社長の目の前の床に白い裏面を見せて敷いた。

オレはその真ん中に腰を下ろすと、包装紙の左右の端をつかんで持ち上げて体を覆い、胸の前でかき合わせる。「こんな感じです」そして包装紙の間から社長に笑顔を向けた。

丸和社長は小さな目をしばたかせて無言のまま……。

中野原部長も腕を組んで宙を睨んでいた。

オレたち誰一人口を開くことも出来ず、ただ社長の反応を待つ……。

何か嫌な予感。

突然、わっはっはっは、と社長が四角い顔を崩して大笑いを始めた！

部長もつられて笑い出す。

オレたちも黙っているわけにはいかないので、皆で一緒に笑い合わせる。

次の瞬間、社長の声がピタッと止んだ。

全員が静まって注目する……。

「販促宣伝部長殿よ」社長は中野原の肩に手をやると、「宏くんよ、あんたこのマルワっちゅう店をな、キミの好き勝手に出来ると甘えた了見持っとらんだろうな？」

「甘えてはおりません、叔父さま」平然と答える中野原。「僕の全力を尽くす所存です」

「これで……これでマルワは一流デパートに勝てるんか？」

「勝ちます」

「辞めた奥田はゲイジュツがわからんから、代理店の若僧どもにメチャクチャにされた。あんたはそんなバカじゃない。これで〈ブランド〉っちゅうものが出来るんだな？」

「出来ます」中野原は大きくうなずいて西舘と目を合わせた。

「わかった」社長は中野原を見据えて、「やれ。失敗したらハラ切れ」

つまり企画はオーケーということか？

西舘がオレにウインクして親指を立てた。あかねは黙ってノートを取っている。

だがこの光景、前にもどこかで見たような気がして、オレは少し不安になった。


翌十六日は朝から晴れ上がり、青山墓地は樹々の緑が濃い。

降るようなセミの鳴き声の中、オレは〈伊勢や〉という花屋の暖簾をくぐる。

「おはよう」木のベンチに座って煙草を吸っていた堺さんが手を上げた。〈朝倉家〉と書かれた手桶が脇に置いてある。そう、今日はチョッコの命日だ。

「今年は来られました。良かった」オレも座ってマルボロを咥える。

一本吸い終わらない内にカラカラと引き戸が開き、西舘女史が顔を見せた。「遅くなってごめんなさい。北原に待たされちゃってさ。ホラ、入んなさい」

「おはようございます。私も来ちゃいました」意外な登場に驚くオレにあかねは、「事故で亡くなった朝倉直子会長のお話は、トークリへ入ってすぐ堺さんから聞きました。去年は参加させてもらえなかったけど、朝倉会長はデザイナーとしても西舘さんの弟子としても大先輩なんで、今年はぜひにと……」

オレはちょっと戸惑う。あかねとチョッコの幽霊を対面させてしまったような、あかねに申し訳ないとか、チョッコが可哀そうだとか、ややこしい気持ちにとらわれた。

「北原さん……ありがとう」と辛うじて言った後、『ありがとう』とはどういう立場で言っているんだろう、と自問する。

だがあかねはオレに微笑んで、堺と西舘に頭を下げながら〈朝倉家〉の手桶を取った。

昨日の大雨ですっかり洗い流された墓石を、皆でピカピカに磨き上げる。

石の裏側に並ぶ朝倉家の人々の名前。その一番端にチョッコの名前があった。『朝倉直子　昭和五十年八月十六日　享年二十九』。このように石に刻まれてしまうと、なにか遠い昔のことのように思える……「直子さんは」と、背中であかねの声がした。「三十歳になれなかったんですね」

「うん」オレは振り向かずに答えた。

5

八月十九日。マルワ〈プレゼント・キャンペーン〉三十秒・十五秒の撮影だ。自分の誕生日だと承知の上で撮影を入れていた。チョッコの命日と近すぎて、ひとりでいろいろと思いだすのも嫌だし、仕事に集中して忘れてしまいたかったんだ。

久々の調布・大東スタジオは満杯の大盛況。敷地西端の通称〈サンセット・アベニュー〉という通りの〈2A〉ステージに、オレたちはセットを組んだ。

ごくシンプルな淡いグレーのホリゾント。「オラ！　オラ！」PMの宅間が新入りのPA永田の尻を叩きながら、三メートル四方の撮影用包装紙の束を搬入している。

筒井カメラマンと助手たちは機材の準備中。トークリ組は昼前インになるだろう。

オレはショウタと一服しながら、広いスタジオ敷地内をぶらりと一周散歩する。

ニッセン、東西映像、電広映像など常連の社名が表示板に見える。

「この時期としては埋まってるなぁ」などと話していると突然、バォーン！というもの凄い排気音を立てて真っ赤なクルマがオレたちの横をかすめて行く。そのクルマ、最新型のフェラーリは五十メートルほど先の〈8B〉ステージの前で停まった。〈8B〉は今年になってから建て替えられた、この大東でも最も豪華な大型同録対応ステージだ。

フェラーリのドアが乱暴に開かれ、その持ち主が降り立つのが見えた。光沢のあるアロハ・シャツにソフト帽といういで立ちの男は、オレの方を振り返ると両手を大きく振る。

「吉野！」CMキングダムの三田村さんだ！オレはショウタと共に駆け寄った。そして差し出された三田村の右手を握りしめて、「しばらくでーす！凄いクルマだなぁ」

「吉野、これから撮影か」三田村はうれしそうに、「撮影ってことはお前の会社、やっと仕事が入ったんだ。良かったなぁ！サガチョウに潰されそうだって聞いてたんで、いやあ心配してたのよ！」

オレがショウタを紹介しようとすると、三田村はサッと時計を見て、「悪いが急ぐんだ。大スターがもうステージに入っちまった」アゴで指した駐車場には白い巨大なストレッチ・リムジンが二台停まっている。ハリウッドの大モノでも来ているのか？「じゃあな吉野、また近い内に」何か言い返す間もなく三田村は〈8B〉ステージの入り口へ駆け去った。

「CMキングダムのボスですね」ショウタがフェラーリとストレッチ・リムジンをまぶし気に眺めながら、「儲かってるんだなぁ！　これ何の撮影だろう？」

オレは入り口脇の表示板を見たが、『立ち入り厳禁』の札が貼られているのみ。

「かなりゴッいスターが来てるみたいだ」興味深げなショウタ。

その時オレは、表示板の陰にひっそりと立っている男に目をとめた。四角い黒縁眼鏡に濃い無精ヒゲの男はポケットに片手を入れ、背を丸めて煙草を吹かしている。

ああ、これは博承堂・第二制作局の工藤さん…だったよな。六年ぶりか？

「工藤さん」オレは声をかけて近づき、「久しぶりですね！」

「おお、吉野社長！　EDOの立ち上げおめでとう。うちでも話題になってるよ」

オレは〈8B〉の入り口を指して、「CMキングダム使って撮影ですか？」

「ああ、まぁね……扱いはウチなんで、まぁウチの作品だな」なにやら曖昧な工藤。

「外国のスターでも？　三田村監督にいま会ったけど、テンションすっごく高かった」

「そう……スター……ですよ」

「マル秘ですね。かなり厳重な」

「い、いやぁ、実は、お恥ずかしいんだが……」

「なにか？」

「今日は私ね」と工藤は苦笑して、「ステージの中へ入れてもらえないんですよ」

「え……博承堂の仕事なのに？」

「確かに、テレビ媒体の扱いはウチなんだけど、CMの中身に関してはタレントのエージェントとCMキングダム、クライアントの三者契約でガッチガチなんで」

「で、でもさ、中へ入るくらいは」

「博承堂はCM完成するまでタレントの顔も映像も見ちゃいけない、ちゅう契約なのよ。例のね、コトブキ酒造さんとCMキングダムの親密な関係でしてね。いやぁ、ウチもプロデューサーの郷さんにはもう酷い目にあわされてまして……」

うーん、なんと、あの博承堂がプロダクションに泣かされているのか！

「ヨッちゃん、今もし時間あったら、ちょっと喫茶室でいい？」工藤は話がしたそうだ。

「ヒロさん」とショウタ。「どうぞ。スタンバイ出来たら呼びますから」


小一時間後、オレは喫茶室から〈2A〉ステージへ戻った。

グレー・ホリゾントのど真ん中に面白い物が置かれている。床に座った人物をまるごと包装紙でくるんだように見える、大きなおにぎり型のパッケージ。サーモン・ピンクの地に銀のマルワ・マークが鮮やかだ。

「あれ、仕上がりが確認できていいね。中に何入ってるの？」とオレはショウタに訊く。

「マネキン人形を座らせてあります。いいアイデアっしょ？」

「包む時、紙の具合どうだった？　うまくカットに割れそうだったかね？」

「途中でちょっとハサミで切り込んで両面テープで貼れば、スッキリ納まります」

「大丈夫、カントクの読み通りだよ」背後で筒井のダミ声がした。「バックのトーンだけど、どうかね？　ちょっと落とし過ぎかな？」

オレは目をスッと細めてグレーの濃さを確かめる（当時のディレクターは『目絞り』というこのやり方でライティングの具合を見たものだ）。確かに少し暗い。「そうだね研さん、ホリゾントの奥はもう少しふわっとした淡い感じにしようかね」

「了解」筒井の指示でガッファーたちが動く。

オレはディレクター・チェアでマルボロを一服つけた。ショウタが隣にイスを寄せて、

「さっきの博承堂の人の話、面白そうっすね」

「あ、ごめん！」とオレ。「ショウタを紹介するの忘れてた」

「いいすよ。それより〈8B〉に入ってるスターって誰でした？」

「名前は言わなかったけど、ただぁ……あの〈マイ・ウェイ〉歌った大歌手って」

「ええっ！　ホントに！　よく日本で撮影なんかできますね」

「だから、音楽関係なんかにも超マル秘だと。それだけ。後は工藤さんのグチばっかり。CMキングダムの郷副社長や伊藤プロデューサーに、スポンサーのコトブキ酒造の目の前で『お前ら代理店なんぞは仕事にたかるハエだ』なーんてバカにされる、って泣いてた」

「うーん……意味はわかるけどさ。ヒロさん、それおれが入った頃のニッセンでも、一番アンチ代理店の武闘派の態度でしたね。モチ、今じゃもう誰もそんなことやらない」

オレはちょっと苦笑して、「ひと昔前のニッセンにあった電・博を敵視する〈原理主義〉を、そのまんま持ち出して独立したのがキングダムだ。とくにコトブキ酒造の仕事では、広告部の独裁者・灘本明広告部長がキングダムの三田村ディレクターに惚れ込んでいて、何でもお任せという姿勢だからさ、こりゃ無敵だな」

「いっときの、美生堂の河野宣伝部長とヒロさんみたいなもんですか？」

「あれの何倍も強烈だよ。ただその信頼関係をいいことに、プロデューサー側で郷さんや伊藤さんは理不尽な代理店叩きをやってる、と清水さんから聞いた。メチャクチャに高い見積りを押し付けて、博承堂のテレビ媒体費から金を抜いて補填しろと要求するんだと」

「……そんな無理が今どき出来るんだ……じゃあ、テーブルの下でお金が動いたりもしてるとか？」

「わからない。まぁ三田村さんが灘本部長を『ちょっと夜のお散歩』に誘うくらいはやるだろうな。でもあの人ぜんぜん悪気なんかない。ただ一緒に楽しく遊びたいだけ。制作費でね。三田村さんは郷さんたちのアコギな商売にはまるで気付いてないと思うよ」

「でもさ、キングダムの社長すよね。知りませんで済むのかなぁ？」

「済まない、かもな……」


十一時にトークリ組がスタジオに着いた。

西舘、あかね、南雲に加えてスチール・カメラマンと助手。

「出口修さんです」と西舘。「若手だけど前から一度やりたかったのよ。〈オル・ジャポン〉の表紙とかファッション分野がお得意です。色が凄くキレイな作品が多いのよ。出口さん、こちらが吉野洋行監督。ニッセンから独立してEDOという会社を創業されました」

オレたちは握手して名刺を交わす。

出口カメラマンはオレと同年代の筈だが髪がかなり薄く、背が低い。顔の下半分は濃いヒゲに覆われているが、表情は豊かで笑顔が茶目だ。「面白いビジュアルだなあ。こんなの見たことないですよ」出口はステージ上のマルワの包みがとても気に入ったようだ。

「カントクおはよう」とあかねは大きなマルワ・マークが入ったTシャツ姿だ。サーモン・ピンクの包装紙と同じ色。「これも試しにオーダーして作ってみました。どーかね？」

「いいね！　オレにも着せてくれる？」

「スタッフ全員の分持ってきました。色違いもあるよ。今回の予算、かなり豪華なの！」


十一時半に男女のモデルがメイクを終えてステージに入った。

白いTシャツにショート・パンツというほとんど下着に近いスタイルなので、二人とも小柄だが筋肉質でメリハリのある体型の良さで選んだ。フィックス（固定）の全身サイズでも充分にアピールできる、舞台役者のように大きな笑顔も重要なポイントだな。

撮影は男女でそれぞれ二色。ムービーとスチールを交互に撮る。ライティングは基本的に共通。細かい調整だけにとどめて、できるだけ色やカタチの統一感を出す。

そして今日の撮影現場にはひとつ画期的な特色があった。

スポンサーが誰も来ないいんだ。

「昨日、中野原さんから電話があったの」と西舘。『私も部下も行きません』とね。その理由を聞いて感心したわ。彼がサン・クリエイティブにいた頃、いつも感じてたんだと。スポンサーの立会いなんて無意味。時間と金と労力のムダでしかない。もう始まってしまっている撮影で何か大きく変えようと思ってもそれは無理。結局黙って見てるしかない。もし何事か言い出せば、邪魔になるだけ。広告主は仕上がった結果だけを厳しくチェックすればいいんだと。お見事！　でもちょっと怖い気もするけどね、ははは」

西舘にそう言われると、オレも怖い……。


バン、というスイッチ音と共にライトが一斉点灯し、淡いグレー・バックにサーモン・ピンクの包装紙と艶消しシルバーのマルワ・マークがくっきりと浮かび上がる。

そのマネキン入りダミー・パッケージが片付けられ、同じ位置に三メートル四方の撮影用包装紙が裏側の白い面を見せて敷かれた。今、十二時を過ぎたところだ。

「モデルさん入ります！」ちょっと緊張した宅間の声と共に、『メグちゃん』という女子大生のモデルが素足でセットに上がり、包装紙の中央に正座して笑顔をカメラに向ける。

アリフレックスが一台。メグちゃんの正面にフィックスだ。筒井がファインダーにつき、オレはレンズ脇のディレクター定位置に座る。テストはナシでぶっつけ本番だ。

「よーしメグちゃん、自分の包み方を最初からひとつずつ確認しながら撮っていこう」

宅間と永田が左右から包装紙の端をつまみ上げ、彼女の伸ばした両手に渡して退去。

「研さん、行こう」「ほい。回せ」アリフレックスの回転音が高まる。「スピード！」オレが大声で「アクション！」カチンコが入る。「三十秒ピンク、女性、カット１、テイク１」

メグちゃんがいたずらっぽい笑顔を浮かべ、左右の手に持った包装紙の端をすっと持ち上げて上半身をマントのようにくるみ、胸の前でかき合わせた。紙の雛人形のような可愛いらしいカタチだ。包装紙のピンクもマルワ・マークのシルバーもくっきりと見える。

「カーット！」オレは立ち上がって、「オーケー、メグちゃん、いい感じだ。このまま次へ行ってみよう。カット2、スタンバイよろしく！」

再び宅間と永田が入って、まず胸の前で合わせた紙を所々カットしてカタチを整えながら、首の裏で両面テープで固定する。そして今度は背後へ回り紙の前後の端を持ち上げて、後方へ伸ばした彼女の両手につかませる。彼女がこれを頭上から前向きに、フードの様に被ると顔も隠れる。こんな工程があと三カットほど続き、最後に包みの中から彼女の手が出てシールをペタンと貼ればオーケーだ。前夜に会議室を借りて何度も練習しているので、オレたちもメグちゃんも余裕を持って『半分隠れた笑顔の見え方』や『包装紙のシワの寄り方』など充分にチェック出来た。


ピンクのタイプは一時頃にオーケーが撮れた。オレたちはいったんカメラを下げて、スチールと交代し、サンドイッチを頬張る。ただし、宅間と永田は〈包装技術者〉としてステージに残り、メシ抜きで出口カメラマンを手伝うことになった。

スチール撮影もいいチーム・ワークで進んだ。

西舘CDは一歩引いて構え、あかねが前面に出て出口とやり合いながら、包装紙の間から覗くメグちゃんの表情や紙の色の見え方、マークの微妙な向きなどを作り込んでゆく。澄川レイの時もそうだったが、あかねはモデルの気分の変化をよく見てるな。


夕方前にスチールの最後のカットがオーケーとなった。

「おつかれさまーっ！」オレがステージ中央に進み出て両手で大きなマルのサインを出した次の瞬間、バン！という音と共に照明が消え周囲は真っ暗！　な、なんだ？

♪ハッピー　バースデイ　トゥ　ユー、ハッピー　バースデイ　トゥ　ユー
ステージ全体に合唱が沸き起こった。

ぼんやりした蝋燭の明かりに包まれて、あかねとゆうこが大きなバースデイ・ケーキを捧げて静々と入場。オレの前に立つと♪ハッピー　バースデイ　ディア　ヒロさーん、ハッピー　バースデイ　トゥ　ユー　と歌いあげてオレにケーキを差し出す。

蝋燭に照らされたあかねの顔はチョッコの幽霊のようにも見えて、オレは戸惑った。

泣き笑いしながら思い切り息を吸って、ふーっと三十二本の蝋燭を吹き消すと、大きな拍手と共にステージに再び明かりが灯り、あかねとスタッフたちの笑顔にオレは囲まれた。

「みんな、ありがとう……ありがとう」

6

「何だこりゃ……まるでわからん」丸和社長の一言に、オレたちはぶちのめされた。

九月一日月曜、マルワ本社会議室での完成初号試写会。

映写が終わって明かりがついた時、社長は中野原部長を睨みつけていた。

「宏くんよ、うちが売りたいのは商品だ。なんでお客さまが自分で自分を包んで売らなきゃならんのだ？　この流通業界でこんなCM見たこともない……どうする？　キャンペーンやめるか？　あんたハラ切るか？」

「今は切りません」中野原はにこやかに答えた。

「いつ切る？」

「このプレゼント・キャンペーンはすべて準備が出来てます。媒体も予約済みです。これだけ実行させてください。その結果見てからハラ切ります」

「わしにゃわからん！」社長は中野原から視線を外すと、のそっと立ち上がってオレたちに向かって頭を下げ、そのまま無言でドスドスと部屋を出て行った。

その場に凍り付いた西舘、あかね、南雲、そしてオレとショウタ……。

そこへ「オーケーです！」と中野原の明るい声にオレたちは仰天した。

「え？」「これで？」ＣＭもグラフィックもボツになった、と誰もが感じてたんだ。

「これでいい」中野原は自信に満ちた笑顔で、「社長は御自分の想像を超えた広告表現を私に期待していたんです。予定通りにキャンペーン開始しましょう」

次の週末に始まったマルワ・プレゼントキャンペーンはテレビ、新聞、雑誌、駅貼りのポスター、そして首都圏十五店舗の売り場も総動員して、関東ローカルとしては大規模なものになった。

自分で自分を包んでしまう、という他社の広告とは似ても似つかない表現だけに市場の反応が心配された。しかし若者層が動いた。新しい包装紙と『オシャレな可愛いＣＭ』は、店頭でも盛んに流れる〈いまのわたし、あげます〉のＣＭソングと共に都会の若者たちの気分を盛り上げる。また広告のプロの間では、この表現が話題になっており、〈広告会議〉や〈アド・ジャーナル〉誌からも取材アポが入った。〈週間ＣＭ通信〉紙はトップ・ページでカラー写真入りの特集記事だ。八年前の競合敗北と、この春の美生堂キャンペーン全滅のリベンジは果たされた。西舘ＣＤもオレも満足だ！

開業から半年。ＥＤＯにとってマルワは一発目の大波になった。

九月最終週に上がったデータで週末の来店者が増え、ファッション雑貨や小物類の売り上げが目に見えて伸びたことが判明し、中野原部長〈宏くん〉は丸和社長〈叔父さま〉に対して大いに面目をほどこした。

西舘ＣＤの期待通り、新しいマルワ・マークの各書類、名刺、封筒、スタンプ、その他あらゆる印刷物の制作がトークリに発注された。ネオン・サインや屋外看板などは、さすがにトークリでは作れないが『クリエイティブ外注管理料』が取れるのだそうだ。

いつもあまり表情を変えない堺社長の、文字通り『笑いが止まらない』顔を見たのは、一九六八年に出会って以来初めてだなあ。

だがＥＤＯもたっぷり笑顔を頂くことになる。

ファッション、ジュエリー、そして家具インテリアの各部門で、オリジナル・ブランドのＣＭ制作を年間レギュラーで受注した。どのブランドもまだ『世界的』とは言えないが、ヨーロッパで人気の若手のもので、日本における独占販売権をマルワが買っていた。

この調子なら、マルワの仕事だけでＥＤＯの年間売り上げ目標に近づくかも？

十月七日は祖父の命日だが、もう八年経った今年は法事などの連絡もない。オレは一人で青山墓地へ行き、手を合わせて祖父に新会社が軌道に乗ったことを報告した。

第二週のEDO取締役会。今期の売上見通しが初めて議題になる。

経理の備後幸夫がオレに指名されて立ち上がった。ワイシャツの右袖に黒いカバーをつけ、算盤を持っている（パソコンのない時代、これが経理マンの定番スタイルだ）。「えー、こ、今期の数字は、ですね」備後はかなり緊張し、右手の算盤がカチャカチャと震える。「すでに完成請求した二本に、来年三月の年度末までに入ると予測されるマルワの仕事を加えて、約一億四千万円の売り上げ見込みです。も、目標を二千万円も超えます」そこで備後はちょっと笑みをもらし、「よかった…よかったです！」

「やるかやめるか迷った時には」と風早が言う。「必ずやる方を選ぶべし、だね」

みんな心から安らいだように見える。EDOは『一年で潰れる会社』にはならない！

だがまだまだ、予選で勝ち残った程度に過ぎないがね……。

その会議で今後のマルワ作品の担当分けをした。

まずディレクター。プレゼントとファッション〈サルバトーレ・デュマ〉をオレがやる。ジュエリー〈マルワのダイヤモンド〉と家具・インテリアは風早に任せる。リビング・セットやベッドなどが商品で、〈スオミ〉という北欧のブランドだ。

プロデューサー、PMについてはニッセンのようにディレクターとの関係を固定せず、作品によって変えてゆく方針に決めた。

「電広の仕事を取りたい」と清水。「ただ〈電広取引口座〉がまだ出来ませーん」

「そんなに面倒なことなんですか？」とショウタは不満気だ。

「信用調査をされてるかも知れない。現在のところ、EDOやハックルベリーを使うには特別な社内稟議書が必要だと。ま、そんなもの喜んで書いてくれる奴がいるかどうか？」

「ともかく」ゆうこが全体スケジュール表を見ながら、「PMとPAを何人か増やさないと。それに総務、経理もね。編集室だって欲しいから、年明けたら引っ越しだ」と、楽し気だ。

清水が嘆息して、「現金がいくらあっても足りないねぇ……」


十月十三日月曜日。昼前、EDOに突然の来客があった。

狭い三LDKオフィスの入り口に立ったのは、身長百八十五センチ以上はある大男だ。ジーンズにチェックのカントリー・シャツ。そして茶のカウボーイ・ハットがさらに背を高く見せている。玄関でその身を屈め、ウエスタン・ブーツを脱いで丁寧に揃えた。目鼻立ちも大きい男は、しかし愛嬌たっぷりの笑顔を見せて、「すーいませーん！　電話しないで来ちゃいました。電広一クリの旗と申しまーす。吉野社長なんて、お目にかかれますかねぇ?」

「いやあ、嬉しいなぁ！　僕、吉野監督の大ファンなんです」リビングのソファーでオレと向き合って、旗は顔をくちゃくちゃにして笑う。「バスロンの一発目で、もう一目惚れ。美生堂キャンペーンは『まなざし、なにを語る』以降、春、秋の楽しみでしたね！　あとはクルマやチョコレート、サイダー、それに最近のマルワ、あの自分を包んじゃうやつ。全作品何度も繰り返して見てます。コンテ描けるんじゃないかな?　ははははは」

「…見てくださって、嬉しいです」オレはマルボロを咥えて旗にも勧める。

「おお、マルボロ・カントリー！　頂きます」旗はファッションだけではなく中身もアメリカ人的なのか、やたらオーバーなんだが嫌味はない素直な感じだ。年齢はオレ位かな。

早苗がコーヒーを出してくれた。「ありがとう」と旗は笑顔を惜しまない。

「旗さんは」オレも英会話の気分で「そこに座った最初の勇気ある電広マンです。おめでとうございます」

「僕がファースト・ペンギン！　そりゃ光栄です。さて」と、旗はいきなり切り出した。

「競合のプレなんですけど、僕と組んで欲しいんです。絶対に勝ちますから」

「なんで絶対なの?」とオレ。

「あなたが企画するからです。あっはっはっは！」

「あははは…で、どこの仕事で誰と競合するんですか？」オレはテーブルの上の名刺をもう一度見直す。『第一クリエイティブ局　片桐部　プランナー　旗壮一』とあった。

「スポンサーは講文館です」我が国最大の総合出版社だ。「講文館ミステリー文庫、知ってますよね。作品数では文庫でナンバー・ワンなんですが、最近はライバルの丸山書店などが映画化にも出資して派手に文庫のCMやってますよね。『結末は決して誰にも言わないでください…』とか『ヌエの鳴く夜は怖ろしい…ギャーッ！』なーんてね。講文館さんもあれに刺激されて、何か話題性のあるCMでトップの存在感を見せつけたい、と。タレントは決まっておりまして、あの桑沢陽介。帝都映画系の若手としてはトップ・スターだな。何年か前にバンドを結成してからは、ミュージシャンとしての人気が盛り上がってる。サーファーっぽいイメージのいい男ですね」

「で、競合相手は？」

「ハックルベリー。ディレクターは社長の山科渡がやるそうで」旗は煙草をもみ消して、「ハックルベリーもこのEDOもいま、電広からは簡単にお仕事を出せません。どちらも電広と付き合いの長いニッセンや子会社の電広映像からの独立となれば、風当たり強いしジイサンたちへの忖度もありますからね」

「……」

「だがそこはマイ・ボス片桐治の見識。『ニッセンはもう歴史博物館になった。電広映像は今じゃ子会社根性の塊。これからは独立心ある若いクリエイターのブティックが必要だ』ちゅうて局長を口説いて稟議書通しちゃったのよ！　ははは！　で、僕にその二社競合を両方仕切れと来たんですがね、ぜったいに嫌ですと断りました」

「へ？」

「僕は山科渡の作品、キライなんだ。ナンセンス・ギャグでヒット作多いけどね、どこかテレビを見てる人をバカにしてる感じがする。あいつとは組みたくない。片桐部長は納得してくれました。『誰か他に、山科を認めるやつにやらせよう』ってね」

「ああ…」オレは十年以上も前、サン・クリエイティブの入社試験で山科渡が吐いた言葉を思い出した。『CMなんてテレビの前で寝転んでるバカが見るもんだ』

「吉野監督」旗はオレを見つめて、「制作者には競合させて、電広は勝ち馬に乗ればいいんだ、なんていう考えの輩が増えてる。とんでもない！　勝ち馬を創り出すのが僕の仕事だ。『世に伯楽ありて、然る後に千里の馬あり』ですよ。僕は伯楽を志してあなたに賭けたい。山科組は同じ部の内田がやるから、僕はいっさい関知しません。もちろん、彼等の企画の中身を見ることもない。ここは僕と一緒に勝負してくれないでしょうか？」

「ほぉ…」電広にはこういう人もいるんだな、とオレは少し驚いた。

「乾杯！」「いただきます！」旗とオレはバーボンのグラスを合わせる。

その夜、ここは渋谷のカントリー・ライブハウス〈アーリー・タイムズ〉だ。

旗の奢り、ということで甘えることにした。つまりEDOは競合の仕事を受けたのだ。

小さなステージでは五人編成のバンドがケニー・ロジャースの〈ザ・ギャンブラー〉を歌っている。この歌の詞は面白い。クソ暑い夏の夜、どこかへ向かう汽車の中で、酔った博奕うちが人生の賭け方を教えてくれる。どこで勝負するか？　どこで引くか？　どこでトンズラするか？　そして勝負中に金は数えるな。終わった時には、どうせ数えるほどは残っちゃいないんだから、と。

歌っているのはジェッシー・上原だ。進駐軍の時代からの歌い手で、もう六十は越えているだろう。カントリーというジャンルだから大ヒット曲はないが、有名なシンガーだ。

オレは旗のようなマニアではないが、カントリー特有の陽気さと悲しみが交互に現れるメロディーや、フィドルとフラット・マンドリンの〈泣き〉は好きだったな。

飲みながらお互いのことを話した。旗は昭和二十二年生まれ、オレよりひとつ上になる。

K大の〈広告研究会〉OBだと。K大広研は毎年夏休みに逗子の浜で〈キャンプ・ストア〉という海の家を開くことで有名だった。Ｋ大ヨット部も隣の浜を使っており、このＫ大勢が最もリッチでナンパ成功率が高いことを誇っていたな。オレたちも逗子に海の家を借り、浜からヨットを出していたから、お互いに懐かしい話題になった。旗はＫ大付属高等部の頃から逗子で遊んでおり、『オレたちと浜でナンパ合戦やった可能性がある』と、女の子の名前を一人ずつ挙げて記憶を辿ってみたが、どうやら何もなかったようだ……。

そのうちに旗がステージに引っ張り上げられ、無雑作にギターを抱えた。

歓声と口笛が鳴り、旗は慣れた調子でイントロのコードを流し、声を張って歌に入る。〈シルバー・ウィングス〉というヒット曲だ。恋人が銀色に輝く翼に乗って立ち去って行く、という別れの歌はオレもよく耳にしていた。

その頃のカントリー新曲の歌詞の中には〈ジェット・ライナー〉や〈ビッグ７０７〉という言葉が、遠い昔の〈フレイト・トレイン（貨物列車）〉にかわってよく登場する。

アメリカ中をさすらう男も女も、かつては貨物列車にリフト（タダ乗り）出来たのに、ジェットの時代になると高いエアライン・チケットを買わなきゃいけないんだ。

その夜はかなり飲んだ。

7

十月三週目から、ＥＤＯでは二本の企画が同時にスタートした。

オレの講文館ミステリー文庫三十秒・十五秒。プロデューサーはショウタ。電広の仕事をやりたがっていたから大喜びだ。ＰＭは宅間。

マルワのダイニング・セット三十秒は風早とゆうこが組み、永田がＰＭでつく。

清水は電広の更なる新規開拓に力を入れることになった。

旗の上司の片桐部長が、今回のプレのために稟議書を通して口座を作ってくれたので、ＥＤＯもハックルベリーもこれからは堂々と電広に新規営業出来るんだ。


十六日木曜日の夕方。

ＥＤＯの小さな社長室の応接コーナーで、オレは旗と向き合って企画を始めた。

プロデューサーのショウタも旗に挨拶して同席する。

旗のリクエストで、互いにアイデアを持ち寄るのではなく、一杯やりながら一緒に考えよう、と。オレも賛成した。どのみちアイデアを得ようとする時、オレは頭の中で仮想の相手と対話しているような状態になる。ならば目の前に彼がいた方が効率がいいかも。

「シャーロック・ホームズとワトソンの対話です」旗はグラスのバーボンを舐めながら、

「僕は喜んでワトソン役に徹しますから、何かとんでもないアイデアください。僕もね、講文館の御担当にはまだお会いしてないんですが、片桐部長が言うには『左翼くずれの酒癖が悪い男で、すでにうちの営業が一人殴られている』と。はははは」

初めはライバルの丸山文庫の、今やたらに目立つ文庫本と映画のタイアップCMの話題から入る。恐怖の期待感を盛り上げる絶叫CM。

「担当の進藤さんは『二流の本屋・丸山』の目立ち方に『カーッと頭に来ている』ので、過激でもいいから、ともかく話題になる強烈なCMが欲しいと」旗はチェスター・フィールドを一本咥えて、銀細工のジッポで火をつける。

「過激ねぇ…」オレはバーボンをちょっと舐めて、「たぁたぁりぃじゃあーっ、なんてCMやってる相手に対抗して、更にドギツイものやるのも芸がないなぁ」

「僕はね、表現レベルを変えた方がいいと思うんだ。カントクならば、もっとカッコ良く都会的な表現で、しかも抜群に目立つもの作れるでしょ」

「絶叫しないで……囁く、って感じで」とオレ。

「ミステリー小説の登場人物をいろいろ考えてみましょうか」腕を組む旗。

「犯人、目撃者、警官、私立探偵、資産家、愛人、変質者、教授…うーん、桑沢陽介に凶悪犯の役でもやらせるとか」

「おお、それで？」旗が身を乗り出す。

「いや……かったるいな」オレも煙草をつけて、「これ文庫のＣＭじゃん。一本の小説のストーリーには入って行けない。どんなに凶悪だか描く場所がない」

「……そうですね」

「もっと普遍的なものって、なんだろう？」

「失礼します」オレの隣でショウタが立ち上がり、「先月分の経費精算がまだ残ってるんで。コーヒーはそこのポットにたっぷりあります。何か他にあったら席にいますから」と旗に一礼して部屋を出て行く。旗は新しい煙草に火をつけた。

オレもマルボロに火をつけて、「なにかギリギリまでヤバイことやってみたいな。だいたいさ、タレントに気を遣い過ぎてるＣＭ多いですよね」

「それは言えてる」と旗。頭上に漂うアメリカ煙草の雲をふっと吹きとばして、「特にね、桑沢のような二枚目だとどうしてもキレイごとになりがちだな」

「そう。主人公のカッコいい私立探偵とかね」とオレ。

「うん、そういうのつまんないですね。フォーゲット！」

「ん？　旗さん……こんなのどうかな」

「お！　やっぱり殺人犯で？」

オレはニヤリとして、「いや。桑沢陽介、殺されちゃいましょう！」

「ころされる…の？」驚く旗。

「そう。殺人事件の被害者をやらせる。死体の役だから、いいカッコなんか出来ないし、ヒット・ソングも歌えない。ただ多少マンガチックな死に顔の演技だけ」

「オー・マイ！　それ面白いかも」

「それでね、商品はミステリー文庫だから典型的な事件をいくつも出せる。例えば三十秒で五つか六つ桑沢の死体を見せる……刺殺、毒殺、射殺、絞殺、自殺、ってね」

「あ！　わかったぞカントク。それらに文庫本の値段をつけるんだろ？」

「そう。『刺殺三百六十円。毒殺四百八十円。射殺四百円。』とかね。本の題名は特定しない。文庫全体のCMだからね。『探偵小説総本家。講文館ミステリー文庫』なんてどう？」

「うん」旗は煙を吐いて大きくうなずく。「それA案でいける。ついでに今思いついたんだけど、警察の現場検証ってあるじゃない。桑沢が死んでる。検視官が瞳孔とか調べてる。トボケた刑事と部下の警官が桑沢の死体を見下ろして、『ホトケさんの商売は?』『えーと、売れねぇ歌手ですかね』桑沢の死体がムッとして顔を上げるが、すぐに検視官に押さえ込まれてしまう。『ホトケさんの女性関係は?』『なーに、女性関係なんてツラじゃないすよ』桑沢は再びムッとするが、またも押さえられてオシマイ。柱時計がボーンと鳴って、現場は静けさに包まれる。ナレーションで『あなたも名探偵。講文館ミステリー文庫』なーんちゃってね」

オレは大笑いした。「旗さん、それもイケる。〈桑沢陽介殺し〉A・B案で勝てるよ」

「ヒロさん、ビックリです」とショウタ。旗が帰った後リビングで今日のアイデアの話だ。

「企画の話、今夜中には結論出ないと思いました。おれの想像力が足りなかったす」

オレは苦笑して、「そういうムチャクチャな連想や飛躍ってものを、いつもは一人で頭の中でやってるんだ。他の人間、ましてや電広のプランナーと二人で、しかも凄いスピードでやれるなんてオレも想像してなかった。面白かったたぁ……」

「勉強しまっす。で、これを」ショウタは仮払い金精算書の束をオレの目の前に置いた。

プロデューサーの仮払い金精算書には、オレか清水のどちらかが決済印を押す決まりになっていた。ショウタはほとんどオレの所へ持って来る。清水は一つひとつ入念にチェックするからな。

だが今日は時間もあるし、オレもちゃんと見てやることにした。精算書の束を一ページずつめくり始めたオレを見て、ショウタは少し緊張したようだ。

ほんの五分で大雑把なチェックは終わった。オレは表紙に署名捺印してショウタに返しながら、「クライアントとの飲食代って、こんなにかかるのか?」

「ヒロさん、他社はもっと使ってる。ハックルベリーやニッセンもハデに接待してますよ。キングダムなんかそりゃあ豪勢なもんで! うち、後発ですからね」

「でもマルワなんかはうちの直扱いなのに意外に少ないな。飲食、ほとんど電広じゃん」

「電広を攻めるんです。講文館の競合でEDOが勝てればヤツらダーッとこちらを向いて」

その時、玄関のチャイムが鳴った。

「……早いな」ショウタが呟いてちょっと考え、目を上げてオレを見た。「ヒロさん、ひとり紹介したいひとがいるんだけど、いいですか?」

オレがうなずくと同時に、もう一度チャイムが鳴る。ショウタは立ち上がって玄関へ。

ドアが開き小柄な女性が入って来た。黒いシャツにスリットの入った黒いスカート。耳につけたイヤホンはサニーのヒット商品〈サウンド・ウォーク〉だ。大きなサングラスを外すと、あの謎めいたまなざしが現れた。「カントク、元気そうじゃん」遠野みさとだ。

「あらためて紹介します」ショウタはみさとの肩を抱いて、「女優の遠野みさとさんです。

おれたち今、付き合ってます。みさと、吉野監督はここの社長。おれも株主役員だぜ」

「ふーん…」みさとは狭いオフィスの中を眺め回して、「これだけ?」

「あ、ああ、まだ始まったばかりだからね」とショウタ。

「ちっちゃいのね」みさとはソファーに腰を下ろし、ハンドバッグから煙草を出して火をつけた。あれから四年経っている。個性派の女優としてアート系の映画や、テレビドラマでクセのある役を演じるみさと。少し女っぽくなり、華やかな雰囲気も身についてきた。

「みさと、綺麗になったね」オレは微笑んで、「あれからずっとショウタと?」

「いや、時々飲んでただけです」とショウタ。「ベタになったのはここ最近だけど」

「ベタ! 何、その言い方?」みさとは顔をしかめて煙を吐くとショウタの腕を取って、

「行こうよ。チェック・インが遅くなっちゃうから」

「ちょ、ちょっとごめん。みさと、外で待っててくれる?」

「わかった。じゃあ失礼します」イヤホンをつけなおして出て行くみさとを見届けると、ショウタはオレの前に立って頭を下げ、「ヒロさん、お願いがあるんだけど」

「なんだよ?」とオレ。

「ポルシェ貸してください。一晩だけ」

「いいよ」オレはポケットを探ってホルダーからキーを外し、ショウタに投げ渡す。

「ありがとうす！　明日の昼までに洗車して満タンで返します」

「ただしショウタ……クルマの中ではヤルなよ」

「ヒロさん！　おれ、そんなガキみたいなことしないよ。ちゃんとホテル予約してます」

「どこの？」

「ホテル・オークラ。だからさ、このくらいのクルマでないと、バレット・パーキングでナメられるんで。みさとに恥かかせたくないし」

　オレはショウタが〈女優〉みさとの肩を抱いて、ボーイにポルシェのキーを投げるシーンを想像した。「見栄を張ることはないぜ、ショウタ。お前は堂々たるCMプロデューサーで、みさとの彼氏なんだろ？　誰もお前のことをナメたりしないよ」

「……そうすか？」目を伏せるショウタは、なぜか不安そうに見えた……。

8

『桑沢陽介殺し』Ｂ４のボードに大書きされた墨文字に、講文館の進藤勝・宣伝担当主任は激しく反応した。「ほーっ、面白そうじゃん！　ちいとは話聞いてやろうか」

十月二十一日。そこは神田神保町の講文館本社会議室だ。

進藤は四十歳前後。『左翼くずれ』という片桐部長の言葉通りの風貌。小柄で猫背。あまり洗ってない感じの長髪に分厚い眼鏡をかけている。猛然と唾を飛ばしながら、「一番目、ハックルなんとかの山科って奴がよ、ストリップ小屋の前座みたいなドタバタ芝居持ってきやがった。あんまりくだらねえんで、三分でボツにして追い返した。けーっけっけ！ 電広なんぞもうクビにしちまおうと思ったんだが、桑沢を殺すなんて案があるっつーんならよーし、見てやろうじゃん」

「有難う御座います、進藤さん。ではその殺し方の数々を」旗は丁重な態度を崩さずに、

「吉野ディレクター、お願いします」

「吉野です。さっそくコンテのご説明に入ります」

オレは一枚目のA4ボードを掲げる。一コマだけの絵が大きく描かれている。

古い屋敷の大理石の階段ホール。白いタキシード姿の桑沢陽介が仰向けに倒れている。腹に短剣が突き刺さり血が流れ出ている。驚いたように目を見開き、口も開いたまま。

「ご覧の通りです。どこからか〈悪魔のナレーション〉が囁きます。『刺殺。三百六十円』

お値段はタイトルでもダブります」オレは透明セルの文字をボードの絵に重ねて見せた。
「お、お、お、いいねえ」身を乗り出す進藤。
オレは間を置かず、二枚目を掲げる。

深夜のキッチン。大きな冷蔵庫のドアは開いたまま。そこにナイトガウン姿の桑沢が前のめりに倒れて、開いた口に泡。齧りかけのリンゴがひとつ。『毒殺・四百八十円』

オレはさらに桑沢の死体の絵を、紙芝居のように続けて行く。

窓ガラスにべったりと顔を押し付けて死んでいる桑沢。額を一発で射抜かれている。『射殺・四百円』
ベッドの上に桑沢の死体。パンティーで首を絞められた。『絞殺・三百二十円』
浴槽で手首を切った桑沢。もう一つ、睡眠薬が散乱した中で死んでいる桑沢。『自殺・どちらも二百八十円』
最後に屋根裏部屋の古い革のトランク。開けると四角く折り詰めされた桑沢の死体。『完全犯罪。特価五百八十円』

キメのタイトル。『探偵小説総本家。講文館ミステリー文庫』

がっはっはっは、と進藤の笑い声が轟いた。「異議ナシ！　異議ナシ！　最高じゃん。あの生意気な二枚目気取りも死体にされちゃあおしまいだ。オーケー、これで行こう！」

「有難うございます」とオレと旗は頭を下げる。

オレはB案のボードを出し、「ちなみに、もう一つ死体がありまして」と、立ち上がって殺人現場検証のやりとりを演技しながら面白おかしく説明した。

ラストで柱時計がボーンと鳴り、『あなたも名探偵』のナレーションをキメると、進藤は拍手して、「これもイケる。吉野カントク、あんた気に入った。二タイプとも採用！」

やった！　オレと旗はあらためて最敬礼。

「ちょーっと待ってください」突然大声を上げた者がいる。電広の営業、二十代の男だ。

「なーんだよっ？」進藤が睨みつけた。旗がオレの耳もとで囁く。「主任の寺田です」

「弊社からご提案しておきながらまことに申し訳ないんですが」と寺田。

「ならば言うなよっ」

「実は私、EDOさんの今回の案は事前にチェックする機会が貰えませんで」

「はぁっ？　それがどうした？」

「桑沢さんを死体にするのは無理です。この企画は諦めてください」寺田は言い切る。

「て、寺田、今さら何を」旗が気色ばんで、「進藤さんはもうオーケーを出されてるんだ。営業のお前が口を挟むことじゃ」

「桑沢さんを殺すのはダメだと言ってるんです」

「な！　な…」進藤の顔面がさらに紅潮した。

寺田は平然と続ける。「私は桑沢さんとの契約の時に、事務所の社長さまには何度もお会いしてます。桑沢さんがいかに御自分のイメージを大切になさってるか、よく伺いました。だからこそ、ハックルベリーさんには〈ミュージカル・ギャグ〉の案を本命として出すようお願いしたんです。ここはぜひ、考え直されるようお勧めします、進藤さん」

「て、てめえ！」進藤は椅子をバーンと倒して立ち上がる。「またぁ殴られたいんかっ！　ふざけんじゃねえよ。おれはもう決めたんだ。〈桑沢陽介殺し〉でやれってんだよっ！」

「……どうしても、とおっしゃるなら事務所に話してみます」

「いやも応もねえよ。千万単位のギャラ取るんだからよ、役者は金を払う人間の言うこと聞けばいいんじゃねえの？」

「わかりました……」目を伏せる寺田。

「よーし！　プレゼンは終わりだ。吉野カントクありがとう。上出来、異議ナシだ」

オレと旗は黙って頭を下げた。

進藤は寺田に向かってアゴをしゃくり、「行くぞ、小僧！」

「はぁ」

「歌舞伎町だよぉ。さぁ、今夜のサンドバッグはまたお前かな？」


翌水曜日の夕方。虎ノ門の〈サウンド・ファクトリー〉。超高層ビルの地階にある都内でも最新の録音スタジオだ。

旗、営業の三人、そしてオレは豪華な応接室の赤い革張りソファーで、桑沢陽介が所属する芸能事務所〈アトラス〉の跡見新三社長と女性秘書に向き合っていた。旗の熱の入ったコンテ説明の後、案の定、なかなか反応がない。

「電広さん」グレーのスーツに地味なタイの跡見が口を切る。「やっぱりこれ無理ですわ。おたくも桑沢のイメージはよーくご存じでしょう。そもそも初めから、歌ったり踊ったりの楽しい企画にしてください、と私お伝えしてますよね。よりによって動かぬ死体なんて」

旗は目を伏せて首を何度もひねりながら、「聞いてない……」と呟く。

「社長」オレは跡見の目を見て、「桑沢陽介さんご本人と話させてもらいたいんです」

「カントク、いま桑沢はここのスタジオに缶詰めになって、新しいアルバムの仕上げに徹夜の連続ですわ。今までの桑沢ミュージックを大きく変える新曲が多いんで、ピリッピリしとりますから、こんな話を持ち出すのはちょーっとねぇ」

「こんな話？」オレは身を乗り出して、「これは講文館が桑沢さんに高額のギャラを支払う、大きな仕事の重要なご説明なんですが」

「あ、あ、失礼をばいたしました」跡見がちょっと引いた。ここは押しどころだ。

「お願いします！」オレは深く頭を下げる。旗もそれに合わせた。

跡見が嘆息して、秘書に目で合図した。彼女は立ち上がり部屋を出て行く。

オレと旗は煙草をつけた……。

数分後ドアが開き、赤いトレーナー上下にビーチサンダルの桑沢陽介がふらりと入って来る。ただよう煙を嫌がるように手で払ったので、オレも旗も煙草をもみ消した。

桑沢は跡見の隣に無言で腰を下ろし、差し出されたコンテに目を通す。

「桑沢さん」言いかけたオレを、跡見が自分の唇に指を当てて止めた。

一分ほどの張りつめた静寂……。

やがて桑沢は首をゆっくり横に振り、コンテをその場に伏せて部屋を出て行く。

オレと旗が声をかけるタイミングもなかった。

「申し訳ない、皆さん」跡見がコンテを旗に返しながら、「まぁ、予想通りですわ……

ちょーっと再検討願いましょうかね？」

オレは巨大なソファーにどーんと背中を投げ出して、再び煙草をつける。

ああ、この仕事はハックルに取られるのか、と覚悟した次の瞬間、ばーんとドアが開いて桑沢が舞い戻って来た。「…だ、誰に話せばいいのかな…急に思いついたんで」つい先ほどとは打って変わった表情。何か閃いたのか？

「どうしました？」旗が立ち上がって、「何でも伺いますよ、桑沢さん」

「ひ、ひとつ気がついたんだ。すっごくカッコいいこと……今さっきこの部屋出た時だよ。で、このコンテ通りにやらせて欲しい」

「えっ、それは……もちろん嬉しいんだけど」旗は泣き笑いのような顔で両手を広げ、

「いったい何があったんですかねぇ？」

「あ、ごめん。説明しないと」桑沢はオレたちの向かいに腰を下ろすと、「アルバムをいま仕上げてるんです。ボク的には新しい桑沢に生まれ変わる、というくらいのトライだよ。そのタイトルがなかなか決まらなかったんだけど、さっきドアから出た瞬間にふっと閃いたんです。『桑沢陽介殺し』これしかない！　今までの桑沢は死んだ。それで、アルバムのジャケットにね、ボクの死体写真を何枚もレイアウトするの。カッコいいぜ！」

驚いた……桑沢はオレのＣＭアイデアを彼自身の音楽のネタに変えてしまった！

「ボクこのCMやる。最高に魅力的な死体にする。だから一つひとつのカットをジャケットに使わせてください」

「面白い！」とオレ。「旗さん、イケるよね？」

「もちろん」旗が満足気にうなずいて、「講文館さんも喜ぶでしょう。ある種のレコード・タイアップになる。しかも桑沢陽介のニュー・アルバムだから、こりゃあ丸山書店の映画出資なんかよりも、ずーっと費用対効果は高い……いやぁ、僕、感動してます！」


十月二十八日。講文館ミステリー文庫〈桑沢陽介殺し〉の撮影は実に楽しいものだった。桑沢は大ノリで、ファインダーを覗く筒井が「大丈夫かねぇ？」と苦笑するほど。

射殺のカットでは『出来るだけバカっぽく見せたい。鼻の孔を上に向けて、べたーっと窓ガラスに押し付けるのはどーかな？』絞殺では、首を絞められたピンクのパンティーの端に噛みついて、『裏切られた無念を表現したい』そしてラスト・カットでは革のトランクに死体を折り畳む時、桑沢は持ち前の柔らかい体を生かして、『幕ノ内弁当のような詰め方』を、うめき声を上げながらやってくれた。

その日の撮影は深夜にまで長引いたが、ここでプロデューサーのショウタが〈永く語り継がれる業界伝説〉をひとつ生み出した。

夜半過ぎのことだ。「腹減ったなぁ」という声があちこちから聞こえる。

その時突然、ピャララーッというチャルメラの音と共に、赤いのれんを下げたラーメンの屋台がステージ入り口から登場！　引いているのはショウタ本人だ。ラーメン屋さんは、その後からペコペコと頭を下げながら付いて来た。旨そうな醤油の香りと湯気。

「みなさーん！」ショウタは屋台を正面に据えて、「ラーメン屋さんを二時間だけ買い切りました！　どうぞお好きな時に、何杯でもかっこんでくださーい！」

拍手と歓声が沸き起こる。桑沢も大喜びだ。

大東スタジオのステージにラーメン屋台など引き込んだ奴は他に一人もいない。

だから〈伝説〉となった。スタッフを喜ばせるのが大好きなショウタにふさわしい。

あまり長生きは出来なかった彼のために、ここにしっかりと語り残しておこう。

9

十一月十五日から始まった講文館ミステリー文庫フェア。

マス広告はテレビCMだけに絞り、新聞・雑誌は使わない。その代わりに、書店の店頭キャンペーンに多くの予算がかけられた。大型店では桑沢の死体のB全ポスターが五種類ズラリと連貼りされ、早くも『どれが一番盗まれているか？』などと話題になっている。

CMのインパクトは予想以上のものだ。番組枠の三十秒が中心で集中スポットはないにもかかわらず、『一度見たら忘れられない』との感想が書店サイドから多く寄せられた。

だが、オレたちには勝利の余韻にひたっている時間など全くない。

すでにミステリー文庫のオンエア前から、電広からのオファーが堰を切ったように入り始めていた。EDOはイケるぞ、となれば、若手プランナーたちにとっては見逃せない。

三クリの安達京一から清水プロデューサーに依頼。トップ・ブランド〈大王ビール〉の新製品だ。オレの企画・演出という指名。

二クリ鎌倉誠一郎からの依頼はショウタが受けた。ホンザワ技研のスポーツ・クーペ。

ホンザワは東洋自動車、ニチドーにつぐ自動車業界第三位のメーカーだが、独自の技術とデザイン性で若い世代に人気が高かった。『一家にクルマ一台』がすでに実現した市場では、『遊びグルマ』というお洒落なスポーティー・カーが新しいジャンルだ。

同じ二クリの大浦淳は風早を指名してくる。レオン歯磨きの仕事。子供の虫歯予防キャンペーンだ（この作品は翌年NAC賞をもらうことになる）。大浦プランナーと風早ディレクターは以後、名コンビとして名を馳せてゆくだろう。プロデューサーはゆうこが担当。

そして一クリの〈ファースト・ペンギン〉旗壮一は、間を置かずに次の講文館の仕事を入れてきた。写真週刊誌〈フライデー・ナイト〉の創刊だ。ありていに言えば、『隠し撮りスキャンダル写真誌』。進藤がまた過激な要求をして来るならば、我にアイデアあり！

雑誌の創刊は目白押しだった。オレが担当したものだけでも翌年春までに三誌が創刊。〈フライデー・ナイト〉〈スーパー・コミックス〉そして〈アーバン・カウボーイ〉。

出版業界にとっても、この八〇年代こそ黄金時代だ。講文館、小学舎などの大手では、編集者たちが使い放題の接待交際費を銀座、六本木、新宿や池袋で飲み散らす。

講文館の進藤は今やすっかりワル乗りしているから、旗とオレはやりたい放題だ。

これらに加えて、直扱いのマルワがある。〈プレゼント〉〈ファッション〉〈インテリア・家具〉、どれもトークリとEDOがガッチリ組んだ本格的なオール媒体の広告だ。

あかねとはいつも現場で顔を合わせてはいるが、仕事以外の話をする時間は全くない。お互いに言いたいことも知りたいこともあるような感じなんだが、ともかく忙しくて。

そしてＮＡＬ宣伝部の上城健からは、『そろそろ顔を出せよ』との催促が啓介の口を経て伝わって来る。友達として上城の好意にはこたえたいんだが、しかしＮＡＬのＣＭの規模を考えると、今のＥＤＯに受けきれるだろうか……。

十一月、十二月は凄まじいスケジュールだった。ＥＤＯの全員が三、四本の掛け持ちで、一日四時間睡眠のペースで働いた。ショウタなんかは、ほとんど会社に住んでいたな。『エド住まい』『家帰り』という参勤交代の時代のような言葉が社内で流行った。

オレも常にコンテを描いているか、撮影・仕上げをしているか、次の企画を考えているか、その回転数がどんどん速くなる。それに連れてアイデアはますますエスカレートして、撮影現場でのオレの演出は勝手気ままなものに化けて行く。これは果たして広告制作だと言えるのかな、と自問することもあった。オレの作品であることには違いないのだが。

しかしそれが許され、むしろ求められる時代に入っていたんだろう。

テレビＣＭは商品を売ることから離れて、一種の〈サブ・カルチャー〉として独創性やエンターテイメント性を強めてゆく。クリエイターの名前はその〈作品〉と共に週刊誌などにも載るようになり、かつて舞台裏で働いていた広告屋は表舞台に引き出された。

オレにとってEDOにとって、これはフォローの風にはなるのだろう。

十二月八日、ジョン・レノンが殺された。

ニューヨークの高級マンション〈ダコタ・ハウス〉で銃撃され、間もなく死んだ。

彼の歌うクリスマス・ソングが街に流れている時だった。世界中のあらゆる人びとに希望と安らぎを届ける歌が……ジョン・レノン享年四十歳。

その十七年前、ライフル銃弾を頭に受けて殺されたもうひとりのジョンを思い出す。

ジョン・F・ケネディ合衆国大統領。享年四十六歳。オレはまだ中学生だった。

人類の理想を掲げ平和を訴える人間は、喝采と共に銃弾も受ける運命になるのか？

でも二十一世紀に入ってからは、暗殺される世界的な大人物が減ったように見える。殺される価値のある人間が少なくなったのかも知れない。

「かんぱーい！」満開の桜の下で、オレはショウタから受け取った紙コップのビールを高々と上げる。EDOの社員に加えてごく内輪のトークリ、温井事務所、モリスや楽京堂などのゲスト三十人ほどが唱和した。あかねの笑顔も見える。

一九八一年四月十七日金曜の夕方。

ここは六本木の飯倉片町に新たに移転したEDOだ。交差点の裏になるこのあたりは、当時まだ住宅街が残っており、その中の一軒、百坪の土地に床面積で八十坪ほどの古い家がEDOのオフィスになった。トークリ屋敷のイメージで古い洋館を探したんだが、結局この『古いふつうの二階だて』を借りてリフォームすることにした。だが取り柄もある。そこそこ広い中庭があり、大きな桜の木が枝を広げていることだ。『創業一周年の花見をしよう！』というのが皆の楽しみになり、それが今日実現したんだ。

前月末の初年度決算で、EDOの売り上げは目標の二倍に近い二億六千万円となった。経常利益は千二百万円。利益率は目標よりも低いが、初年度としては立派な数字だ。三友銀行麻布支店は大前田支店長、岡野担当共に上機嫌だ。さっそく「さあ、いよいよ本社屋を買いましょうね！　相場は高くなってますが大丈夫。いくらでも貸しますから！」と来たが、オレも清水も乗らなかった。EDOはやっと二年目。もっと人に金をかけたい。自社ビルなどまだまだ先の話、というのが二人の結論だった。

すでにEDOは、創業時の九人に中途採用のPM、PA、エディター、カメラ助手、総務経理の新人、さらにアルバイトを加えて二十人の所帯になっていた。一年で急成長だ。

だが八十坪の面積はまだ余裕たっぷり。待望のフィルム編集室や簡単な音声ミックス・ダウン機材もある。試写室を兼ねた二十畳ほどの〈Aサロン〉や会議室〈Bサロン〉。皆がデスクを並べる制作部などは、リラックスできる家庭的なインテリアにしつらえた。この一軒家のＥＤＯを懐かしむ友人は今でも多い。企業というものにも〈青春時代〉があるならば、ＥＤＯはその入り口にいたのだろう。

陽がとっぷりと暮れて桜がライトアップされた。おーっ、とざわめきが起こる。紅白の幕を背にショウタがマイクを握って立った。「みなさーん、注目！　ただいまより鏡開きをやりたいと思いまーす！」台の上に酒樽が二つ。左の樽には〈極東現像所〉、右の樽には〈アカイ・スタジオ〉の名札が貼ってある。「はい、ご覧ください。両社とも一年前には『ＥＤＯは現金でなければお断り』とおっしゃった大手でありまーす」野次が飛ぶ。ショウタは木槌を取り上げて、「本日、営業の責任者がこの樽を抱えて『お詫びとご挨拶を兼ねて』いらっしゃいましたが、酒だけ頂いて追い返しました。『そんな名前の現像屋とかスタジオなんて聞いたこともない』ってね」いいぞ、いいぞ、と声がかかる。筒井が立ってショウタのマイクを取り上げると、「ま、この辺で許してやりましょうや。おれのところにも両社の役員から謝罪あったのよ。『ＣＭキングダムに続いて、同じ過ちを繰り返してしまいました。業界はほんとうに変わるんですね』ってな。おれは言ったね。『本気で反省したなら値引きで示すのが筋だろ！』」「さすがぁ研さん！」喝采が上がる。

筒井はショウタにマイクを返し、「極東もアカイもこれからの我々には必要な大手だ。お安く使ってやろうぜ。なっ、武藤プロデューサーよ」と、ギョロ目で睨みつける。

「はい、使い叩きます！　それでは鏡開き。みんなでボコボコにブチ割りたいと思います。では、社長」

オレは差し出された木槌を断って、「これは資金繰りで一番苦労した清水さんと経理の備後にやってもらおう。そっちのもう一つはショウタとゆうこでブチ割れよ」

再び大拍手と歓声。

しばらく後、オレは二階の隅にある〈新社長室〉にあかねを案内した。

「ここリフォーム前は子供部屋だったんだ」オレは可愛らしいヒコーキのパターンの壁紙を指して、「予算の都合でそのままにした。ゆうこはオレに似合うって言ってるけどね」

「似合う」あかねが可笑しそうに何度もうなずく。

新人PAの鈴木愛が、コーヒーマグを二つ小さな応接テーブルに置いて出て行く。

オレは煙草をつけ、あかねもソファーにくつろいでしばらくぶりに雑談を始めた。

「カントク、これ読んだ？」あかねがバッグから取り出したのは〈週刊CM新報〉だ。

「いや、まだ出たばかりだろ」オレはそのタブロイド版の小新聞を開く。「ああ、でっかい記事だ。先週、取材があったんだ。ＣＭ制作会社では、こんな一軒家は初めてだからな」桜の木と家をバックに二十人全員揃いの写真が大きく出ている。『プロダクションの新しいカタチ』という見出しで、ＥＤＯのヒット作連発と急成長を数字をあげて報じていた。

だがその次のページでさらに突っ込んでる。ハックルベリーにまで取材しているんだ。

「ＥＤＯと較べてるの」とあかね。

オレは煙草をもみ消して、その記事を追う。副社長の斎藤さんのインタビューだ。

『社長の山科とも一致している方針で、うちは大きくしません。人もあまり増やさない』斎藤は語る。『ＥＤＯは結局ニッセンと同じ道を歩むことになるでしょう。成長するためにもっと仕事が必要になる。当然、社員数も組織も拡大する。それを維持するためにさらに仕事を増やし続けそして気が付いたら、会社が人をコキ使う普通の大企業になってる！　そもそも何のために仲間を集めて独立したんでしょうね？　ハックルベリーは創業メンバー一人ひとりのための会社です。山科以下五人のクリエイターの個性が最高に活かされ、みんなが快適に仕事を出来る場所であり続けたい。大きくするのは簡単です。でも小さく魅力的な会社にとどまるのは誰にでも出来ることではありません』

「うーん……どーかなぁ？」オレはあかねに新聞を返して、また煙草をつけた。

あかねはコーヒーマグを両手で包んで、「わしは斎藤さんて知らないな。どんな人？」

「電広映像ではトップ・プロデューサーだった。真面目でスタッフを大事にする優しい男だ、ってみんな言うね。ロマンティストとも」

「そーかぁ……なんとなくね、ボーイズ・ラブ漫画のセリフにある『永遠の少年時代』みたいなことを言ってるんだ……ハックルベリーっていう社名もそんな感じ」

「少年時代、か……でもそれはすぐに終わる。少年は成長して、青春時代を過ごして、やがて大人になってゆくのが人生だよね。ハックルベリーが永遠に同じ会社であり続けるなんて不自然だ。それじゃあ『育たない子供』になっちまう」

「うん、わしもそう思う。トークリだって成長してるよ。堺社長がこんなこと言ってた。『朝倉真社長時代のトークリが持っていた良さを、僕たちはずいぶんと失ってしまった。でも新しい人や仕事も得て大きく育った。それでいい』って。ね、ＥＤＯはどうするの？」

「わからない……行く先はわからないけれど最高速度で前へ進む。明日見える景色は今日とはまるで違うだろうな。それが面白いんだ」

「よかった」あかねが微笑んだ。「きっとね、カントクはＥＤＯを凄い会社に育てる。ふつうの会社じゃなくて……」

　オレはちょっと嬉しくなって、「北原さんにそう言われると、ほんとに実現するような気になるよ」

「わし、それ見たい」

「オレも……」

　その時ノックと共にドアが開いた。顔を出したのはショウタだ。「あ、す、すいません。北原さん、ここにいたんだ。ごめんなさい」

「なんだよ?」とオレ。

「あの、そろそろ中締めなんで、庭へ降りてくれますか」

　オレは立ち上がって時計を見た。知らぬ間に十時を過ぎている。

　あかねと一緒に庭へ出ると、満開を過ぎてひらひらと散る桜がライトに映えていた。

第四章

マクベスの妻

1

その夏も海など見るヒマはなく、ロケ焼けするばかり。あかねと会えるのも現場のみ。

一方、先輩のＣＭキングダムは、ひたすら働き続けるＥＤＯを眼下に見て雲の上を飛ぶ。コトブキ・ウイスキー、ＮＡＬ、アジア光学など、破格のＣＭ予算を持つ超一流スポンサーを全て直扱いでこなし、この勢いには電広も博承堂も手がつけられない。

特にコトブキの灘本広告部長と三田村監督の信頼関係は強力で、『コトブキ文学』と呼ばれる知的エンターテインメント性の高いＣＭは話題作や受賞作ばかりだ。

いろいろと悪い噂が囁かれるにしても、キングダムがニッセンに代わって業界をリードする制作会社となりつつあるのは動かぬ事実だ。

九月末、オレたちは郷副社長の招待で、ＣＭキングダム主催の一大イベントを見せてもらうことになった。翌八二年度クリエイター新卒採用の最終試験だという。

ところがこの試験そのものを六本木の高級ディスコを借り切ってテレビでナマ中継し、

司会者やゲスト審査員まで呼んで番組化する、という前代未聞の大胆なもの。

金曜日の夕方、オレは清水、風早と連れ立ってその会場〈ZOO〉へ。

この街でも一番高い店の一つだ。ただし『外国人の女性は入場無料』というヘンなルールがあり、そのためか大使館関係の若い白人男性客も多い。CIAのエージェントとKGBのスパイがナンパ合戦にしのぎを削る、という日本ならではの平和的な光景も見られた。もちろんこういう場所が大好きな〈国際派〉の日本人男女もお洒落して集まる。

ボディコンのマイクロ・ミニの案内嬢に連れられて、オレたちはテーブル席に着いた。

店内は満員だ。TTV東都テレビのカメラが三台入っており、路上の中継車からケーブルが引かれている。中央の一段高いステージ（お立ち台という）の上に〈CMキングダム〉の派手なロゴ・マークが輝き、大きな映写スクリーンが据えられている。

左手の長いテーブルには〈審査員席〉という表示があった。

間もなく照明がすっと消え、大型スピーカーからイエロー・マジック・オーケストラの〈東風〉が大ボリュームで鳴り渡る。中央のスクリーンで映像が始まった。豪華絢爛たるキングダムのCM作品群フラッシュバックだ。「おお！」「これもかぁ！」会場のあちこちから声が上がる。二分ほどの映像の爆発に続いて、コトブキ・ウイスキーの最新作が六十秒まるごと流れる。業界中で話題になっている〈日本初の中国ロケCM〉だ。オンエア前の未公開超大作だけに観客の注目が集まった。

早朝の北京から始まる。公園でゆったりと太極拳の演武。次に仕事に出かける数千人のひとびと。皆カーキ色の粗末な人民服を着て毛沢東帽子をかぶり、自転車をこぐ。道路を埋め尽くす数千台の自転車の群れ。（ここをベンツやBMWが走る未来があるとは、この時誰ひとり想像してなかった）CMの後半では砂漠地帯を行きシルクロードまで足を伸ばす。『夕陽の彼方にヨーロッパまで見えそうだ。大陸はデッカいなぁ』というナレーションとウイスキー・グラスの氷がカラン、と鳴って六十秒は終了。盛大な拍手と口笛！

テレビ・カメラが動き、お立ち台にスポット・ライトが当たる。光の中に立ったのは、ゴールドのチャイナ・ドレス姿の美人。拍手が沸く。TTVの人気ニュース・ショーの司会者で、今年の〈民放各局で最も美しい女子アナ・ベストワン〉に選ばれた中松みゆきだ。

「こんばんは」中松は優雅に一礼。司会者として挨拶の後、「CMキングダムってすごーい会社ですね。これが新卒採用の最終試験なんて驚き！　わたくしあと十歳若かったなら、絶対にここ受けます。お給料もTTVより良さそうだし」爆笑がおさまるのを待って中松は続ける。「一次書類選考の応募者が、なんと千二百三十人！　その中から学科、CM企画、面接と激戦を勝ち残って今夜ここに立つのは十五人の強者たち。そして最後に選ばれるたった三人だけが企画演出部のディレクター見習いとして採用されるのです。厳しいですね」中松は右手のメモをちょっと確認して、「最終試験のテーマは『わたしのほんとうの姿』です。自分で作った一分以内の映像をこのスクリーンで見せながら、自由にスピーチしてください。もちろん映像もスピーチ原稿も、事前チェックなどは全くしておりません。服装は何でも構いませんが、リクルート・スーツだけは禁止、とのことです。では審査員の方々をご紹介いたします」左手の審査員席にライトがあたる。「まずは皆さまよくご存じ、舞台演出家の皆川祥三さん」白髪の初老の紳士が立って一礼。拍手が沸く。

審査員の紹介は映画監督、作曲家、アイドル歌手と続き、そしてキングダムの郷副社長、三田村社長、最後にコトブキ・ウイスキーの灘本広告部長までにこやかに挨拶。

テーブル席でワイングラスを持ったまま、オレたちは呆れ顔を見合わせる。

CM制作会社がたった三人の新卒を採用するのに、こんな大騒ぎってあり得るのか？

「郷さんが言うにはね」と清水がささやく。「『あり得ない。あり得ないからこそ、テレビが大きく取り上げてくれる。それがマスコミの原理』だそうだ。ははは」

「それではいよいよ最終試験に入ります」中松はマイクを持ってお立ち台を降りる。

中央のスクリーンで一番手の映像が始まった。どこかの祭の風景か。ああ、これは有名な岸和田の〈だんじり〉だ。大勢の若者たちが狭い街路を全速で引き回すだんじりの屋上では、選ばれた最も度胸ある男が飛び跳ねて気勢を上げる。

映像が終わると、半被に股引き姿の小柄な男子が立っていた。武蔵野芸大の小佐野雄二と名乗って、「だんじりの上で跳ねている時、いまここに自分がいるな、って感じます」皆川祥三審査員がマイクを取って、「きみの感覚わかります。祭というものの原点ですね。フィジカルだけに集中することで何かが見える。これ、舞台の上でも重要なことなんだ」

嬉しそうにうなずく小佐野。

郷副社長が手を挙げて、「きみ、体力に自信ありそうだね」

「あります。それだけはもう」と小佐野。

あといくつかの問答があったが、審査員にはおおむね好評な感じだったな。

続けて二番、三番とどちらも男性。一人は暗闇の中にうずくまって独白する映像だ。何やら意味不明でただ暗いだけ。ほとんど反応ナシのまま三分で終わった。

もう一人は画架に向かって自画像を描いている光景。「中学時代から、もう何十枚も自分を描いています。『僕のほんとうの姿』はまだ見えません」これもあまりウケなかった。

四番手に初めて女子が登場した。大阪芸大の桂潤子と名乗る。黒い長めのワンピース。小柄でほとんど丸坊主の異様な髪型だが、しかし美人だ。テレビ・カメラが寄って行く。

映像が始まった。豪華なインテリアの広々とした喫茶店のように見える。ウエイトレスが現れてカメラに向かってウインクした。潤子だ。制服のミニスカートは極端に短い。「あたし今話題のノーパン喫茶でバイトやってるん。いつもパンツ履かないでお仕事するの大好き！」映像は潤子のハイヒールの素脚からパン・ダウンしてフロアへ。そこは全面がミラーになっている。ミラーに映った彼女のスカートの中が中央スクリーンに大アップ！

司会の中松が凍り付いた……観客も審査員もオレたちも固唾を飲む。

「これがほんとのあたしなの。エロいでしょ！　実物も見せたげるん」潤子はワンピースを掴んでアッと言う間に脱ぎ飛ばした。素っ裸だ！「♪らんらら、らんらららららー」

彼女は歌いながら腰を突き出して、ストリップ・ショウのようなダンスを始める。

「ダメダメダメダメ！」両手を振り回して叫びながらディレクターがお立ち台に駆け上がり、潤子に覆いかぶさる。「カメラ止めろ！　なんか隠すもんくれ、隠すもん！」

「これナマだぞっ、取材中止！」外からも別の声。「スタジオ戻せ！　CM入れさせろ！」

観客総立ちで悲鳴と罵声が飛び交う中、審査員席を見ると三田村も郷も茫然と立ち尽くしたまま動けない……。

この番組はTTVの夕方バラエティーでナマ中継だったので、桂潤子のノーパンも全裸も全国ネットでしっかりオンエアされてしまった。

潤子は〈公然わいせつ罪〉で逮捕された。

後日聞いた話だが、彼女は違法なクスリを使っていたそうだ。『最終試験のプレッシャーに耐えかねて』ということだが、どうも常習らしい。そのまま身柄送検された。

もちろんキングダムとTTVにも警察の事情聴取が入る。しかし潤子のわいせつ行為を事前に予測するのは不可能だった、と『被害者としての立場』が認められ、注意喚起だけで終わった。残りの十一人の試験は社内の会議室でひっそりと済まされたそうだ。

だが、人気番組でオンエアされてしまった不祥事は、制作会社、代理店そして広告主の宣伝部までたちまちホットな話題として広まる。なにぶんにも風当たりの強いキングダムのことだ。何者かが潤子を高い金で雇って試験に送り込んだ、などと荒唐無稽な〈陰謀説〉まで登場。電広とかサガチョウの名前を囁く者もいる。

誰も表立ってキングダムを非難することはないにしても、『ヤツら調子に乗ってた』とか『高転びした』などと、嫌味な言葉はあちこちから聞こえてくるな。

しかし当の三田村社長はノンキなもので、「審査員席からだとアングルが悪くてさ、正面から見えなかったのよ、ノーパン。吉野はバッチリ奥まで見れてラッキー！」

オレもいろいろと心配するのがアホらしくなってきた。

2

十月になって、風早に電広から大型CMが入った。サニーのオーディオ・システムだ。世界的に知られたシンガーのビリー・ハドソンを使う。シカゴで撮影された。

プロデューサーはゆうこ、PMは永田、カメラマンは久々に元東洋ムービーの関さん。

コンテは実にシンプルだ。ビリーがアカペラで〈ハーバーライト〉を口ずさむアップ・ショットだけ。でも白髪に赤いバンダナを巻いたビリーの横顔と語るような歌声には哀愁が漂い、一度見ただけで心に残る傑作だ。翌年のカンヌ広告映像祭で、EDOとして初のシルバー・プライズ受賞となる。

オレはマルワのレギュラーに加えて、講文館の雑誌創刊やら大王ビールやら猛烈なスケジュールの合間をぬって、かなり面白い異色作を一本モノにした。

KDD（国際電電）の企業CM六十秒一本。EDOとしては初の博承堂から来た仕事だ。第一制作局の谷原というグラフィックのADが担当。CMはオレにお任せだ。

テーマは『受信から発信の時代へ』。日本人や日本文化についてもっと広く世界に知ってもらいたい、というメッセージだ。ならば『私たち日本人はどれだけ誤解されているか』を描いてやろう、というのがオレのアイデアだ。

そこで国会図書館へ行って、ヨーロッパの主として小国の中学校の教科書を調べてみた。そこには『日本とはこんな国です』と、オレたちが見たら腰を抜かす『間違った日本』の姿が絵入りで印象的に紹介されている。よし、これをリアルに映像化しよう！

チャチな模型の東京タワーの下、神社の大鳥居をくぐって新幹線が走る。噴煙を上げる富士山をバックに、〈本日〉という奇怪な漢字のタイトル。ナレーションは英語で『ディス　イズ　ジャパン　トゥデイ』と始まる。サラリーマンであるクマラ・タカハシは夜明け前に起き、家族と共にカップに山盛りのライスに梅干しを飾り、神棚に捧げてからいただく。一日は礼に始まるのだ。タカハシは弟のスズキと共に、江戸城内にあるオフィスに出勤して太鼓を鳴らす。そこでは日本刀を構えた怖ろしい上司の下で、一日中正座してコンピューター作業。小さなミスも許されずハラキリの命が下る。これこそが日本の品質管理の原動力だ。今日も生き永らえたクマラは、ヤキトリ屋でネマワシと呼ばれる儀式を済ませ帰宅。妻と寝床に入る時には、頭を三回タタミにこすって愛情を表現するのが習慣である。

まぁ細かく説明すればキリがない。演出、役者、美術、衣装、小道具や作法。スタッフ全員で〈間違った日本〉を目いっぱい楽しんだ、ということだな。六十秒の最後にこんなメッセージが入る。『私たち自身のことを、世界のひとに、もっと正しく伝えなければいけない、と思います。いま、受信から発信の時代へ。KDD』

ほんの数回しかオンエアされなかったこの作品は、NAC賞だけではなく東京アート・ディレクターズ・クラブの会員たちもエラく面白がり、ついにTADC金賞に輝いた。ただひとつだけ問題が残った。ディレクターのオレ、プロデューサーのショウタ、そして新人PMの中川までワル乗りしてやりたい放題の結果、この作品の当社請求金額である五千二百万に対して、結果的な実行予算はなんと六千五百万！　異常な赤字だ。

十二月のEDO取締役会でオレは清水と風早から『社長としての自覚を求める』と厳しい追及を受け、ショウタと共にただ平謝りするのみだったな（実際に、風早組の利益率は常にしっかりしていた）。深く反省します……。

クリスマス・イブは今年も大東スタジオの夜。ホンザワのエンジン・メカ撮影だ。

でもショウタが大きなクリスマス・ツリーを飾ってくれ、しかも〈女優〉遠野みさとが飛び入りでケーキの差し入れだ！　みさとはショウタの彼女としてサービスたっぷりのふるまいで、みんな喜んでくれた。ことに電広二クリの鎌倉さんが『大ファン』だそうで、トレーナーにデカデカとサインを貰って感激！　ショウタも満足顔だ。

年末になって上城から電話があり「話がしたい」という。オレたちは久し振りに〈ユー・ユア・ユー〉で会うことになった。

十二月三十日水曜の夜。冷たい雨が雪に変わりそうだ。

〈ユー・ユア・ユー〉は早めにシャッターを下ろし、友子も三階の自室へ引き上げた。

啓介がギターを抱えて、西田敏行の〈もしもピアノが弾けたなら〉を歌いだした。

オレと上城はカウンターで、オールドのストレートを飲みながら耳を傾ける。

「いい歌だよな」ぼつりと言って、上城はぐーっとグラスをあおる。今夜はピッチが早い。

オレはマルボロをくゆらせながら、しばらく啓介の名調子を味わった。

やがて歌が終わり、啓介はカウンターに戻ってつまみを作り始める。

「社長さん」と上城。「EDOは急成長だってな！　今年のNAC賞何本取った？」

「三本。あと秀作賞もかなりある」

「賞を取らなかった作品数えた方が早いんじゃないの。凄いよ！　僕は前からこうなると思ってた。お前が初めてＣＭのバイト体験して、たちまち大学やめた時からな」

「ははは……上城のおかげだよ、ホントに……」オレは少し言い澱む。ＮＡＬに営業に来ればは中澤宣伝部長に売り込んでやる、と上城が言ってくれてもう一年過ぎたか？　でもオレは未だに顔すら出してない。資金難の初年度は仕方なかったとしても、これからのＥＤＯにＮＡＬの海外ロケが『大きすぎてムリ』とはもう誰も思わないだろう。

今夜はオレの方から言い出そう。「上城、例の話なんだけどさ」

上城はハイライトに火をつけて黙ってオレを見た。

啓介はこちらに背を向けて何か揚げ物をやってる。だが耳では聞いているのだろう。

「きょ、去年は金がなくて……」オレは煙草の灰をはたきながら、「でも今は製作資金もやっと回転するようになったんで、どうだろう、年が明けたらＮＡＬの宣伝部にうちのプロデューサー連れて営業に行っていいかなぁ？」

「……」上城はふーっと煙を吐く。

「一月十一日の週なんかどう？」

「いないよ」

「あ、出張か。じゃ、いつなら？」

「もう宣伝部にはいないよ」

「え？」

「転属になるんだ。一月四日発令。沖縄・宮古島空港で地上勤務。単身赴任する」

「な、なんで……そんな所へ！」

「……ひでえ話だよ」上城は煙草を灰皿に押しつけると、「僕は裏切られた！」突然、激しい語調に変わった。「中澤殿下によ、いきなりバッサリと切って捨てられたんだ」

「だ、だって、お前、可愛がられてたんじゃ？」

「ああそうだ。あいつの夜のお付き合いに毎晩お供してた。ヤバイところぜーんぶ見てる。特にこの年末は度を超えてたけど、僕の他には誰も知りゃしない……あいつ、来年は執行役員に昇進するんだと！　だから今までの悪ふざけ、なかったことにする気なんだ」

「悪ふざけって……相手はどこの会社？　代理店とか？」

「吉野」上城は二本目の煙草に火をつけて、「僕の胸の中をな……今ここで洗いざらいブチまけたいよ！　あいつが誰から何もらったか？」

「おお、聞かせてくれ」

「いいや……」上城は少し冷静な口調に戻って、「吉野はこれ以上聞かない方がいい。ＮＡＬの内情知ってる人間なんかにはなるな。お前はＣＭ業界でサクセスするんだから、ＮＡＬは素晴らしいスポンサーのままにしておけよ」

「上城……」

「僕はもうCMとはグッバイ！　心残りはある。お前の監督でCM一本発注したかったよ。豪華な海外ロケ作品。僕の担当でね。ロンドンあたりがいいなあ……」

オレは何も言えずに目を伏せた。遅かったんだ。せめて半年前にでも、スケジュールをやり繰りして上城の気持ちに応えることは出来たかも知れないのに。

上城は指で煙草をもてあそびながら、「……考えが甘かった。結局地の果てへ飛ばされて、滑走路一本に吹き流しが立ってるだけの原っぱで草むしりやるんだ」

「上城よ」突然、啓介の声。フライド・ポテトを盛った皿が上城の前にどん、と出て来た。「食えよ。北海道物の揚げたて、旨いよ」いい匂いが漂う。

上城は黙ってポテトを一切れつまんだ。「……うまい」そして猛然と食べ始めた。

「南の島にゃ、今夜みたいに冷たい雨は降らないよ」啓介がニーッと笑って、「宮古島！いいじゃないの。太陽の下でちょい長めの夏休み。終われば帰って来れるさ、な、吉野」

啓介の優しい言葉をオレはうまくフォロー出来ず、ただ上城の肩に手をやった……。

一九八二年が明けた。

早くも一月三日の夜、オレはショウタ、宅間と共に成田発のニューヨーク便に乗る。

ＣＭキングダムの三田村さんが、コトブキ・ウイスキーの大仕事を一本、オレに回してくれたんだ。「どうしてもスケジュールが合わないんで、ＥＤＯで吉野がやってくれないかなぁ。灘本部長には僕がちゃんとリコメン入れるから」ということで、もちろん断る理由などどこにもない。

〈ガールズ・コトブキ〉という新製品。従来、ウイスキーは『オジサンの飲み物』とされてきたが、それを若い女性に『チョコレート感覚で売る』という新しくもムチャクチャな商品戦略だ。イギリスの人気アイドル・グループ〈ディー・ディー〉を起用。ＣＭ出演契約はコトブキ広告部がニューヨークのエージェントと直接結んでいた。

二晩徹夜してやっつけたオレの企画は〈真夜中のコンサート〉という題名。

皆が寝静まった子供部屋で、オモチャの人形（美しいアンティーク・ドール）たちを集めて、これもオモチャの小人に変身した〈ディー・ディー〉の四人が大コンサートを開く、という設定だ。玩具箱のステージに立ってヒット曲を演奏する彼等は実写映像を加工して、漫画のような三頭身の可愛いキャラに仕上げる。熱狂するファンのアンティーク・ドールたちは全て〈コマ撮り〉の手法で動かす。さらに戦前の日本で作られた、ぜんまい仕掛けで動くブリキの人形たちまで加わって、夢のような真夜中のコンサートが盛り上がる。

演奏されるのは〈ラブ・ミー・ナウ〉というヒット曲。初期のビートルズを意識して作られている。この曲に合わせて、〈ガールズ・コトブキ〉の商品カットを挟みこむんだ。

ステージで演奏中のアイドルを三頭身の小人に変身させるなど、今ならばデジタル合成技術を使って一晩で出来る仕事。タレントCMなどでしばしば使われているギミックだ。

だがフィルム撮影・オプティカル合成の当時はそんなに簡単な話ではありません！

撮影されたフィルムを一コマずつ写真に起こし、普通に焼き付けた胴体と、二倍以上に拡大した頭部とをハサミで切ってうまく繋げる。それを改めて撮影することで、三頭身のアイドルたちが出来上がる。これをCMで初めてやったのはオレなんだ。しかもアンティーク・ドール数十体のコマ撮りやブリキのオモチャまで入った〈夢のCM〉だぞ！

まずニューヨークのスタジオで〈ディー・ディー〉の演奏シーンをブルーバックの実写で撮る。カメラマンは現地で雇い、撮影は二時間でアッサリ終わった。

翌々日、オレたちは撮影済みフィルムと共にロス・アンジェルスへ移動する。

「ヒロさん」アメリカン航空の機内で、ショウタがミニ電卓を手に実行予算書を直しながら、「この仕事ね、見積りを出し直さないとだめだ。先週、アバウト八千五百万で郷さんに見せてるんだけど、これ、実行予算だけで軽く一億超えちゃいそうです」

「いちおく！」オレはコーヒーをこぼしそうになった。

「ニューヨークでの撮影分も、これからロスでやる特殊合成やオモチャのコマ撮りも、何もかも日本の倍以上かかる。人件費の単価がまるで違うんです。しかもこれだけの大作で」

（ちなみにこの時、一ドルはまだ二百五十円というレートだった）

「いくらあれば出来る？」とオレ。

「見積り、一億二千五百万で出し直します。それでも利益率はギリ」

「通るんか？」

「通します！　キングダムの郷副社長にも口利いてもらって、必ず通します」

「大丈夫かなぁ……」

「ヒロさん」ショウタはオレをじーっと見つめて、「おれこの〈真夜中のコンサート〉絶対に作りたいんです。夢みたいな作品になるよ！」

「あ、ありがとう……」

「おれ子供の頃、こういうオモチャがいっぱいある部屋で寝るのが夢だった」

「……ママとスペインの村に居た頃か？」

「うん。古いちっこい家だったから、夜寒くって、何もなくってね」

オレは黙って煙草に火をつけた。これから作るものはショウタの夢でもあるんだ…。

ロスに着いて、さてここからがひと月がかりの大仕事だ。

ハリウッドの特撮プロダクションを使うのだが、当時はＣＧもデジタル合成もまだまだ開発中の新技術だった。結局、スチール写真を切り貼りした映像を一度スキャンさせた上で再合成する、というおそろしく時間のかかる厄介な手法となった。

オレは毎日モーテルからプロダクションへ通い、細かいチェックとダメ出しをする。同時進行で高価なアンティーク・ドールたちに〈面接〉して数十体を選ぶ。ブリキ玩具もロスの有名なコレクターから借りた。これらのコマ撮りもスタジオで一週間がかりだ。

二月第三週、〈真夜中のコンサート〉はステュディオ・シティのラボで完成試写。コンテを超える素晴らしいファンタジーに仕上がった。アメリカ人のスタッフたちからも拍手が沸いて、三回も映写を繰り返した。ふと気が付くと、ショウタが涙を拭いているのが見えた。オレもうれしい。

この〈真夜中のコンサート〉はオレが作った四百本余りのＣＭの中で、最も豪華で金が掛かった作品になる。しかし最も広告から離れてしまった作品、とも言えるのかな。

疲れた……四十日以上、短い睡眠と食事を除いて、ブッ通しで『オモチャあそび』を続けたんだ。自分が身長二十センチほどの小人になってしまったように感じる。

帰国前夜。モーテルの部屋で、オレはひとりバーボンを飲む。

その時、突然感じた……北原あかねに会いたい！　猛烈に会いたい！

この二年間、あかねの笑顔はいつもすぐ近くからオレを見守ってくれていた。そのことに今、気が付いたんだ。〈バラの近衛兵〉から始まって、ＥＤＯの創業、てるてる坊主、そしてマルワの大仕事……オレはあかねに支えられていたのかも知れない。

帰るんだ。今夜のモーテルと明日の飛行機で二晩寝ればあかねに会える……。

3

二月二十五日水曜。成田からタクシーで部屋に戻ったのは夜十時ちょっと前だった。

オレは荷物もほどかずにプッシュ・フォンを取って、あかねの番号を押す。

しばらくコールしたが出ない。一度切ってまたかけ直すが、やはり応答なし。

トークリへかけてみると、ワン・コールで繋がった。

「東京クリエイターズです」堺さんの声だ。

「あ、吉野です。いま戻りました」

「おお、お疲れさん。ニューヨークとLAだっけ。長かったねぇ」

「ははは、超大作になっちゃいました。あの、北原さんはまだ残業ですか？」

「北原？　ああ、そうか、ごめんな。北原は先週から休み取って北海道へ帰ってます」

「えっ、何か？」

「あのな、お母さまが体調を崩されたらしい。症状は詳しく聞いてないんだが、入院されて、北原がずっと付き添ってると」

「入院！　札幌の病院ですか？」

「最初はね。だが昨日北原から電話があって、実家のある余市へ転院したそうだわ」

「……こちらにはいつ戻れるの？」

「お母さまの容態が落ち着いたんで、今週末に戻るって言ってる。来週月曜には出社すると。もうミーティングの予定も入れてます」

「オレ、連絡取れますか？」

「余市の実家にいればね。でも北原はずっと病院で付き添ってるようだから……ヒロくんよ、週明けまで待ってや」電話の向こうで堺が微笑んだのがわかった。「きみにも北原にも、これから時間はたっぷりあるじゃないか」

「え？」

「いままでの人生よりも、たぶんずっと長い時間が」

「いままで……」

「……朝倉直子会長、チョッコが生きてた時も亡くなってからもさ、きみは彼女のために出来ることすべてやってくれたよな。去年七回忌も終わった。チョッコはもう朝倉さんと二人で、ずーっと遠い所へ旅に出た」

「遠いところ……そう」

「もう、いいよ。チョッコに遠慮なく、きみも北原もお互いの気持ちに素直になればいいじゃないか。僕はわかってるつもりだけど……そうなんだろ?」

たぶん、堺さんの言う通りだろう。オレと同じ現世を生きているのはあかねなんだ。素直になればいいんだと思うと、オレはなんだか少し嬉しくなった。


翌々日。オレは清水、ショウタと共にCMキングダム本社の真新しい試写室にいた。ガラスの大テーブルを挟んで三田村社長と郷副社長。背後の壁面一杯にニューヨークのモダン・アートが広がっている。いま世界的に流行っている壁の落書き風のやつだ。

「カッコいいな」と清水。「ジーモン・シュタインのイラスト。これ、高かったでしょ?」

「バカ高いのよ」三田村が郷を横目で見て、「試写室だからさ、どうせ電気消して真っ暗にして使うんだ。誰も鑑賞出来やしないって言ったのによ、こいつが買っちまってさ」

「それがイキってもんでしょ」郷はオレたちを見回して、「チラッとしか見えないところに金をかける。それが江戸っ子よ。清水くんは葛飾だからわかるね」

「まぁね」清水は苦笑して、「着物の裏地ってところかな……では、始めますか」

「よーし、見ようぜ」と三田村。

試写が始まった。六十秒、三十秒、十五秒と二回繰り返し、終わって明かりがついた。

「こりゃあすげえな！」三田村が拍手しながら、「イギリスのアイドル・グループ使って、〈ファンタジア〉と〈不思議の国のアリス〉を両方やっちまった。吉野、お見事！」

「ありがとうございます」オレは頭を下げる。ショウタも嬉しそうだ。

「でもねぇ」郷が首を捻る。「これ、コトブキのウイスキーのCMになってるかぁ？」

「そんなことはいいのよ」と三田村。「僕は灘本部長から直接『若い女性にチョコレートのように売りたい』って聞いてるから。これでオーケー。それにね、この作品全体に〈酔い〉みたいなものを感じるじゃん！」

「自分の才能に酔ってるだけじゃないの？」郷は皮肉な表情をオレに向けた。

「じゃあ、ご請求書をお渡しして」と清水がショウタを促した。

ショウタがうなずいて、『CMキングダム御中』という宛名の最終見積り書と請求書を取り出した。つまり広告主コトブキへ直接ではなく、キングダム通しでの請求になる。

「はぁ?」見積りを一目見て郷は顔をしかめる。「一億一千五百だと! ウソでしょ」

何か言おうとするショウタを清水が押さえて、「いや、ムトウ(ショウタ)から当初出て来た金額は一億二千以上だったんですが、それじゃ無理ということでいろいろ削りまして、やっとこの金額なんで」

「まーだまだ全然ムリ! 勘弁してよ」郷は激しく手を振って、「これじゃあコトブキさんにウチから出す時は一億三千オーバーになりますよ」

「郷よ」三田村が静かな口調で、「お前これに乗っけて出す気なの?」

「ミタさん、わかり切ったこと訊かないでよ。十五パーセント乗せます」

「でもさ、これ、おれが吉野くんにお願いした仕事だし、こちらは何もしてないじゃん」

「甘いよ、ミタさん。これビジネスです。電広や博承堂なら黙って二十パーセント乗せる」

「奴らのマネすんのか、江戸っ子じゃねえのかよ? え、郷よ」

「ウチだってラクじゃないんです! あんた、中国でいくら赤字食らったか憶えてるの?」

この後の嫌なやりとりは、あまり詳しく話す気になれない。結論だけ聞いてくれ。

EDOのキングダムへの請求額は一億四百万円と決まった。郷や三田村には言わないが、この作品の確定実行予算は一億三百四十八万円。利益などゼロに等しい。いかん……。

待ちかねた日曜の夕方、オレはあかねのアパートに電話した。

いいカンだった。すぐにあかねが出た！

オレとあかねの声がわーっと交じり合って、初め会話にならなかったが、二人がピッタリとひとつの気持ちになっていることだけはよーくわかった。

「わしがそっち行ってもいい？」とあかね。

「迎えに行こうか？」

「いいよ。電車の方が早い。あ、食べる物もあるからね。イカめし弁当だよ」

一時間後、飛び込んで来たあかねとオレはその場で抱き合った。「会いたかった」「会いたかった」と同じ言葉を繰り返しながら、二人は何度もキスした。

あれ！〈バラの近衛兵〉で出会ってから二年あまり。キスするなんて初めてじゃないか！

いつもそうして来たような錯覚があった。あかねもごく自然な感じだ。

でも、これがオレたちのファースト・キスだったんだ。

「お母さんがわしを呼んだの」イカめしで一杯やりながらあかねは話し出す。「お父さんは『東京のあかねまで呼ばなくてもいい』って言ってくれた。男兄弟が二人、上と下にいるからね。でもお母さんは『進一や浩二には仕事があるから。こういう時は女手がいる。あかねに来て欲しい』って。わしにも仕事あるんだけど……」

あかねの母親・梅子さんは軽い心臓発作で倒れたという。他にいろいろと病気もあり、検査を兼ねてしばらく入院となったんだ。過去にも何度かあった症状のようで、あかねは特に驚いた様子はなかった。毎日病室で付き添い、話し相手になる。朝は実家で男三人分の弁当作り。「でも出来ることは全部やった。お母さんとっても喜んでくれたし、お父さんや進ちゃん、浩ちゃんの話も聞けた。呼んでくれて良かったよ」

あかねの家族は、オレの実家よりも仲が良さそうだな、と思った。

イカめしを食べ終え、オレたちはコーヒー・マグを持って六階屋上のベンチに座る。寒かった。でも晴れた静かな夜空いっぱいに星が輝いている。

「わし星見るの好き。いつまででも見てられるんだ」あかねはオレにちょっと体を寄せて、

「あのいちばん遠くの星は何百年も前の光なんだよ」

「その頃にはまだ江戸もない。この辺りいちめんの葦原だったろうな。でも、下に見える

東京の街の光は一九八二年だ」

「不思議だね。ここから両方見えるなんて」

「そう……オレたちのいる今って、本当はいつなんだろう？」

「カントク」

「ん？」

「何年か何十年か先に、二人でね、もっとずーっと高い所から東京の夜景を見下ろしているかも知れない、っていま思った。五十階とか、東京タワーより高い所からね。街の光もこの何百倍もキラキラ、ピカピカしてて、ビルもニューヨークの摩天楼みたいで」

あれ？　この言葉、前に誰かから聞いたような気がする……でも思い出せない。

「なんとなくそういう妄想が湧いてきて」とあかね。

「キレイな妄想だね」オレはあかねを抱き寄せる。


オレたちは部屋のベッドで愛し合った。

オレも、たぶんあかねも、頭をカラにして素直に男と女になれたのが嬉しかったな。

「ごちそうさまでした」オレはあかねの手を取る。

「えっ！　な、なにそれ？」

「あ、ごめん……とてもうれしいとか、よかったみたいな意味でさ」

ふふふ、と笑ったあかねは、「わしも……うれしい、カントク」

「なぁ『カントク』って呼ぶの、二人の時はもうやめにしないか？」

「うん、なんて？」

オレはちょっとためらって、「……『ヒロ』とか」

「ぎゃっはっはっは！　それメチャクチャ照れくさい。やっぱり『カントク』のままでいい。尊敬してる感じ出てるでしょ……でも、わしは『あかね』でいいよ。北海道の家でもいつもそう呼ばれてるし」

「そう…」オレはあかねをじーっと見つめて、「……あかね」

あかねはなおも照れながら、「それで、いいよ、カントク」


キッチンで一服していると、オレはさっきあかねの『何十年も未来の東京の夜景』という言葉を聞いた時、何を思い出したのかに気付いた。でも、それは『夜景』じゃなかった。昇ったばかりの朝陽に輝く高層ビル群。

首都高速三号線を走るオープンのサンダー・バードの中で、朝倉真さんが予言した未来の東京の姿だ。もう十四年も前のこと。それは今、実現しつつある。

次の未来はこのあかねが予言してくれるんだろうか？

4

一九八二年四月二日。遥か南大西洋の孤島で、世界中が仰天する戦争が勃発した。ガルチェリ独裁政権率いるアルゼンチンが、イギリス領フォークランド諸島に海兵隊を上陸させてこれを占領。〈植民地総督〉レックス・ハント卿は英本国に救援を要請した。時のマーガレット・サッチャー首相は、ボロボロに傷んだ英国経済にもめげず、直ちにエリザベス女王の許可を得て艦隊に出撃を命令。航空母艦二隻と八隻の護衛フリゲート艦を中心とする機動部隊は四月五日、ポーツマス港を出て行く。

岸壁を埋めた数万人の市民がユニオン・ジャックを振って、♪ルール、ブリターニア！と熱狂して見送るニュース画面を、オレと凪早はＥＤＯの試写室の大型テレビで、みたらし団子を食べながら見ていた。

「小さくなっても大英帝国だねぇ！」と凪早。

「そう。金がなくても、誇りだけは命がけで守るんだな」オレも少し感動していた。

「ヒロさん、植民地総督なんて今でもいたんですね！　女王陛下の艦隊が戦場まで十日間もかけて大遠征航海！　なんか百年前の戦争みたいな感じだな」

「早速、ロンドンのブック・メーカー（賭け屋）がどちらが勝つか、札を売ってるそうだ」

二か月後、経済的にも軍事的にもほとんど何の価値もないこの絶海の孤島を、大英帝国はあらゆるコストを顧みることなく奪い返した。なんと数十年ぶりの戦勝に国中が歓喜にわきかえり、マーガレット・サッチャー首相は英雄として『鉄の女』と称えられた。

その時アメリカ大統領はロナルド・レーガン。この後八十年代を通じて、サッチャーとレーガンのコンビによっていわゆる〈新自由主義〉という、国境なき自由競争と弱肉強食の市場経済論理が世界を席巻してゆく。その中心はニューヨークのウォール街とロンドンの金融街〈シティ〉だった。

イギリス国内では、ジェームス・ダイソンという男が新しい電気掃除機の研究・開発に明け暮れていた。また、サー・マーティン・ソレル率いるＷＰＰも、スーパー・マーケットの買い物かごメーカーから世界的な広告投資企業に脱皮しようとしている。

他方で、ソビエト連邦と東側共産主義諸国の行き詰まりは深く静かに進行していた。

のちに世界を変える男、ミハイル・ゴルバチョフはまだ舞台裏にいる。

六月第一週、ＥＤＯの第二期（八二年三月末）の決算がやっと仕上がる。

売り上げは倍増の五億八千三百万円。経常利益も三千万円を超えた。

株主配当が検討されたが、受注案件の大型化と更なるスタッフ増員に備えて、『ともかくキャッシュを確保しておくべき』ということで見送りと決まった。

オレの超大作〈真夜中のコンサート〉はオンエアされ、若い女性を中心に好評を博した。女性週刊誌やファッション誌からも取材が入り、アングル・ファインダーを構えたオレの写真がデカデカと誌面を飾る。あかねがとても喜んでくれた。

ところが、商品である〈ガールズ・コトブキ〉は全く売れなかった。

ＣＭを『カワイイッ！』と絶賛してくれる若い女性たち。しかし肝心のウイスキーには何の関心も持ってくれない。『あのＣＭ大好き！　商品？　チョコレートかなんかだっけ』ってなもんだ。全国の酒問屋もあまり真面目に動いてはくれない。『女子供にウイスキーを売れってのか？』と笑われたそうだ。

ま、これが当時の常識というもんだろう。〈ガールズ・コトブキ〉はこの常識を超えようと気負って開発されたが、しかし単なる非常識に終わってしまったということだ。

かくて商品も、当然ながらそのCMも発売数か月で市場から撤退。

キングダムの郷さんが面白そうに言うには、「コトブキの社内で『ガールズ』という言葉を口にしてはならない」のだそうだ。

CMのヒットがそのまま商品の大成功につながった美生堂〈バスロン〉のような体験を少なからず持っているオレにとって、こんな結果は悲しいと言うほかない。


七月に入って最初の金曜日は夕方まで雨だった。

帰り際、玄関で靴を履いていると清水に声をかけられ、カセット・テープを渡された。

「なにこれ?」とオレ。

「いや、知り合いで音楽やってる子がいてね。ちょっと聴いてやってくれないかなぁ」

「いいよ」オレは受け取ってバッグに入れた。

その晩、オレは荻窪のあかねのアパートで冷奴で一杯やりながら、そのカセット・テープを取り出した。〈恋のバナナボート〉というタイトルで『作詞・作曲・歌　那珂美代子』とあった。

「シンガー・ソングライターだ。ユーミンみたいな曲かな?」と、あかねは古いラジカセのスイッチを押す。いきなり「デェーオ！」という絶叫と共に歌が始まった。ギターとパーカッションをバックにサンバ風のリズミカルな曲だ。歌詞は日本語で、♪あなたと乗りたいバナナボート　川の流れにゆらゆらつるつる、とか歌っている。

「どう？」とオレ。

「那珂美代子って？」あかねは冷酒をグラスに注ぎ、「カントクの知り合いとか？」

「いや、清水がくれたんだ。たぶんＣＭ用のオーディション・テープだろ」

「ふーん……そーかぁ……明るい感じの曲ね」あかねの感想はそれだけ。

かなり飲んだ後、オレたちは一緒に風呂に入る。だがステンレスの浴槽はかなり小さく、二人できゃっきゃっと騒ぎながら体を押し込むと、お湯が全部こぼれてなくなった。

浴室の低い天井を通して、薄いトタン屋根に当たる大粒の雨音が聞こえた。

その夏の梅雨明けは七月後半との予報だった。

七月二十三日金曜の夕方。逗子の鐙摺（あぶづり）海岸近くに〈ＥＤＯ海の家〉がオープン。日影茶屋の裏手で海は見えないが、波打ち際まで歩いて数分のいい物件が借りられた。戦前に建てられた和洋風の二階屋で、築五十年近いがまだしっかりしており、道路側に広い庭があるのも気に入った。中古のヨット二艇（Ｙ15とＫ16）を会社で買ったんだ。それらをタイヤ付き船台のまま庭の隅に置き、乗る時には数人で水際まで押して行ける。海の家もヨットもＥＤＯの『福利厚生費』で落とせる。かつてのニッセンのシーボニア別荘には及ばないが、オレたち皆が少しはリッチな気分になれたな。

その週末は珍しくヒマな者が多く、風早、ゆうこ、ショウタ、宅間、永田。それに風早の彼女・草野覚さんはインド風のサリーを纏って登場し注目を集めた。そして北原あかねはトークリの南雲まで連れてきた。清水は後から合流する予定。

日没後に大雨が降り出し、時おり雷鳴も混じる。天気予報によれば、これが梅雨明けの雷のようだ。（当時はまだ、こういう『梅雨明けらしい』空模様の年が多かったな）

裏庭に面した八畳の座敷で、オレたちは持ち寄った酒や肴を並べて〈天気祭〉を始めた。廊下のガラス戸を開け放ち、庭の雨音に包まれながら酒を飲むのはいい気持ちだ。あかねも今ではオレの彼女として皆に公認されており、リラックスしてゆうこと飲んでいる。時おり隣のオレをチラチラ見ながら何事か笑い話のようだ。

夜が更けて酒もだいぶ回った頃、玄関の引き戸がカラカラと開く音。ギシギシと足音。「こんばんは」清水が顔を見せた。極彩色のアロハに白い半ズボン、白いソックス。

清水は座敷の入り口に立ったままで一座を見渡し、「遅くなりました。ええとですねぇ、今日はみんなに紹介したいひとがいます」

何やら改まった感じの清水に、一同の注目が集まる。

「デェーオ！」甲高い叫びと共に、白いギターを抱えた若い女性が襖の陰から飛び出した。麦わら帽子に粗い菜っ葉服をまとったカリビアン・スタイル！　だが色白で、浴衣の方がよほど似合いそうな和風美人だ。彼女はそのまま例の〈恋のバナナ・ボート〉を歌い出す。

その横では、いつの間にか両手にマラカスを握った清水がリズムを取っている。

皆が唖然として見守る中、彼女は歌い終えてエンディングのコードをかき鳴らし、白いギターの胴をパンと叩いた右手を上に掲げてポーズをキメた。「サンキュー！」

短い静寂の後、パラパラと拍手が湧いた。口笛も鳴る。

彼女は嬉しそうに何度も頭を下げると、「那珂美代子でーす。デビュー曲の〈恋のバナナボート〉いかがでしたか？」

「いかった！」宅間は例によって泥酔している。

「サンキュー！　今年の〈ＨＡＭＡＮＡ・ポプコン〉にはこの曲でエントリーします」と美代子は続ける。「あたしは秋田県横手市の呉服屋の娘です。八王子の呉服屋の娘に負けないように頑張りまーす！」

隣のあかねが目をむいた。ユーミンの大ファンだからね。

ともかく新人歌手なんだ。さすが清水！　海の家オープンのためにエンターティナーまで呼んで来た、とオレは感心する。

ところが、「いつも清水がお世話になってまーす！」美代子の意外な言葉。

「皆びっくりするかも知れませんが」清水が一歩前へ出ると、「この那珂美代子さんと僕はですね、いまぁ、結婚を前提に交際してます。はい」

びっくりした……皆、言葉がない。

清水は美代子と微笑みを交わすと、「ちょっとあなたの経歴紹介、していいかな？」

「モチ」とうなずく美代子。

「ええ、那珂美代子さんはぁ」清水はマラカスをマイクのように持って、「本業はピアノの先生です。ＨＡＭＡＮＡのピアノ教室で子供さんたちに教えてらっしゃいます」

「いやだぁ『らっしゃいます』なんてやめてよ、克典さん」とはにかむ美代子。

「いやいや、初めてのご挨拶だからね」と清水は続ける。「美代子さんはシンガー・ソングライターを目指して、ＨＡＭＡＮＡ・ポプコンに毎年、えーと、いつからだっけ？」

「年がバレちゃうじゃないの」美代子が苦笑して、「あたし、実は今年三十になりました。ポプコンのエントリーはこれで最後にして、後はこの清水に面倒見てもらおう、なーんちゃってましして。清水克典はあたしにとって神様みたいな人なんです！　へへへ」

「ひつもん！」宅間が手を挙げて、フラフラと立ち上がった。「えーと、こーんなことききいたらひつれいかも知れませーんけどぉ、こんな美人とどこでおしり、お知り合われたんでしょうか？　まさか、清水さんが六本木でナンパしたりする訳ないんで、どこでおしり？」

美代子に目で促されて清水が答えた。「ニッセンの樺山さんの奥さんの紹介でね。美代子さんのお母様と親しくされてましして。ま、一種の見合いかな？」

「ノーノー、恋愛よ。克典さん、レンアイ！」美代子の言葉に拍手と歓声が湧いた。

真夜中過ぎ。雨は上がって月あかりが庭の樹々を照らす。明日は梅雨明けだろう。

オレは座敷の縁側で清水と寝酒を酌み交わしていた。

「あかねさんは？」と清水。

「二階の女子部屋で二度目のデザート。今ごろ美代子さんと話してるんじゃないの」

「さっきのサプライズ、あれ美代子のアイデアなんだ。カントク、どう思った？」

「どう、って？」

「経験豊富なあなたが見てさ、美代子と僕…」

オレはちょっと考えて、「ビックリのカップルですね。でもさ、清水さんが惚れているんならそれで間違いはない、と思うよ」

「惚れてる、よ……あのね、僕って真面目過ぎる人間だからさ、逆にハチャメチャな非常識なくらいの人と一緒だと楽しいんだ。例えばあなたとかぁ」

「すいませんね」

「いやいや謝らないで。吉野カントクが、平然と大予算オーバーで傑作作っちゃうのは、僕としては実に快感がある。美代子もそういう快感をくれる人だ」

「なるほど、それって快感なんだ……」この男は決して『真面目過ぎる』だけの人間じゃない、ふつうの常識人でもない、とオレは思った。


翌朝は快晴でもう南風が吹き始めている。昼ごろには四、五ノットになりそうだ。

オレたちはY15とK16を波打ち際へ引き出す。

今日は小網代湾まで足を伸ばして、売られてしまった昔のニッセン別荘を見てみよう、ということになったんだ。清水と美代子は鎌倉の寺巡りへ。草野覚は東京へ戻った。

二艇は九時前にセールを上げて出発。オレが舵を持つY15にはあかねと宅間が乗る。

「ヨットなんて初めて!」あかねは興奮気味でライフ・ジャケットをまとった。

風早のK16にはショウタ、永田とゆうこ。ショウタはカナダで多少の経験がある、と。

心地良い南風にタック（向い風四十五度の変針）を繰り返し、オレたちは昼前には三浦半島突端に近い小網代湾の入り口に着いた。シーボニアを右に見て細長い湾の奥へ進む。

そこに、あの白い別荘はなかった。

かつての敷地は伸び放題の夏草に覆われ、背後の林の蝉の声が水面に降り注いでいる。

オレたちは二艇を繋いでアンカーを入れ、持参の握り飯とポットの紅茶で昼食にした。

「ヒロさん」ショウタが岸辺を見ながら、「豪勢な別荘だったのに、跡形もない」

「悲しいね……」オレは煙草に火をつける。

「おれはそうでもないかな」ショウタは微笑んで、「ニッセンはカッコ良かったけど、今のEDOが大好きです。おれの家みたいだな」

「みなさーん！」とゆうこの声。「記念写真撮りますよ。K16のデッキに集まって！」

　帰路は上がって来た南風を背負って、ランニング（風下航）で一直線。この種の小型艇にはいちばん不安定な〈追い風追い波〉だが、あかねと宅間がオレの指示通りに、うまく体重移動をやってくれ、三時前には着岸。〈CHAYA〉でコーヒーとケーキにありついた。

「最高！」あかねは満面の笑みで、「大冒険とチーズ・ケーキ。いい一日だった！」

　夕方、オレとあかねは皆と別れて逗子のなぎさホテルへ。

海岸道路を、左手に夕焼けの江の島を見ながらほんの十分のドライブだ。この一三四号線が開通した一九五三年より前、オレが子供の頃のなぎさホテルは中庭の芝生から波打ち際までつながった文字通り渚のリゾートだった。一九二六年にオープンした総二階建ての洋館は、スイスのアルペン・ホテルを真似た赤屋根と白壁の洒落たスタイルで、毎年夏には東京から母の実家・岩井田の人たちが家族連れで泊まりに来たものだ。

浜に面した眺めの良いメイン・ダイニングで、あかねとオレはワインで乾杯する。前菜を食べながら、話題はもちろん清水と美代子の『結婚を前提にした交際』の件だ。

「まったく女っ気がない人だったからさ、ぶったまげたよ」とオレ。

「あの後、美代子さんからいろんな話聞いたの。本気だよ。清水さんのことをすっごく尊敬してるって」あかねは美味しそうにワインを一口。

「『神様だ』って言ってたもんな。清水も彼女のハチャメチャなところ、自分には出来ないことを平気でやってくれるところが実に楽しい。そういうタイプと相性がいいんだって」

あかねは愉快そうに笑って、「それ言えてる！　清水さん、カントクと相性いいもんね。予算やスケジュールをキッチリ仕切るのと、バナナボート歌ってる彼女の横で真剣にマラカス振ってるのとピッタリ同じに見えた！」

やっぱりオレもバナナボートの類なのか……でも、あの時の清水の『結婚を前提にした』マラカスは感動的だった。写真に残したかったたな。

初老の上品なウエイターがスープを出してくれた。「〈ビシー風〉の冷製ポタージュでございます」一口いただく。ざらっとした、いい舌ざわりだ。

「……あかね」

「ん？」

「オレたちってさ、何かを前提にしてるんかな？」

「……」あかねはスプーンを持った手を止めた。

「あかねは……その……結婚とか、考えてる？」

「えっ……わしカントクはもう二度と結婚なんかしない人なのかと、思ってた」

「で、でもあかねも、一生結婚しないで独立して生きるって、言ってたよな」

オレたちはしばらく無言で見つめ合った。

やがてどちらからともなく笑い出す。なぜか凄くおかしかった。

二人ともスープに戻って、笑い声を押さえながら平らげた。

「……カントク」

「うん」

「わし、今のままでも幸せだから、もうちょい一緒に仕事とか何でもやろうよ。そのうちに……」

「近いうちに?」

「そうかも。それでいいよ」


オレたちは二階海側のスイートに泊まった。インテリアのレトロな質感は本物だ。だが一九三〇年代日本の基準での『スイート』だから狭い。浅間丸のような豪華客船の二等船室、というイメージだな。窓から夜の海と波、そして沖行く船の灯が見えた。

これがオレとあかねが二人だけで泊まる、史上一泊目のホテルになった。

この後に日本中、世界中の旅館やホテルが、ざっと一、〇〇〇軒近くは続くだろう。

だが逗子なぎさホテルは、この六年後のバブル絶頂期に営業を終了、姿を消す。

5

EDOの急成長はとどまるところを知らない。

八二年（第二期）は五億台だった売り上げは、その後わずか三年で十五億を超えた。フィルム・プリント納品からビデオ・パッケージ納品への切り替わりで一時心配された経常利益も、すぐに回復して八五年三月期には一億五百万。株主配当も出来た。

直扱いのマルワは相変わらずメインのお得意様だったが、それも霞んでしまうほど多くのプロジェクトが電広の三つのクリエイティブ局から流れ込む。クルマ、ビールやドリンク類、ファッション、雑誌の創刊、通信や鉄道などの目立つ、大きな仕事ばかりだ。それらを持ち込んで来るCDやプランナーは合わせても十数人だが、『絶対にEDOじゃなきゃイヤだ』という有難いファンだ。電広社内では『エド研』と呼ばれているそうだ。

うちのディレクターはオレと風早に加えて中途入社の若手・河田大輔。それに新卒採用の二人がアシスタントでつく。プロデューサーはショウタとゆうこが中心。

オレは相手がマルワでも電広でも、常に企画からやるのが絶対条件だが、風早はむしろ企画やプレゼンは電広の相性の良いプランナーに任せ、自身は演出家に徹するというスタイルを取った（結果的に、これがCMディレクターとして風早の成功要因になってゆく）。

さて、日々増え続ける仕事のために、EDOには常に新しい人材が必要だ。

だがわざわざ募集をかけなくとも、業界中から『現状に飽き足らない』野心的な者どもが次々に履歴書を持って集まって来た。ひとクセある奴ばかり。

あるPMなど「城南ムービーに五年半いました。どうしてもEDOで仕事したくなってね。ちょうど前々からアタマに来てた制作部長がいたんで、三発殴ったらクビになりました。バイトでも何でもいいから入れてください」と平身低頭。面白そうな奴なんで採用した。

「EDOはアメリカ合衆国のようなもの。移民で成り立っています。何処から来た誰でもいい。能力と努力次第で成功出来ます」とオレは宣言していた。これ、凄くウケたぞ。

おおむね二、三十代のディレクター、プロデューサー、PMやPA。さらに総務・経理のバックオフィス・スタッフに新卒者も含めて、三年で二十数人の〈移民〉が加わった。ただしオレの方針でクリエイティブ部門はタテ割りの組織にせず、取締役の七人以外はフラットな立場で、プロジェクトごとのチーム制を採用した。

飯倉片町の一軒家はさすがに満杯になり、表通りの雑居ビルに〈分室〉を借りて撮影機材室や編集室はそちらへ移転。だがヒコーキの壁紙の社長室はそのままだ。

ちなみに清水と美代子は『前提通りに』結婚。挙式は全社的大イベントになったな。

一九八五年のクリスマス・イブになった。

夕暮れの六本木は、ブランド物に身を飾った男女で狂おしい賑わいを見せている。

オレとあかねは交差点近くの路上で、タクシーを捕まえようと奮闘していた。

赤坂プリンスのメイン・ダイニングを七時に予約してあるのだが、クルマはそう簡単には乗せてくれない。客などいくらでもいるからね。『熱海まで行ってくれ』とか『銀座まで一万円で』などという上客にありつくためには、乗車拒否などやり放題だ。

オレは二本指を見せて手を上げている。二倍払う、という意味だ。しかし全く相手にされない。あかねに役を交替したところ、すぐに一台止まって運転手が左側の窓を開けた。

「いいかな？」あかねがオレを振り返って三本指を示した。うなずきながら、オレはあかねと共にクルマに転がり込む。「赤坂プリンス」と言うと運転手は四本指を突き付けてきた。元々千二百円ほどの距離で五千円近く払えということだ。クルマは走り出すが、運転手はメーターのレバーを倒さない（実車記録に残さない）いわゆる『エントツ』という走り方をする。デジタル・メーターもＧＰＳもない、ラクな商売が出来た時代だ。ま、これはタクシーだけの話じゃないけどね。

「高いディナーになっちゃう」あかねが苦笑する。

その年、オレたちは祐天寺に引っ越して一緒に暮らし始めた。昔、森山さんのお母さんの店があった近くだ。当時流行りの〈テラス・ハウス〉という、コンクリート打ちっ放しの二階建て。一階にこの建物を設計した建築家がオフィスを構え、入居している八世帯はロック・ミュージシャン、女優、投資コンサルタント、ヤクザ、幼児性願望クラブほか、まともな勤め人など一人もいない、という個性的な住まいだ。二十二畳のLDKと八畳のベッド・ルームで月二十五万円の家賃。だがオレの年収も千八百万円に上がっており、ポルシェ911も程度の良い中古八〇年式SCに買い替えていた。

いわゆる〈バブルの時代〉という全国民的な狂気が渦を巻いている。

バブルとは物の価値の投機的な暴騰のことだ。世界史上何度も繰り返されている。十七世紀のオランダで起きた〈チューリップ球根バブル〉では、希少価値のある球根一個の最高値が職人の収入十年分にもなった。その二百年後のイギリスでは〈鉄道バブル〉が発生。次々に設立される鉄道会社の株式のみならず、沿線の土地や駅の旅館、レストランなどともかく〈鉄道ナントカ〉という名前がついてさえいれば異常な高値で取引された。どちらも狂気の頂点に達した後、たちまち暴落したことは言うまでもない。多くの企業が倒産し、著名な資産家が路頭に迷う。自殺者も後を絶たなかった。

八〇年代日本のバブルは、住宅地や商業地の異常な価格高騰に始まる。高度成長期を通じて常に上がり続けてきた地価は、『永久に上がる。絶対に下がらない』

という〈土地神話〉を生み出し、皆がそれを自明の理と信じた。都心まで通勤に何時間もかかる田舎の小さな宅地に五千万円以上の値がつき、東京都二十三区内〈高級物件〉ともなれば坪五百万円も当たり前。それでも皆『今ならまだ手が届く』と争って買いにでる。そして不動産さえ担保に取ればいくらでも金を貸す銀行たちがこの狂気を煽り立てた。

全国の不動産実勢価格の合計は一九八五年までには千兆円の大台に乗り、これはそのあと七年足らずで二千四百五十六兆円に達する。

株も凄いことになった。一九八二年にはおよそ七千円台だった日経平均は八五年には一万円をこえ、その四年後、八九年十二月二十九日の大納会ではなんと三万八千九百十五円のピークに達する。株で生み出された巨額の利益は、さらなる不動産投機に化けた。

山手線の内側の地価だけで、不況下のアメリカ合衆国全土が買える、とまで言われた。

太平洋戦争敗戦のリベンジを果たしたような、何とも言えない不思議な高揚感だった。

アメリカに勝った、という怖ろしい妄想……。

決して、国民の収入が倍になったわけではないんだ。

だが、皆が世界征服したような『いい気持ち』に酔って、ともかく高い物を買い漁った。

ブランド品、純金やダイヤモンド、高級車、絵画や骨董品。お金は街中の銀行やサラ金でいくらでも貸してもらえる。まともな与信審査などないも同然だ。

〈金魂巻〉という題の本がベスト・セラーになり、金持ちを『マル金』貧乏人を『マルビ』と呼んで差別。今に至るまでなおも続く悲しい拝金主義が始まっていた。

企業の〈メセナ活動〉という言葉も流行り出した。利益を社会還元する意味なのだが、ともかく何にでも金を投げてスポンサーという冠を得る。節税にもなる。特にスポーツや文化事業が人気だった。一般企業の映画への出資が大流行。銀行や証券会社までがこれに加わった。当然、『おいしい金』のにおいを嗅ぎつけた映画プロデューサーたちが、『文化への理解者』を求めて走り回る。（あの大越金太郎は時代の何年も先を行ってたんだな）

八三年四月十五日、東京ディズニーランドが浦安にオープン。

この遊園地が日本の〈国民的エンターテインメント〉になることを、誰が予測しただろう？

さて、話に戻ろう。

八六年が明けた。ＥＤＯもトークリも一月五日の日曜まで休みだ。

その夜、あかねとオレは有楽町マリオン四階、ワイン・バーのカウンターに並んでいた。

映画を一本見終わったばかりだった。

〈キャッツ・タウンの物語〉というアニメ作品だ。登場人物はぜんぶネコのキャラ。

オレたちが一緒に楽しんで来た映画といえば〈ディア・ハンター〉〈炎のランナー〉〈乱〉〈風の谷のナウシカ〉〈アマデウス〉そして〈お葬式〉……等々。

それらとは全く似ても似つかない子供っぽいアニメだが、ＥＤＯの総務室に前売り券が大量に余っていたから、『捨てるのも悪いので、着券させてやろう』と二人で来た。

この〈キャッツ・タウンの物語〉、なんとＣＭキングダムの作品なのだ。

ＣＭ会社が作る初めての劇場映画！　とは言え、バックにはコトブキ酒造がいた。コトブキ・ビールのパッケージ・キャラクターであるネコの家族を主人公にして、脚本監督はキングダムの山城ディレクター。そしてプロデューサーは郷副社長自らが務める。

ＥＤＯは三百枚ほど前売り券を買い取って、売り上げにお付き合いしたと言う訳だ。

「うーん……」あかねは赤ワインをちょっと舐めて、「ネコちゃんのキャラは可愛いんだけど、お話の方がなぁ、どこかで見たようなパターンにはまりまくって……」

「オリジナリティーがない、か？」オレは煙草をつける。

「〈ある恋の物語〉の雰囲気で始まって、〈ディア・ハンター〉みたいに盛り上がって、ラストで主人公がやることは〈卒業〉のダスティン・ホフマンそっくり」

「テレビの〈サザエさん一家〉にもちょい似てたな」

「あ、そうそう！」あかねが噴き出す。「和洋名作パクリ大会だ」

「だけどさ…」オレはゆっくりと煙を吐いて、「こんなのが帝都映画配給で、有楽町のマリオンで正月ロードショー封切りになっちまうんだ」

「そう。なっちまうんだよ」突然の声に振り返ると見慣れた顔があった。当のキングダム社長・三田村さんだった。トレンチ・コートのポケットに両手を突っ込んで立っている。

「明けまして、吉野。タダ券二枚拾ってくれてありがとな。北原さんも」

オレはちょっと慌てて、「こ、今年もよろしくお願いします」

「いいかな？」三田村はオレの隣に腰かけると、「おれも時々観客の反応を偵察に来るんだ……でも、ごらんの通り。正直言って映画になってないよ。九十分のＣＭでもない。何でもない三億円のお遊び……入りはどうだった？」

「あ……けっこうラクに座れましたけど、ま、日曜の最終回だから」

「スカスカだろ？　この調子だと制作費は回収できないな。ビールのＣＭでネコのキャラがテレビに露出しててもさ、映画の観客ってやつはそんなモノに金払っちゃくれんのよ。うちも自社の金で一億円も出資してんだぞ。ノー・リターンだわ。おれは、こんな仕事にかかわるなって反対したんだ。だけどさ、郷のやつが『灘本部長キモ入りのプロジェクトだし当たればＣＭより儲かるって、映画好きの山城を焚きつけてやっちまったのよ」

「うーん……」オレは首を捻って、「でも、社長は三田村さんなんだから」

「そうなんだけどぉ」三田村は苦笑して、「おれも今まで、郷たちがやってること見て見ぬふりしてな、ディレクターの立場ですからってトボけて来たからなぁ」

「み、三田村さん、そんな意味じゃなくて……やっぱりさ映画作るって面白いから、チャンスあるならそりゃあ誰だってやりたいけど」

「そーかぁ？」三田村は首を捻って、「ＣＭってさ、スポンサーがいて売りたい商品がある。その制約の中で自分なりの表現が出来るから面白いんじゃないの？　しかも他人の金で、ノーリスクじゃん」

オレは小さくうなずく。風早がこれとまったく同じことを言ってたのを思い出した。

あかねが三田村のグラスにワインを注いで、「ともかく、お疲れさんです」

「ありがと北原さん」三田村はちょっとグラスを上げて、「吉野も映画なんか作りたいの？　お前だったらもっとよほどマシなもん作れるだろ？」

「い、いや、とんでもない。オレはＣＭクリエイターです、もちろん……」

その晩、夢を見た。久々のスペクタクル超大作。

オレはなぜか古代ローマ軍団の将校だ。軍船の甲板上に立って海岸の光景を見ている。

そこでは、破壊された大きな都市が炎上して黒煙が渦を巻く。カルタゴだ。「吉野くん」軍団指揮官スキピオ・アエミリアヌスがオレに背をむけたまま、「アッシリアはとうに去り、ペルシャもマケドニアも滅びた。そしてカルタゴはいま炎に包まれている……わがローマが滅亡する日も遠いことではないだろう……なーんちゃって！」クルリと振り向いたスキピオの顔は、キャッツ・レコードの川浪社長だった！

なんでこんなローマ時代もののコミックスみたいな夢を見たんだろう……。

6

一月末、金曜日の夜。

あかねと〈2001年宇宙の旅〉のビデオを見ていると電話が鳴った。

「はい、吉野です」オレが受話器を取り上げると、あかねがビデオのボリュームをすっと落とす。

「ああ、ひろゆき元気なの？」母の声だ。「いま、そこに誰かいるの？」

「あ、と、友だちが来てて」

「女性でしょ……気が利くひとみたいね」相変わらず鋭いカンだ。「電話したのはね、ちょっと怖い思いしてて、助けて欲しいの」

「えっ？」

「明日の午後、赤堤へ来てくれないかな？　厄介な男と話をしなきゃいけないんで」

「やっかいな、おとこ？」

「地上げ屋って言うんだっけ、土地を安く買いたたいて、まとめて開発業者に売りつけて大儲けする悪い人。それがうちを買いに来てるのよ。先週は引き取ってもらったんだけど、また来るの。『いい値段つけますから』なーんて言うんだけど、ヤクザみたいな感じだわ。ママ一人じゃ怖くって」

「……パパは？」

「ひろゆき、わかってるでしょ？　百男さんが何度うちを賭け事の借金の抵当に入れたか。あんなひとに聞かせられる話じゃないの。どうせ明日も麻雀でしょ」

「……」

「昼過ぎに来るんだって。ママ、何されるかわからない。怖いの……」

翌土曜日。一時半頃オレは実家の前にクルマを寄せた。だが先客の物らしき巨大な黒いシボレーがすでに停まっており、黒いスーツの運転手が路上で煙草を吸っている。

オレはその後ろにポルシェを停め、勝手口の鍵を開けて家へ入った。

応接間に人の気配があり、オレはガラスのドアを開ける。

母の顔と、その〈地上げ屋〉らしき男のずんぐりと幅広い背中が見えた。

母は涙を拭いている！　オレに気付くと無言で隣に座るよう促した。オレはそうする。

「長男です」母は涙目で男を見返して、「大きな広告会社を経営してます」

「そ、そんなに大きくはありませんが」と、オレは名刺を取り出す。

「寒川です」低いつぶれた声。坊主刈りにした中年の男はガッツ・石松そっくりの強面だ。名刺を交わしながら、「今ちょうど奥様にご説明をしておったところです」

母は再び俯いてハンケチを目にあてると、「あたしにはもうわかりません……この子なら何でも知ってますから」そしてオレの手を握った。

「……では」寒川はややためらいながら、テーブルの上に広げた〈区画図〉を示してオレに向かって話し始めた。「敷地面積四百坪の高級低層マンションの建設であります。その予定地には御宅を含めて八世帯。どちらも六十坪の借地権付建売住宅で昭和三十年代に購入。築二十年です。地主の松田様はマンションの着工を急がれております。他の七世帯様とのお話はすでに終わっとりまして、お宅が最後の一軒という訳で」

「なるほど」オレは煙草をつけた。

「どちらさまも借地権であり、所有権ではありません。皆さまと同じ条件で買い取らせていただきたいんですが、奥様にどうしても納得して頂けませんで、何ちゅーか……」

　オレは母の横顔を見た。首を静かに横に振っている。

「自分も吸います」寒川はポケットから〈しんせい〉を出して一本つけた。「他の方々にはご内密に願いたいんですが、まあ、最後の一軒さまの御協力がないと着工出来ませんので、ここは特別に条件を上げさせて頂きます」そして電卓を取り出すと、「お求めになった時代、このあたりの地価は坪十万円から十五万円でした。それが現在は坪四百万円はつけますか。他の七軒様は皆その価格で快諾いただきました。つまり借地権六割として坪二百四十万円です。それをお宅様だけは思い切って、坪三百万円ちゅうご提案をさせてもらいました！　古屋解体費は別ですが。この界隈としちゃ破格の好条件ちゃいますか？　たった五十坪の借地が一億五千万円でっせ！」

「やめてっ！」叫び声と共に母が涙目を上げて寒川を睨みつける。「お金じゃないの！」

「……」気圧される寒川。

「お金の話ばっかり聞いてると涙が出てきます……この家はあたしの人生そのものなの。ここで洋行も久邦も育てたの。あたしの思い出が詰まってるの。寒川さん、あなたはあたしの思い出に二百万だ三百万だのと値段をつける気ですかっ……口惜しいっ！」母は再びハンケチで顔を覆って号泣する。

寒川は返す言葉もなく、強面のまま文字通りの立ち往生。意外にいい人のようだ。

三十分後、寒川は『もうちょっと暖かくなってから、また出直しまっす』ということで引き上げた。そうする他になかったろうな。

オレも母の意志がよく分からなかったので、「また何か言って来たら、いつでも相談してください」と伝えて、〈ユー・ユア・ユー〉にも寄らずに夕食前に祐天寺へ戻った。

一九八六年春。EDOの第六期（三月末）の売り上げは二十億を超える勢いだ。〈ブティック〉としてスタートしたEDOも、売り上げ規模で業界二十位に入り、業界団体・NCMAにも加盟した。この時点で二百社を数える制作会社の中では中堅の位置だな。ヒット作、受賞作の本数は相変わらず大手を超える。特に風早の活躍が目立つ。EDOの社長・筆頭株主のオレとしては、満足と言うほかないだろう。

ところがディレクター吉野洋行は、実は深刻なスランプに陥っていた。

前年末からの四か月間、五社へのプレゼンすべてにボツを喰らった。直のマルワが一件。

電広経由が四件。どれも全く問題外の一発却下の連続だった。『いくら吉野カントクでも、こりゃないでしょ。勘弁してよ！』と言われるほどの悪評だったんだ。

ボツになった企画の内容など誰も聞きたくないだろうから省略する。オレだって話す気がしない。要するにＫＤＤ〈間違った日本〉よりも過激でナンセンス。コトブキ〈真夜中のコンサート〉よりも幻想的で意味不明、というところだろう。それじゃ広告にならないと心のどこかでは分かってる。でもそれが今やりたいことなんだ。

この十六年間、オレは四百本近いＣＭを企画演出してきた。自分の頭にたまたま浮かんだモノをカタチにするとそれはＣＭになり、広告主が金を払ってくれ、テレビでヒットして賞も取った。決してその逆じゃないんだ。『広告主が買ってくれそうな企画』を考えようとしたことはない。そういう企画は初めからカタチが決まっていて、オレのやる仕事じゃない。

実は気が付いていた……オレは『ＣＭをブチ壊したい』と思い始めていたんだ。

それじゃ商売にならない、のだろうか？

ニッセンで美生堂のＣＭを作っていた時、やってはならないことは明らかにあった。

しかしあの大越金太郎はそれを見事にブチ壊した。あの時はオレもブチ壊されたものの一部だったろう。ニッセンの社員だったからな。

だが、今のオレは自分の会社を動かすことが出来る……そうだ。六年前にEDOを立ち上げた時、頭の片隅にあった妄想のようなものが何だったか思い出した。

ゴールデン・ウイークを前にした木曜日の午後、EDOの社長室。

オレは昨夜に引き続いて書き物をしている。書き続けてもう四日目に入った。

それは映画のプロット（あらすじ）のような文章だった。

誰かに頼まれたわけではない。自分のアタマの中にある新しいアイデアをカタチにすると、何やらストーリーが出来る。以前ならばその一部がポロリと剥がれて三十秒・十五秒のコンテになり、どこかのスポンサーへプレゼンされてテレビCMという映像になっていた。だがCMという出口を見失った今、ストーリーはどんどん膨らんで何やら得体の知れないものになってゆく……。

「カントク」という声にオレは振り向いた。あかねがコーヒー・マグを二個持って立っていた。「今夜、お芝居行かない？　国立劇場で〈新・マクベス〉だよ。皆川祥三演出で、美術なんか凄いんだって。切符二枚もらったの」

「マクベスか」オレはマグを受け取って一口すする。

「原作とか読んでるよね？」

「ああ、かなり好きかな。怖い話だしね」

「じゃ行こう。シェークスピアで気分転換だ」あかねがいたずらっぽく微笑んだ。

その芝居は気分転換なんてものじゃなく、本気で面白かった。

幕が上がる前から凄い。舞台そのものが巨大な仏壇にしつらえられている。分厚い扉を二人の坊主がギギギギッと軋ませながら左右に開くと突然の稲光！　その中で三人の魔女が狂ったように舞いながら現れ、〈予言〉を叫ぶところから話が始まる。

主人公マクベスはスコットランドの騎士。その地を治めるダンカン王の忠実な家臣だ。マクベスには野心家の妻がいて、いつも夫を『あなたはもっと上を望める』とそそのかしていた。ある日ついにマクベスは無警戒な王を刺殺し、夫婦で国を乗っ取った。

王となったマクベスは二つの予言を信じていた。『あのバーナムの森が動かない限り、国は安泰だ』もうひとつ『女の股から生まれた者にはマクベスを殺すことはできない』

つまりどちらもあり得ない、ということだ。

だが悲劇は起こる。反乱軍が森の木を切って巧みに擬装し、森全体が動くようにわさわさと城に迫る。そしてマクベスは仲間のマクダフに斬殺される。マクダフは母親の股ではなく腹を帝王切開して生まれた子だった……。

芝居が終わった後、オレたちは夜更けの内堀通りをブラブラと歩いて、クルマを停めたパレス・ホテルに向かう。

オレは煙草の煙を星空に向かってふーっと吐いて、「マクベスはもしあの悪妻がいなかったら、ダンカン王の忠実な臣下として一生真面目に働いたんだろうか？」

あかねはくくっと笑って、「それじゃあ悲劇にならないね。マクベスの野心を燃え上がらせてその気にさせる妻が、すべてを面白くするんだ」

「オレもさ、朝倉真さんに始まって、いろんな人の予言を信じてその気になって、今までやってきたなぁ……」

あかねがオレの腕を取って、「これから野心あるよね？」

「うーん、まだ妄想に過ぎないかな」

「カントク……わし、マクベスの妻やってみたい、かな」

「……」オレは足を止めてあかねを見つめる。

「マクベスの妻になって、カントクを思いっきりそそのかして大成功させる」

「オレは……誰を殺すんだい？」

「わからない。でもその都度言うから、はははは」

「……あかね」

「うん」

「……ほんとに、オレの妻やってくれる？」


四月二十五日金曜日の夕方。

寝台特急〈あけぼの〉は上野駅から、七百キロ北の青森駅へ向かう。

あかねとオレは七号車のA寝台個室にいた。

記念になる旅だから、いつも仕事で使う飛行機じゃなく、初めて二人で乗る寝台特急にしたんだ。


「わし本当に結婚するんだね」

「ビックリかい？」

「ううん……嬉しい」

「列車っていいね。遠くへ旅に行く感じがする」

「これから長ーい旅になるんだ」

ベルが鳴り、寝台特急〈あけぼの〉は上野駅のホームを離れた。

この物語はフィクションであり、実在の人物、団体とは一切関係ありません。

あとがき

「15秒の旅」は著者である吉田博昭さんのCM業界での実体験をもとに面白おかしく創作した小説です。高度経済成長により消費が拡大しテレビCMの成長期と重なった60年代後半の学生時代から始まり、バブル経済と共にテレビCMの黄金期を迎え、その後のネット広告、コミュニケーションの多様化の時代を経て最後は老人介護施設で息を引き取るという壮大な構想でした。小説の完成を目前にしながら吉田博昭さんが他界されたことをとても残念に思います。

この小説の目的はご自身の体験を通して挑戦するココロを若い人にメッセージすることだったと思います。大学在学中にマイナーなCMの仕事から始めた吉田博昭さんは、もっとメジャーな仕事ができる自分自身を実現するために業界の常識や広告の常識に挑戦しながらCM制作会社を創立し、日本を代表する広告制作会社に育て上げました。波風を立てる事を恐れずに走ってくることが出来た著者の原動力は、「今あるものを壊さなければ自分達のチャンスは無い」という強い思いでした。吉田博昭さんはその事を若い人に伝えたかったのだと思います。

その事が少しでも伝われば、後輩としてうれしい限りです。

「風早」こと、早川和良

（株式会社xpd　代表取締役社長）

著者、吉田博昭は二〇二二年五月十七日に永眠いたしました。

続巻をお待ちいただいていた皆様に、完結までの物語をお届けできず残念ではございますが、第4巻をもちまして「15秒の旅」は最終巻となります。

「15秒の旅」シリーズをご愛読いただき、ありがとうございました。

著者紹介

吉田 博昭(よしだ　ひろあき)

【プロフィール】

1949年神奈川県生まれ。早稲田大学在学中よりCM制作に携わる。

日本天然色映画株式会社を経て、1982年株式会社ティー・ワイ・オーを設立。CMディレクターとして多くのヒット作、受賞作を生み出す。

また、日本、アメリカ、オーストラリア等で劇場用映画を制作、監督し、ベルリン国際映画祭、東京国際映画祭等でも受賞。

1995年以降は経営に専念。2014年には東証一部へ上場を果たす。

さらに、2017年1月に株式会社ティー・ワイ・オーは他の大手制作会社である株式会社AOI Pro.と資本・経営統合し、AOI TYO Holdings株式会社を設立し、代表取締役、名誉会長を務めた。

15秒の旅　第4巻

2022年8月10日　第1刷発行

著　者　吉田博昭
発行人　久保田貴幸

発行元　株式会社 幻冬舎メディアコンサルティング
〒151-0051　東京都渋谷区千駄ヶ谷4-9-7
電話　03-5411-6440（編集）

発売元　株式会社 幻冬舎
〒151-0051　東京都渋谷区千駄ヶ谷4-9-7
電話　03-5411-6222（営業）

印刷・製本　シナジーコミュニケーションズ株式会社
装　丁　田口美希

検印廃止

Printed in Japan
ISBN 978-4-344-94207-3 C0093
幻冬舎メディアコンサルティングHP
http://www.gentosha-mc.com/